U0893625

春风误

陈春琴 著

国文出版社
·北京·

图书在版编目（CIP）数据

春风误 / 陈春琴著. -- 北京 ：国文出版社，2025.

ISBN 978-7-5125-1966-4

Ⅰ. I247.5

中国国家版本馆CIP数据核字第2025DF5654号

春风误

作　　者	陈春琴
责任编辑	罗敬夫
出版策划	凌　翔
责任校对	陈一文
装帧设计	邓小林
经　　销	全国新华书店
印　　刷	三河市中晟雅豪印务有限公司
开　　本	787毫米×1092毫米　16开 13.5印张　185千字
版　　次	2025年9月第1版 2025年9月第1次印刷
书　　号	ISBN 978-7-5125-1966-4
定　　价	65.00元

国文出版社

北京市朝阳区东土城路乙 9 号　邮编：100013

总编室：（010）64270995　传真：（010）64270995

销售热线：（010）64271187

传真：（010）64271187-800

E-mail：icpc@95777.sina.net

目录

春风误

从今天的第一把牌开始，冯武就看出了母亲苏春天的心不在焉。母亲一早就打扮过了，而且妆容比往常略浓，恰到好处地装点她的艳丽长相；头发的卷度很完美，走动的时候发尾刚好扫过细腰；从一侧撩起头发，露出香奈儿大珍珠耳环的莹莹光泽；室内的凉拖鞋换了一双5厘米高的，修得漂亮的脚指甲涂了大红色的甲油，越发显得美足白皙；身上穿的是一件长裙，裙摆中间开衩，行走间玉腿时隐时现。她每次请人到家里打麻将，绝不会像其他牌友穿个运动服或睡衣的，母亲一向主张牌场如战场，打牌不可一心二用，必须全情投入，才能进入“专注”的状态，化妆就是其中的一门武器，气场要强大。

母亲出生在春天，外公外婆从来就把对她的希望放到了田野上，早点下地干农活才是帮家里的大忙。可她学习成绩优异却只能初中就辍学，当然，读书唯一的好处就是让她从小有了一股没来由的清高气。这点隐约的清高，若是家境优渥，当然能助小公主众星捧月排云而上，俯视众人；然而像她这样出生在贫困家庭，就特别尴尬，没有花团锦簇替她做背景，这低不下头的清高，足可以折磨她半生。年少时，她的打工经历就像饺子馅一样稀碎，为改变命运，秉承女子做得好不如嫁得好的最后一搏，她花了五元大价钱去月老庙求菩萨，处于生活困境时，她通常会先穷尽自己所有的智慧和努力改变现状。当脑力和体力都不堪重负之时，玄学便粉墨登场。玄学是母亲的精神慰藉，是能够使她重新振奋起来的神奇之物。自从得了姻缘的上上签之后，母亲每年至少都会找各种大师算一次命，问的问题无外乎就是那一个——到底何时才能熬到头，何时会有白马王子迎娶她。然而所谓的大师们大都语焉不详，直到父亲出现。曾经渴望自己一定要在老家风光出嫁的母亲，却未能得偿所愿，因为爷爷奶奶家多金，包揽了婚礼的全部费用，也就剥夺了母亲在结婚仪式上的话语权。婚礼没在女方家举行，女方亲属奔赴千里，来到北城的一家豪华酒店参加婚礼。婚后她辞了工作，专注做全职妈妈，负责冯武的上下课接送。孩子上学，她约朋友在家打牌；孩子补习，她去朋友家打牌。当然，家里被她照顾得细致有理。作为女性，不管是化妆还是孩子的成绩，她从来不敢放松，连打牌这样的娱乐活动都像是要进入战斗模式。

然而在这一天，她明显不够专注，加上方才的电话催生出来的一点慌乱突然开始疯狂滋长，像是被窗外的大雨浇灌过一般。她忐忑地站起来看了几次窗外，天空已经开始往下甩豆大的雨点子，像急促的鼓点，在玻璃上砸出了慷慨激昂的气势。其间，她又回了一次书房，把铺着地毯的楼梯踩出了沉闷又急促的声音。

“春天姐今天是怎么了？老是心神不定的呀！”说话的是坐在母亲正对面的牌友柳月姨，她以前跟母亲是同学，还是校花，她的美完全是另外一种类型，耳下一刀切的发型，浓烈的眼妆搭配裸唇。柳月姨是瘦削的H型身材，选了一件西装板型的短裙来增加气势，恰好符合她在自己朋友圈打造的知性人设，美女和美女在一起是很难和谐共处的，难免有暗中的较劲，奇怪的是她们牌友之间似乎从来没有这个困扰。

只有拥有共同的秘密，友谊才会更加牢固。所以，几个女人之间都很熟悉彼此不足为外人所道的一些心事。

“好像小武今天在家吧？”接话的是另一个阿姨，叫洁秋，她是穿着一身休闲装来的，反正她不是美女，自然也不想在颜值上有所体现。

“奇怪了，小武在家，怎么可能邀请我们过来打牌呀，难道是什么特殊的日子？”

冯武知道，母亲的心思不在今天这场牌局上，而在另一张与父亲有关的牌桌上。父亲答应今天要给母亲打电话，但直到现在还没消息。打牌和打麻将相比是更加潇洒的。因为打牌打到兴致盎然的时刻，可以肆意地一边喊叫一边把牌甩出去。那甩牌的动作，最是帅气，打牌的氛围总是很和谐。几个女人聚在一起一团和气，聊季节天气，聊最新最时髦的衣服，聊明星八卦，偶然也拿各自的家事开玩笑。

“小武已经高考了吧？难怪在家呢！”其中一位阿姨想了起来。

“是呀，成绩出来了吗？”

“前些日子新闻不都播放了吗，成绩早出来了。看来是考得不错呀！”

“终于熬出头啦！真好真好，替春天姐开心，也替小武高兴呀！这些年真是苦了孩子，也累了春天姐呀！”

“那可不，家有考生，不都是这样熬过来的嘛！全家的希望，都在高考过后呀！”

“那今天，怕是有喜事宣布对吧，早早把我们都叫到家里来，打牌只是形式，关键是让我们亲眼见证这个喜事是吧！”

“难怪春天姐一直走来走去的，哈哈哈。”

“考上了好的大学，就有一个美好的将来，自然是开心的呀！”

“我和了，哈哈哈！”

门铃响了，冯武开了门，原来是父亲回家了。他还是急性子，一进屋就把冷气开足，房间里的温度很快到一个令人昏昏欲睡的高度，这让他疲惫的身躯和神经逐渐放松。

苏春天已经回到牌桌上，把手里的牌甩到桌上，笑着说道：“刚才筹码不够大。凡事只要筹码够大，气势自然就上来了。”

同样也是精致的装扮，体面的言谈，奢华的环境，这才是她所熟悉和热衷的生活，而不是那个脏兮兮的工厂和臭烘烘的女工人。对于苏春天来说，今天确实是特别的日子。

门铃再次响起，这一次，连同冯武的父亲一起起身去开了门。果然，门外是一名快递员。

“我自己来，我自己来。”冯武跑了过来，准备亲自签收这份快递。

“恭喜你呀，小学弟！”快递员看到冯武拆开信封后第一时间送上祝福语。

所有人都沉默了。

一条鱼的告白

此时才凌晨五点二十分，整个菜市场已经灯火通明，好不热闹。水产品摊位区已经喧哗一片，周敏穿着已经褪色的小碎花围裙，戴着手套，用手麻利地捞起鱼，从砧板上拿起刀，刀背银光闪闪，照得她左颊上的梨涡特别明显，因为一用力时脸颊就浅浅陷下去一个小坑，紧接着她把鱼头敲了一下，刮鱼鳞、扒鱼肠、装袋子，熟练完成。临近七点的时候，她还没有时间吃早餐，趁着空隙，倒是把手套取了下来，涂上药膏，因为之前手经常泡水，皮肤轻度溃烂还发出跟鱼一样的腥臭味，右手皮肤长了一大片像红疹一样的小疙瘩，越痒越挠就越痛。不过，她嘴上并没有闲着，还是吆喝着“新鲜的鱼，十六元一斤”。今年物价比较贵，附近观望挑选的老主顾一听便宜了几毛，都来她这儿买，她一下子又得放下手中的药，开始捞鱼，又忙着除去鱼鳞。这次她用刷子一片一片地刷下鱼身上的鳞片，然后把鱼放在水中清洗，最后装入袋中，放在电子秤上称重，收钱后，才露出了满意的酒窝。等收摊后，她才发现左手的一根手指被鱼刺豁开了一个口子，难怪刚才忙乱之中手指一掏进鱼嘴时，疼痛瞬间激得她脸色一变，可随即她又马上进行下一个流程，毕竟整个宰鱼过程只有她一个人，现在回想起来，她才明白之前鱼肚子的血混着她手指的血一起被水冲了出来。

从菜市场出来后，周敏走得很快，手指尖一直隐隐作痛，但这点儿小伤也没有需到要去医院的地步，她觉得自己应该坚持。这盛夏的天气，不到中午已是一天里最难耐的时候，经过的路焦干、滚烫，脚踏下去，柏油路都软绵绵的了，处处像要化开一样。空气又热又闷，像划根火柴就能点着了似的，令周敏口焦舌干、头昏眼花，这个时候的手指头似乎愈发疼痛了，让她有种想哭的冲动，可能是上了年纪的原因，她的脸上除了酒窝外，还有就是苹果肌太大，别人难过时是两行清泪，她是四行，加上长期操持生活的缘故，哭的时候都有种水到渠成的感觉。

她舍不得坐公交车，反正多走几公里也能省一点儿钱。远处砖石全是黑湿的，阴暗连成片，中间时不时有一块黑色的棚板，电线混杂凌乱，她为方便自己卖鱼而临时租过来的屋子就在其中。等到了屋前，她从口袋里掏出钥匙，把挂在把手上的锁开了，窗户上都是用过期的报纸贴上去当窗帘布，里面黑漆漆的，没有一点光影，只有好像是旁边房东安装的监控红点们隐约在摇晃。她把灯拉开，白炽灯很亮，一下子就把几平方米的房子照得像在太阳底下一样亮，她想：屋外的世界就像处在这“砖窑”中的人，想不到这灯一打，屋内的她也像烧烫的火砖，好想用凉水浇下去冲个澡，到时浇下去的凉水立即就化成汗珠，蒸发掉了，这才舒坦，可出租屋里没有单独的洗手间，得去公用厕所，公用厕所在房东隔出来的一面墙那里才有。

好想冲个凉水澡，推开门，看着屋外的一条土狗正吐着舌头喘气，估计狗也像人一样，都热得想去找水。

站在冲凉的水龙头下，把水龙头开到最大，水迫不及待地从她的头顶冲下去。这水真舒服！真舒服！

蓝天白云，海声沙沙！

身材妙曼的她穿着一袭碎花吊带长裙，赤着脚走在洁白细软的沙滩上，这天气真是太惬意了。

海风吹拂，潮起潮落，白色浪花捧来一堆贝壳、海螺，到了远处还有一些不知名的鱼亲吻她的脚丫。

她俯身低头，拾起一枚白玉螺，迎着日光细细打量，她知道来人间一趟，是过来享受阳光的。

女孩杏眼朱唇，肤白如雪。她弯了弯嘴角，脸颊浮现出一个与她母亲相似的甜美酒窝。

就在这时，有人从碧色海水中猛地探出头来。水珠飞溅，落在女孩头上身上。

他目光锋利锐气，带着一种矜贵与疏离感。

“你好讨厌呀！”她娇嗲嗲，嘟囔着。

两人在沙滩上你来我往追逐打闹起来，之后重新投入了凉爽无比的海水之中，阳光从她腰部漫上来，衣服上下，每一寸起伏都有内容。

临近中餐，她戴上遮阳帽，把防晒服的拉链拉到最高，半张脸都快藏进去了，从小都是在空调室长大的人，除非像刚才玩的地方，否则真见不得这路上的烈日。到了海鲜大酒店，自然吃的是海鲜大餐。

“公主是从来不剥虾的。”她发出抗议，伸出花了五百大洋刚做的新款指甲说道，“而且我不会吃带刺的鱼，倒不是不吃，是不会吃，从小我爸妈都是挑了鱼刺夹给我吃的。”

“好吧，服务员过来。”男人倒不意外，毕竟娇贵的她理应如此。

她微笑着捧起一杯果汁啜饮，撩白的搪瓷壁被服务员擦拭得很洁净，每一口都像在喝一颗幸福的心脏泵出的得意。

“我怕又得去做美甲了，看看，被海水泡了一会儿，感觉色彩都不对了。”姑娘说的倒是实话，用右手慢慢划过左手的食指指甲一直到小拇指指甲，最后一副受委屈的模样着实让对面的男人看了不得不起了怜香惜玉之心。好像坏的不是美甲，而是手指头断了般连筷子都拿不起来了。

“我来，怎么能让公主亲自动手呢，我喂给你吃如何？”他举手投足间自有一种风流之态，眉眼含笑，但笑意却不达眼底。

她微微颔首，蹙着的眉头这才松了下来，娇羞地放下那双纤细的玉手，再把天鹅般的脖子伸过去，张开嘴，吃下对方投喂过来的没有刺的鱼肉。

“你说这种鱼，确定是野生的吗？海里的还是湖里的？”

“凭口味，感觉是像湖里的。”

湖面的平静并不一定都让人心情愉悦。老刘把手中的鱼竿抬起一点点，凝视着落在水面上的倒影。他静静地等待着那一刻，当小鱼咬住了鱼钩，鱼竿便开始轻轻颤抖，示意着他来自湖底的信号。

那一刻，他像是瞬间变得年轻了许多，毕竟这种钓鱼的习惯都已经保持十多年了。他把鱼竿高举，嘴角露出了一个欣喜的微笑。但还要等待一会儿，让鱼逐渐上钩而不至于被它吓跑，他很清楚鱼的习性。

边上还有一位看似十分有经验的“渔翁”，在鱼钩上挂上蚯蚓，扬起渔竿，对准鱼群甩过去，然后坐下盯着浮标。突然，浮标猛地一晃，紧接着，绳子剧烈地抖动起来，他抑制着自己的兴奋，立刻握住摇把，飞快地转动起来，并且拼命往后拽。一旁的老刘看到他的架势，立刻过来帮忙，只听“啪”的一声，水花四溅，一条大鲤鱼飞出水面，被他们甩在桶里，挣扎欢快！

老刘自己倒忘了他的小鱼，自我安慰一番：“没事没事，我水桶里已经有几条了。”

“要不要我送你几条大的？”“渔翁”倒也是大方之人，他们都在几棵大树的阴凉之下放置了几个水桶。

“不用，不用，我只是享受过程而已，咱们钓鱼是一种哲学，是在得与失之间体悟人生的过程。等待上鱼的过程既是枯燥的，也是幸福的，因为总是有所期待。有句诗怎么说来的？‘是非不上钓鱼舟，从此闲身得自由’，对吧？钓鱼是享受过程，不在乎结果。”老刘开始得意说教，好像他这些年没失业般。“你是老师吧？说话这么有学问。我觉得吧，钓鱼就是动中有静，静中有动，靠兴趣，也靠坚忍的意志。”

听对方称自己为老师，老刘马上摆正了身体，眼神都开始发光了。“老师不敢当，书倒是读了很多，唉，空有理想。”说完，想再来首诗应景，但一下子又词穷了，只得愣愣地用手指着湖面。

“难怪是文化人呢，哟，这手，一看就是知识分子的手呀！”渔翁定睛看着老刘那双长期不用劳动的手称叹道。

一听这话，老刘得意地把后面的躺椅松了松，也把目光放到了自己那双白皙且修长的手上，哑然失笑道：“这手呀，倒是骨节分明，很多人都说我这是弹钢琴的好手。”

“你的浮标动了，快，快起杆子。”渔翁突然提醒他，“看样子，你晚上可以就着小酒吃上鱼咯！”

回家后，老刘打开冰箱取出啤酒，然后享用起老伴早已煮好的面条，又吐槽几句：“怎么冰箱永远是满的，但都是剩菜，还有什么咸的鱼干，不健康还臭，倒了吧！”

老伴正从厨房收拾完出来，回答道：“你们吃的都是新鲜的就行。没事，那些咸鱼干很美味呢，我吃，我吃。”

老刘一脸嫌弃地看了一眼，说了句：“不知啥毛病，爱吃这些。”

老伴习惯了这些话，并不以为然，又拿起老刘钓鱼换洗下来的衣服去手洗。老刘是个讲究人，虽然一天啥事不做，但却有洁癖，每天他都会穿着老伴给他熨烫好的衣服出门钓鱼。自从嫁给他，她就觉得自家老刘是书生，是十指不沾阳春水的人，但老刘喝了那么多年的墨水却没有任何产出，只会自叹怀才不遇虚度光阴，整个家庭全靠老伴勤劳的双手支撑。可他打心眼里看不起这个老伴，嫌弃她目不识丁，双手永远没个干净样。

他剔好牙齿，把牙签扔到垃圾桶里，便用目光扫了周围一圈好像在寻找什么。

老伴马上递给他一张纸巾，她是会把三层纸巾分成三次使用的人。

“这纸巾才多少钱呀，你都舍不得用，一张纸巾还给我分开用，小家子气。”老刘似乎开始生起气来。

“还有，还有，给你。”老伴又递上第二张纸，同时，小心翼翼地问，“今天是不是太热了，昨天不是说今天能把鱼带回来吗？”

“钓鱼只是我的爱好，享受的是过程，我钓上来后，水桶满满当当的，不过，后来我又重新把它们放回水里了，这样明天又可以钓上鱼来，这多好。”老刘这会儿又把声音提高了几个音阶，同时回想起当时把水桶里的鱼倒回湖里时，边上那几个“渔翁”向他投来的欣赏的目光，又再度自豪起来，“我钓鱼又不是给你卖的，俗气。”

老伴的眼神更加暗淡了，手里的冷面伴着一口咸鱼干又咽了下去。

“对了，你过几天挑上几对上好的野生鱼，我要送人，还有，咱家姑娘这次是去三亚还是哪里了？何时回来呀？你也得有点当妈妈的样儿，关心关心自家女儿。”老刘看着老伴那副从来不打扮的样子就觉得晦气。

老伴默默去掏口袋里的老人机，她的手指头仿佛又被鱼刺重重割到似的，疼痛从心脏蔓延到四肢百骸，接着用绑着止血贴的手点开女儿的朋友圈，照片里女儿正享受着阳光与大海，以及海鲜大餐，配文：诗与远方，本公主都有。

“你给孩子汇点钱过去吧，她从学校毕业了也要到处交友找工作呢！”老刘看老伴盯着手机，“周敏，有没有听到我说话呀？”

此时，她才抬起头来，连连回应。她从女儿的朋友圈看到了大海，看到了她这一辈子都向往但都没看过的大海，有点儿愣住了。

夜越来越深了，圆圆的月亮出来了，老刘的美梦正酣，而周敏却要轻轻起来准备新一天的劳作。她推门出去时，抬头看看月亮，老刘总会对着它读出一首首诗来，但周敏觉得月光不如月饼香，能吃饱的才是好东西。突然一只猫跑了出来，许是被惊扰到了，它发亮的目光一寸寸对着周敏扫过去，像是在哀求她一样。周敏心生怜悯，应该是只流浪猫吧，就从后面的小推车里拿出一个小包，里面是昨天没法卖又没法吃的小鱼。可不知是小鱼的叛逆挣扎还是流浪猫的嫌弃，小鱼和猫对视几秒之后，竟然没有下一步的动作。

这年头，难道猫嫌弃鱼了吗？

周敏心下一惊，等她再回头时，就发现了这只流浪猫边上多了好几只小猫，原来如此！

她笑了，觉得一切都是理所当然，手指似乎又不痛了。

摄氏 37.3℃

此时已是上午十点半，寒冷的天气还未回升，屋内的空调是关闭的，她翻书的双手冻得有些僵硬，于是不时将手心放在膝盖上不停地摩挲取暖，唯一呼出去带有热度的鼻息又被严实的口罩弹回来。边上坐着很多佩戴口罩的人，感冒期间，判断他人高兴或是愤怒，只能通过观察眉毛的走向，谁也不愿意跟谁套近乎，所以，周围是一片寂寞与清冷。

“37.3℃，需要观察！”这个声音好像能引起一丝共鸣，她抬起头看了一眼，刚好与他的目光对上。他的眉头处开花了。

如果不是红着脸相见的，那有可能是红着眼相逢的。她有没有脸红不大清楚，因为口罩掩住了，但红着眼的激动是透过眼镜片能观察到的。

“苏宋，是你吗？”心中叫出这两个字时，她鼻子酸到胀痛。那是她人生中第一次知道，鼻子的酸，居然可以连带着眼睛都胀得生疼。

很多时候，回忆的光能轻易把人照暖，特别是心中留有遗憾与美好的那段岁月。

青春是立在每个中年人脑海中的一个巨大的记忆驿站，那里有无数的小窗户，大家必然在特定的时间或是生活的某个情景之中想回去看看，看看那个不断重返青春的最后阵地，但并不一定能够马上找到那个为自己情感敞开的入口，除非遇到叠影的人或物。

确认过眼神，那是熟悉的旧人！身高腿长，像一棵拔节生长的白杨树，身上充满让人热血沸腾的阳光。

十几年前的上海滩，有着他与她相处的片段。早餐，她为他煮过鸡蛋，将鸡蛋切开一分为二，全是心形的模样，他陪她去看过她喜欢的电影，却发现影片的名字早已忘光，只记得挨近的身影是当时放飞的心情。

因为工作的原因共同奔赴在同一个异地，也因为共事的原因而告别在另一座城市。

一股酒精消毒水的味道，随着呼吸在鼻腔中由淡转浓。

“我们是不是已经十来年没遇到过了？”他率先开了口，紧了紧口罩，主动坐在她边上。

“是呀，真是巧了，没想到会在这儿相逢。”她推了推眼镜，难掩眼中的惊喜。

“你，怎么样？”

“哦，37.3℃，你呢？”

“不是，我是问你这些年过得怎么样？”

“没心没肺，快乐加倍！”

“那不错呀！你在哪儿工作呢？”

空气中似乎有了一股暖流，彼此汇报。

护士把验血单送了过来，幸好！

短暂沉默之后她的突然开口，将他的目光又召了回来。

“我最怕验血了，特别是戳手指头肉上的那种，我记得当年有次感冒了，你送我去的医院，那是我第一次知道原来验血还有除了抽胳膊静脉血之外的方式，我有点傻，一听说要伸手指头抽血，脑海中马上想到的就是电视剧中在死牢里对待犯人的酷刑，以为是用针扎在指甲缝里，那不得疼死过去，当时就从验血窗口逃走了，你在后面追，追的那是一脸的懵圈。”

“有这样的事吗？”他听了她的讲述，依旧是一脸糊涂，空气瞬间压缩到了冰点。

“是呀，还有一次更搞笑，一个同事过生日，因为我过去最晚，一坐下就空腹罚了三杯红酒，这三杯之间，你六次用眼神告诉我，可以替我先挡酒的，但意气风发的年龄哪会承认自己的柔弱，硬是顶着胃痛给灌下去了。酒席之后，一批人三三两两结伴回公司。”

“似乎是有这么一回事，哈哈！”很明显，从他的回答里看得出来，他的记忆里可能有红酒，但已经记不清当年想替一位少女挡酒的心了。

“我要说的是后面的事情，我先搭一个同事的车回去了，你和司机却跟着一辆120一路追随到了医院。”

“啊，我喝醉了？”

“看来你是真记不起来了，你有没有喝酒不知道，但你是一直打我的手机，然后一直让司机追着从酒店出来的一辆120到了医院，当时我的手机静音了，所以没及时接到你电话，而当时你以为我喝吐了，出了身体状况需要120急救就医呢！”

“不会吧？我真想不起来了。”

不管如何，当年手机里未接通的那十三通来电是真的证明他担心过她。

“说起酒宴，你还为我挡过玻璃刀呢。那是一年的公司年终酒宴，五六桌同事一起，欢声笑语好不开心。可后来气氛被外来的几个醉酒的陌生人破坏了，无意的肢体摩擦竟然演变成了斗殴现场，对方趁着酒意竟然起了歹意，人不多，但够狠，直接拿酒瓶与热水瓶凌空砸过来。你就坐在我的身边，说时迟，那时快，你左手拉过我的手，右手护住我的头，接着把我往桌下按去，嘱咐我躲着别动，之后你推开椅子站了起来，前往最可怕的第一事故现场。”

“好像是出过这么一起打架事件，你怎么记得这么清楚呀？”

“怎么可能不清楚，那是我第一次看到打架，而且也是第一次被人保护着，你当时就像一位佩着剑的侠客出现在我的眼前。”她的语气满是欢喜，当然，从此，他再也没有从她心中离开过。

都说同样一件事情，人与人的记忆是不同的，她都清楚记得，可偏偏他都忘却了。

黄浦江里浪打浪，她的身边不缺少伙伴，只是在少女的年龄谁都喜欢仰视，都有望向高处的毛病，却不知高处不胜寒，再炙热的情感都会被现实冰冻。

她替他写过工作报告，陪着他去竞选过杰出青年；在雨天周浦一个普通甜品屋里，他为她挑过最可口的小甜点。多少年后，很多人问她为何喜欢下雨天与吃甜品时，她才慢慢明白，她只是怀念当年那个一起躲雨的人与甜到心口的悸动。

他们一起走过黄浦江，约伴欣赏过美丽的苏州金鸡湖。

“在异乡，可能会让两个同一故乡的人感到特别亲近吧！”他给出了最好的解释。

不过，这并不是她想要的答案。

青春不是一个名词，而是一个形容词。一生中最怀念的质地，最干净的情感，最柔软、最执拗、最悲伤的状态，最欲语还休的那个人，都被它温柔地定义。

故事很简单，他成熟，却不知当时懵懂的少女心事；她并未成熟，却懂得为爱止步，因为这是她对他的最后的温柔。

或者说是她的目光过于炙热，他开始逃避这种有热度的话题，身体也稍微拉开了距离，转向了另一边的医护人员，问道：“我们大概何时能结束观察？”

很明显，他想离开。不过，谁不想早点离开呢！毕竟这只是发烧观察室。

“刚想说你们两个呢，得隔开一米以上距离，太近了。”护士的话让她尴尬地挪了挪双腿。

“都戴着口罩，应该没事吧！”他缓解了一下气氛。

“大概两个小时之后，报告单出来，再测一次体温，没问题的话，就可以离开了。”

那意味着她与他还有两个小时的相处时间。如果说当年的恋情像一阵风，吹过去那股劲就没有了。那么，现在，却不是。

其实，她垂眸几秒，很想试探着问问，当年的自己，在他心中到底处于什么位置？可又担心答案不是她所期待的，才把问题变成了沉默的傻笑。

张爱玲说：娶了红玫瑰，久而久之，红玫瑰就变成了墙上的一抹蚊子血，白玫瑰还是“床前明月光”；娶了白玫瑰，白的就是衣服上的一粒饭粘子，红的还是心口上的一颗朱砂痣。

这话是张爱玲形容男人的，她也想知道此时的他对自己的印象到底是白玫瑰还是红玫瑰。可偏偏命运的书本让她读上了三毛的剧本，每想他一次，天上飘落一粒沙，从此形成了撒哈拉。思念与离别的这些年，让她眉间又多出了几分憔悴。

有些记忆容易发酵。

如果把地点在上海滩再往前推一年，那北城才是最初见面的地方，十几年前那片地带还属于荒凉的城郊接合部，要不是靠着她的深情添上几笔，回忆可是空空如也。因为工作服得配领带，可她却不懂如何佩戴，他的双手绕过她的脖子时，他漆黑的眼扫过她，神色漫不经心，但她的心跳仿佛漏了一拍。

有一次也是他开车，她坐后面。冬夜的一个晚上，格外寒冷，路上几乎没有车，车窗玻璃有些微起雾，晕染了路灯的橙色光芒，她在后排车窗上用手指画出一个又一个心形。专心开车的他并未察觉这些，只说快要到达目的地了。

她当然可以选择相信爱情，但也要能够接受它的姗姗来迟，以及突然离开。

阴晴等圆缺，当少女不再等待骑士，或许才是美好童话的开始。她等不到动心的人，就嫁给安心的人。

“工作责任心太强的人，容易累，你得注意身体。”她看得出来岁月在他的脸上并没有留下多少痕迹，他只是清瘦了不少。电光石火间，她注意到他看过来的刹那，倏地收回了视线。

“你也一样，哈哈，否则我们怎么会在此相遇。没时间休息的人就得腾出时间来生病。”他的目光也一闪而过，似乎在确认什么又在逃避什么。

天光悄无声息地晦暗，夜幕吞噬了黄昏最后一缕枯黄色的阳光，清冷的月色像薄雾一样透过窗帘披在她的肩头，然而时间却在她的手指间凝固，回忆里的每一个画面横陈在眼前，宛若风雪过后山中的洞窟，发出低声的呜咽，吸引着遗憾的她，循声踏入。

“你的工作经常是披星戴月的吧，同样的，我的创作也是。”其实，星光与君皆负她。

回忆宛在眼前，月亮也一如当年。当时，很多的错过才成了过错，她才梦醒无悔。能怨什么呢？那个混账的年龄，满心满眼都是爱情，也许给了谁，是不重要的。她选择了告别，以工作的形式。

都说不告而别的人，像尿消失在冲水马桶里。确实，告别之后的他，从来没有主动找过她。就像很多思念成灾的时候，对方却只在通讯录里安静着。

失望一旦攒够，再爱也不回头。她明白自己朝他走了九十九步，可如果他主动迈出最后一步的话，两个人的交际就容易偏离轨道。

有爱情的生活可以增添色彩，没爱情的生活还是要继续存活。

这些年，身披印花围裙、踏着七彩油烟来对她的男人始终比不过当年那个替她挡过酒与玻璃的英雄，这是一个不公平的战场，因为她心里装着白月光。

当然，他还是比她成熟，他看透了她的心事，虽不会倾吐温言软语，但总是笑着说，我们是最好的闺蜜。是的，以友情的名义约在下一年，共同奔赴人间四季。

爱情没有抵抗力，在现实面前我们就是个手无寸铁的孩子。除了天真和幻想，爱情只是偶像剧的开始，但必须以现实纪录片来收尾。

好多回忆的根扎得太深，怎么可能不悔恨？明明知道不应该放任，没等放任的情绪出来，护士及时出现了。

“你的报告单也出来了！”

有炎症就得治疗，发烧也能提高免疫力，身体很诚实，不像人的情感可以撒谎。

诊室南边有一个洗手池，池子上方的墙上贴着一面镜子。她望向镜子，看到了自己已经鼓起的两个大眼泡，还有几缕头发油腻腻地贴在额前。她不自觉地扒拉了一下自己的刘海，眼泪滚过的皮肤有点儿黏黏的。她加他的微信很多年了，她在与自己聊天的人中滑动着，寻找他的头像，好几次是点开了，却不知如何开口。

屋外的天依然黑着，冷空气刺激着鼻腔，淌过泪的脸颊被洗手间的排风一吹开始刺痛。

“是不是过会儿就可以走了？”

“应该是吧！”

她的手机震动了一下，屏幕上弹出微信消息提示窗口，她瞥了眼手机屏幕，喉头一哽，但她并没有马上点开。

他的手机也响起来，他立马接通了。

“没事，只有37.3℃，低烧，很快就能退去的。”

是的，只是37.3℃，她与他的37.3℃。

爱情和人一样，也有生老病死。生很容易，老也很容易，病了自动痊愈却很难。就像青春不只像玫瑰，更像是喝了一杯调制酒，看起来没怎么样，喝光的时候，才知道它的后劲很强。

她记忆里的白月光呀，伴随着多年的梦境年华，可最终只能成全37.3℃的童话！

3030年间

3030年间，玉门关外，南泥湾里。

葬礼结束时，突然下起大雨。

前来吊唁的人都身着黑衣，此时离去都已经撑开五颜六色的伞。陈念是开了“公司批斗会”才收到消息赶过来的，这款产品的回访追踪她足足晚了很多年，根据产品使用者的联系号码几经周折，才接通电话，“请问他在什么地方？这些年我一直在找他。”

“他在陵园。”

“啊？”

产品使用者在N年前参与体验AI复活项目，同意在一家名叫未来世界的公司开通自身账户，建立个人信息抓取系统，授权该系统通过追踪他的日常使用软件，读取并保存他生前的活跃数据。

陈念驾驶着自动无人机车，却还是没能赶上参加追悼会，只能在到了之后用手指轻点一下墓碑上刻有逝者名字的二维码，顿时电流信号滋滋响起。不行，还是得通过转录设备，这样才能把死者生前紊乱的记忆波捋整齐。她开始用意念指挥一场回忆录的整理，屏住呼吸，快速地将记忆波震荡设备开关推到最强档，电流波状图逐渐清晰。她刷新、放大、锁定短期记忆存储地——CA1区域，接着电流发出低频轰鸣，攀爬粘连所有的神经突触，蜷缩着，紧实扭缠住她的思维，最后，一段段奔涌进来，再像洪水般泄出。语言、声音、画面，转录成一道道电波，跟摩斯密码似的甩进陈念的大脑，刺激出一连串的画面从神经中枢游荡出来。那些具象的感受，赖以组成自我的记忆，最终形成这个光怪陆离的35岁人生。

“真的是爸爸。”最先发现这个秘密的是他六岁的女儿。

她正躲开身后跟她玩捉迷藏的小朋友，盯着那辆停在地下车库里的黑色轿车，以及坐在里面的那个熟悉的黑色身影。通过车窗，她清楚地看到那双沧桑又经常拿着烟的手。她曾经多次看到爸爸躲在地下室车库里吸烟，小小年纪的她以为那是因为妈妈经常训斥爸爸，不让他在家吸烟造成的。可是最近情况有点不寻常，爸爸抱她的次数越来越多，睡前给她讲的故事也越来越长。

六岁的小朋友叫苏易，她就这么盯着，潜意识给她一种极其危险的预感，就像这场游戏就要GAME OVER一样。

一阵熟悉的脚步声传来，那是爸爸的脚步声，苏易以为自己看花了眼，重新揉了揉眼睛望去，爸爸并没有下车，那脚步声为何如此相似？而不远处那个人明明就是爸爸。在这个年代，听力与视力的辨识度已经精确到用人脸与声音来判定声源。

车门被缓缓打开，车里的男人几乎要被车外的男人拽下来。

再抬头看去，苏易看到了两张几乎一模一样的脸。

“找你找得好苦呀！”后来的爸爸对车里的爸爸说道。

原来你在这里？那说明他本身不应该出现在这里？小小的苏易已经听懂其中的意思了。

“大学毕业那一年，你就应该消失了，躲了这么多年，如今你已是中年人了，在劫难逃了。”

车里的爸爸没有说话，默默地把烟头灭掉。

“是躲不过了，等我回家跟家人们做最后的告别吧！”

“不行，没有那个时间了，多活的十几年里的每一天你都应该像在跟家人告别一样。”

说完，一道闪光亮起，铺满他全身，之后慢慢消失，他的整个身体也跟着消失不见了。

“爸——”第二个爸字还没叫出来，苏易就被身后一双手紧紧捂住嘴巴，在失去意识之前的这几秒里，如果可以，她情愿当时没有那么好奇地死死撑开眼皮，也就不会看到那张脸。大概是因为那目光对焦过于寒凉。

小孩子本身是不具有恐惧感的。除非恐惧本身来自她本应该最有安全感的妈妈给她带来的害怕。

小苏易醒来已是次日。

吊扇叶片在头顶呼啦啦旋转，如果掉下来，不知道能不能削掉天花板下的脑袋，好奇是个有魔力的东西，能够消解日常中的部分恐怖。苏易醒来的时候，妈妈就在身边，而她自己像是被束缚了一整天，突然松弛开，身上的每一块皮肤都在大口呼吸自由的空气，同时困意也排山倒海般袭来。

“你刚才做梦了。”妈妈拍拍她的肩膀，示意她再入睡，很显然，之前的记忆小苏易已经模糊不清，可醒来为何在客厅，在吊扇之下呢？

她已经不是三岁小孩了，不好糊弄。苏易的妈妈好像在自言自语道。

此时，窗外电闪雷鸣，下起了暴雨。狂风从阳台窗户打着旋儿挤进来，空气里有树叶、灰尘和血的味道。

有人在屋子外敲门，起初小苏易以为是听错了，这么晚了，怎么会有人找？而且不按门铃，结果敲门声一直持续着，苏易的妈妈起身开门。

“是爸爸回家了吗？他怎么忘记输入门的密码了？”苏易重新睁开眼睛问。

进来的是一位剑眉星目，皮肤白净，一看就是坐办公室的中年成功男士，不像之前跑腿送外卖而且整天风吹日晒、皮糙肉厚的爸爸。除了肤色，可长成一样的人，除了爸爸，还能是谁。

苏易的妈妈李沐伸出来的手僵住，硬生生停在空中，睫毛突然眨动，而她的爱人一瞬间似乎快被打开的门吹进来的风掀翻，他喉结滚动，就像整个人浸在雨里。

夫妻二人就这么隔着一米的距离，眼神交汇。

“爸爸，你是去做了美白吧？”还是小苏易跑过来打断了空气中的陌生感。

苏明明抱起女儿，敲敲她的小脑门。“小家伙，睡了一觉，怎么说起胡话来了。”

之后的日子，家里恢复了正常。爸爸妈妈白天上班，她上幼儿园，之前的一切似乎都是她生病发烧做噩梦带来的胡思乱想。

爸爸的努力工作得到了更大的回报，家里有了更好的收入，苏易也将转到国际学校就读。日复一日，苏易的心像一个秘密的储存柜，存放着太多他人的不可告人和暗色的人性结石。本来觉得那些秘密的梦境放着就好，但后来，却被另一个要好的同学王小阳打破了。

“怎么了，你也发烧了？”她见王小阳请几天病假后才来上学，因为老师曾说“发烧也会传染的”。

“是呀，但我这次发烧，没有觉得头痛呀，可偏偏爸爸哄我说是生病了，我还做了一个奇怪的梦，梦到两个妈妈呢？”王小阳吸了吸鼻涕说道。

“两个妈妈？”苏易的梦不一样，她之前梦到的是两个爸爸。

这个问题开始困扰他们，秘密就一定是真相吗，会不会是伪装？不明白的事情就去问老师吧！

幼儿园的陈老师是单眼皮，眼神总是雾蒙蒙的，像遮遮掩掩地藏了东西，她只是说了一句：“等到你们大学毕业那一年，就能揭开这个梦的真相了。”

王小阳等不及了，他想悄悄起床，去妈妈之前工作的地方一探究竟。可他毕竟还是个孩子，没法在甜甜的睡梦中起床。

清晨四点半，东城最旺的夜市刚刚打烊，醉醺醺的食客不肯离席，还在大声猜拳。每天负责清扫这个路段的环卫工人按时来了。总有人不把垃圾扔到位，即使只离垃圾桶几步远。她的眼神瞥到了垃圾桶旁边蜷成一团的卫生纸与塑料瓶，仿佛看到了自己的生活，带着抚不平的褶皱和多余的人生。

王小阳的妈妈每天早出晚归，清扫着这条熟悉的街道。

“是时候了，要回去了。”她的语速很慢，声音软，听她说话像隔墙听见花园里有女人在念葬花吟般温柔又悲观。

她常年拿扫把的手已全然变紫，像一颗被生活打发饱满的血泡，很快就要被挤出血水来。

工作了三个小时之后，她又像往常一样回到家中准备早餐。大铁锅里的菜籽油开始吞吐着小泡泡，搅拌好的鸡蛋液顺着锅沿滑进锅里，刺啦几声，出了香味，也起了烟。

她习惯了厚重的油烟，拿着锅铲一边翻炒一边叫醒王小阳起床吃饭。

两个小朋友交换了生病的梦境，又学着大人的思维去推理分析。小苏易的爸爸之前是开顺风车的，那个梦之后就变了岗位，重新回到了办公室的管理岗，而王小阳的妈妈最早是单位的一名会计，公司裁员后才找了份清洁工的活儿。

这天，天黑得感觉朝黑暗里插一把刀都拔不出来。王小阳的妈妈半夜起来在哭泣，哭声惊醒了他，他感觉妈妈还朝他的额头亲了亲，之后才走出他的卧室。因为没关紧门，他看到妈妈拿起茶几上的冷茶喝了起来，小阳本想赤脚过去，可他实在离不开这温暖的被窝，而他妈妈正看着黑色茶盏里倒映着的自己瑟瑟发抖的面容，茶里又添了几滴眼泪，接着她又放声哭了起来，那是一种自己无法作出决定的哭声，渐渐嘶哑，仿佛有人拿刀在她的声带上划下口子。接着，家里的大门开了，走进来一个长得跟她妈妈一样的女人，一团光亮之后，好像之前的妈妈被回收到垃圾桶般消失了。

“你说我的爸爸、你的妈妈会不会被另一个时空收走了？”苏易思考了半天才吐出这么一句话。

“不可能，明明现在的妈妈更优秀，她们都很爱我，爸爸说我那天病得很重，是做梦了。可那次之后，妈妈不再给我讲睡前故事了，她说工作很忙，每晚回家都很迟，我都已经睡觉了。”王小阳宁愿觉得这只是一个梦而已。

一切都很完美，唯独一点，苏易自从那次生病之后，患上了选择失忆症，但她很清楚地知道那次地下车库所见并不是一个梦。

这段信息形成的画面不应该出现在死者的记忆卡中，除非死者生前安装了窃取他人成长信息功能的机制。

陈念读取这些信息之后，从包里拿出一瓶水，当5摄氏度的水喝进38摄氏度的胃里，胃黏膜内“雷达站”启动了温度侦测。当冷饮进入胃内，瞬间的冷刺激马上引发了冷侦测“雷达站”的报警。脑电波立刻派出了相当于几十毫伏电压的“脉冲信号快车”，这个“脉冲信号快车”开上了脊髓这条信息“高速公路”，马不停蹄地再次向记忆深处飞驰，持续读取死者生前关于他女儿相关的成长记录。

两个孩子并没有缜密的谋划，却心照不宣地达成了某种约定，顺利读到了大学毕业。

公墓里竖起了一座新墓碑，里面埋着的并不是苏易爸爸的骨灰，也许父亲跟真相一起，深陷泥土，也深陷在时间里，一点一点变成腐烂掉的秘密。没有被香火供奉的父亲，注定在另一个世界，彻底失去他之前珍爱的优秀人设。连着好几日，父亲的死，成了街坊四邻闲谈的中心话题。苏易母亲在小区里开的杂货店，成了悲剧的著名景点。

“父亲”下葬的第二天，杂货店就开始营业了，生意竟比往常要好。母亲像个悲伤的模特，身穿素衣，头戴白花，胳膊上套着黑纱，站在她熟悉的柜台后，看着凄凉极了。

她好似被巨大的悲伤击垮，却又因现实不得不故作坚强。时不时会有熟悉的邻居进来，他们会劝慰母亲，嘴上说着节哀，却总会把话题绕到那日的事上。那件事情就像个开关，只要被人轻轻一拧，母亲就像接收到指令一般，开始用带着哭腔的声音，讲述悲伤。

她说，平日里冬泳都很好，想不到这个清晨，他竟然被淹死在水库里，至今找不到尸骨。

接着，苏易的母亲就会给她一个眼色，她就走过来，两个人像是藏好了心里的秘密，抱头痛哭。

势均力敌的演员，让故事精彩无比。苏易试图为自己消失的父亲要一个说法，但当目光触碰到母亲的眼神时，愤怒立刻偃旗息鼓。

母亲在外人面前表演悲伤，游刃有余，毫无破绽。在没人的地方，苏易却看到了母亲的笑容，她的嘴咧得很大，是大笑的表情，但又压抑着，没有声响。母亲其实是个可怜人，她的伤心、快乐、哭或者笑，似乎都是隐形的，藏在这茫茫人世间，和她玩着捉迷藏。

今天，咱母女一定要哭，狠狠地哭。

苏易懂了，平时那种木讷的悲伤在今天已经不够用了，需要借助外力的刺激。

出殡路上，苏易捧着父亲黑白色的遗照，母亲捧着骨灰盒，她们脚步缓慢地走在漫天飞舞的纸钱里，泪如雨下。

唉，可怜人，才六十不到，女儿还没有参加工作。苏易能听到窸窸窣窣的声音，也知道母亲并不哀伤，眼泪只是洋葱的作品。她还知道一个秘密，母亲捧着的骨灰盒里，装的并不是父亲的骨灰，而是一些电子设备。也许父亲的骨灰早被母亲和家里的垃圾混在一起，扔在了地下车库的垃圾桶里。

但她始终觉得，母亲对父亲的恨意，比她以为的还要汹涌绵长，似乎还有她不曾窥探到的秘密，但那些都过去了，都结束了。

苏易不明白，母亲为何如此恨父亲。自从小时候生那场病之后，父亲的事业越来越成功，但陪母亲的时间越来越少，甚至还听说两个人后来成了行业里最大的竞争对手。

但她很快就想明白了，母亲和父亲的感情夹杂着怨、恨、疼痛，甚至死亡，失败得很彻底。爱情这个东西，于她而言，像沙漏，从结婚那刻开始，就往外流，直至全部耗尽，隔了生与死。

母亲的一颗心，千疮百孔，形如枯槁，但终归是不甘的。霸道总裁也好，霸道王爷也罢，是母亲对于情感的念想。不是痴傻，不是幼稚，只是人世间的情感折磨了她太久，怨念如水般将她的心淹没。记得母亲有了事业之后，就喜欢上了看电视剧，看那些影视剧中的完美爱人，这是她沙漠般人生里的海市蜃楼。

那些虚幻的男人，不会爱她，却也不会伤害她。

父亲会死去，是苏易不曾想过的，在她看来，母亲绝对有能力挽救父亲的生命，只是在现实面前，她选择了让自己活着。一想到这些，苏易呼吸有些不畅，但她没有挣扎，她又听到了母亲的哭声，所以想耐心地等待母亲能有一滴眼泪落下，但始终没有等到。对，她似乎很多年很多年，都不曾看到母亲的眼泪了。

她突然想起，母亲是隐藏眼泪的高手，哪怕参加自己的毕业典礼。很多家长都是悲喜交加，唯独自己的母亲好像也在哭，但一直没有眼泪。

她抬起头，看到她的眼皮频繁地微微颤动，双唇微张，像是有什么重要的话要对她说，却没有说出口。

直到找到工作的那一天，苏易长大了，也明白了当年，她只有七岁时，老师跟她讲的那个秘密，可王小阳还一直沉浸在疯狂地投简历中。这一切他怕是没有机会知晓了。

这天，王小阳陪着苏易来祭拜她父亲，说是自己急着找工作，一直没能来看看叔叔。之后他们又买了一些祭品，苏易拉着王小阳前往另一处公墓，在一个没刻着名字的无字碑前，说现在这些祭品，是要烧给那边的自己用！

“你不会又发烧了吧？小时候就说你失忆了，你现在又乱说。”王小阳担心苏易又发什么病。

苏易说烧给春天里的那个人。

“你以那么优异的成绩毕业，还如愿找到了工作，怎么还如此伤感呀，这个人到底是谁呀？”王小阳问道，可苏易只顾着烧纸。

王小阳的眼前浮现出火光，脑中一闪，苏易突然一把抓住王小阳，手指紧紧箍住他手腕，好像他说完这话就会像手中的冥纸一样消失在空气中。

可能不是今天，不会如此残酷的。王小阳没有消失，他还活生生地站在眼前。

天下起了小雨，许是觉得有点阴冷，苏易用中指夹起一根烟，是上次送走父亲时她学会的抽烟。冰凉的飘雨打在她的脸上，落在皮肤的毛孔上，顺着下颌线向下滴落。空气中充斥着死一样的安静。

“你怎么了？虽然说苏叔叔走了，但，感觉你特别怪。”王小阳发问，“这个到底是谁的墓碑呀？”

苏易似乎在这么被问的一瞬间，自己就被钉在耻辱柱上一般。她下意识地避开王小阳的双眸，眼底闪过泪花，紧绷的下颌线透着一股子倔强。

“还有，小时候，陈老师说的大学毕业后就懂了，这个秘密你懂了吗？”

苏易的眼神开始变得更加值得玩味，又多了几分探究意味，她问得直白又尖锐。

苏易攥着手指，似乎要将指甲边缘的倒刺全部剥掉，甚至指腹隐隐在发抖，就像伸入潮湿的墓碑里，能拿出打开秘密的钥匙。

“你，过几天就会懂了。”苏易嘴角带着笑，她冷得很，没有当场驳了这个从小长大的好同学的问话。她的声音很冷，用的不是疑问句，而是陈述句。

“不说拉倒，真是的，我们从小接受一样的教育，上国际小学，读最好的初中、重点高中，考上同样的大学，可为何毕业后，你先找到了工作，都不安慰安慰我？”王小阳又开始发泄心中的委屈。

苏易勾着唇角，眼神微微眯起，像高高在上神怜悯地看着王小阳。她知道，不知道秘密的人才幸福。

苏易跟他说了一句：墓碑的另一边就是春天。对于这个世界的美好，她缺乏想象力。但王小阳想，一定有一个地方有春天，在他们没见过的未来。

苏易觉得自己可能就是维持得太辛苦，在某一个节点崩掉了才有新的人生。这个墓碑她是给自己准备的，在她没找到工作的前一天，其实她已经知道了真相，而代价就是埋葬曾经的自己。

"春天，会来的。"她的语气有点嘲讽，是对待一个穷途末路的日子该有的态度。

读取信息的机器运转得很成功，陈念的产品回访记录提交上去后，还是因为业绩欠佳而下岗，优胜劣汰饶过谁？何况她此时已经有了中年危机。

"是时候回去了。"面对凌厉的眼神，陈念稍微挺直身板，正襟危坐。

腥热的血，带着一丝甜腻，竟然一下子扑在她的唇角，渗入她的口腔。

她腹中立刻翻江倒海，酸水将喉咙口灼得刺痛难忍。

但她没有吐出来，她知道自己没有退路。夏天的雨瓢泼而下，粉碎在那一年的产房前。

她那最亲的爱人，知道她生下儿子的那一刻，却带着一批医生一声不吭地离开了产房，连提前准备的参汤也没给她端进去。是初秋，院子里却有一阵冷风扫过，葡萄和丝瓜叶子拍击在红砖墙面，发出纷乱的低鸣，大片黑影凌乱地摇动，仿佛要掩盖什么诡异的秘密。人在冷酷而压抑的环境中，总是会出于本能地想去靠近一些温暖之物。哪怕那"温暖"不过是更冷酷的庞然巨兽对她虚晃的一枪。

她清楚那些医生在做什么准备。

于是，他们一家人开始讨论关于这个婴儿的各项指标以及未来的人生发展规划。在这个过程中，没有一个人问过她作为母亲的任何一句意见。

他们的讨论并不包含她是否愿意做这个试验。

每一个出生的婴儿都会被父母一方带去做一个试验，那就是再去克隆一个完全一样的婴儿，只是这个克隆婴儿会先养在实验环境之中，有顶级的专业保姆与天团培养成长师每天进行教育，或说看护，有幼前教育、学前教育，直到大学毕业，每天吃着由营养师亲自调配的营养餐，包括心理读取信息激活，以期身心全面健康地发展，这个环境虽不像楚门的世界，但却是最大的克隆人生存空间。直到大学生毕业的那年，两个基因相同的人会通过各项基因测试比对，培育优胜的那个人才会继续留在现实生活中，另一个将被回收或是消亡在实验室之中。而通过后天自身努力的人将持续躲过攻击与测试，最大的危机是在35岁的中年期再进行新一轮的测试。苏易的父亲就是在中年期这轮测试中消失的，取而代之的其实是一个克隆父亲，而王小阳的母亲亦是如此，遭遇中年职业危机之后，他们就会和克隆人竞争上岗。当家庭进入老年消耗时代时，只能存活一个人，现实生活中对于不能再创造更大价值的老年人是无法包容的，所以苏易的母亲抢先选择按下了放弃苏易父亲的存活键。

“陈念，你别想太多了，有什么好悲伤的，当然，你是不会得产后抑郁症的。”护士过来安慰她。

“为何？”

“因为你本身就是克隆人呀！”

陈念浑身发抖，这不科学！

“当然，根据实验，我们也发现了一些特例，这些先天基因与后天环境各项指标都接近的人，测试的结果为何还是不一样？比如，你一个克隆人怎么会对婴儿有心疼感。”

原来是在出生的时候，这个婴儿吃过几天她的母乳。

电磁波还在持续发出新的信号……

八品炉与逍遥观

西城有个景点，叫普度寺，善男信女一直较多，据说只有开了光的寺庙才有资格修十三道门。正中间的三道门，才是供人出入的。普通游客，进门只能走右边的那道门，中间那道门叫空门，只有出家人才可以出入。进门时，女客先迈右脚，男客先迈左脚，都要注意，一定不能踩在门槛上，而且这步子，需迈得越大越好。寺里坐着几尊菩萨，很是庄严，大雄宝殿上供奉的叫释迦牟尼佛，他身穿通肩大衣，手持说法印，双腿趺坐在莲花台上，娑婆世界的释迦牟尼佛有两位胁侍——“大智”文殊菩萨和“大行”普贤菩萨。背后为观世音菩萨，以大慈大悲而名闻天下，她身穿白衣，坐在白莲花上，一手持着一只净瓶，一手执着一朵白莲，仿佛在表露她怀着的一颗纯洁的菩萨心。周边塑造观音八十四化身，全力引导信徒脱离尘世，帮助世人解除灾难，到达荷花盛开的净土。她可以应即以种种化身救苦救难，所以有各种不同名称和形象的观音，如白衣观音、水月观音、千手千眼观音等，特别是送子观音在前些年特别红，都说求子容易养子难，所以在送子观音这边拜完就跑去找文曲星那里顺道说上几句好话。如果你愿意，大可以一尊一尊地拜过去，如果时间不允许，只需在大雄宝殿前烧香。

总而言之，一进寺，请上几根香点上，注意了，香不能叫“买”而应该叫“请”。自己请自己的香，不能由别人付香火钱。一般按寺规上三炷香，拜完要将三炷香按顺序插入香炉，嘴里念念有词，一切似乎就能如愿了。大多数是年轻人持三炷香，求财求子求学业和事业，三炷为自己祈福；中年人持六炷香为两辈人祈福；而老年人持九炷香为三代人祈福，其中十三是极致，十三炷香就是功德圆满的高香，可盼不可及。这不，几个年轻人左手拿香，右手拿烛进来了，因为常人用右手杀鸡剖鱼，如果是左撇子的话，则反之。先点燃香，要越旺越好，常说香火旺盛嘛。左手在上，右手在下握住香，而中年人高举过头顶作揖，老者还会烧香后再叩头。近些年懂这个规矩的年轻香客越来越多，你看他们两膝、两肘及头着地，还有几位是双膝跪在蒲团上，双手合十。双掌双手合十要注意手心处呈空心状，高举过头顶，向下至嘴边停顿，可许愿，再向下至心口，默念，再摊开双掌，掌心向上，上身拜倒。

不管求什么，菩萨如真能帮你实现，则信众相信菩萨能力巨大方显有灵；如果没帮你实现，则菩萨相信这些信众自己有能力解决。因此，但凡求什么，大家都是虔诚至极，特别认真谨慎。

但吸引游客络绎不绝前来的，并不仅仅是普度寺旺盛的香火，而是这寺的后面还有一处河塘，名字偏偏取为普渡海，而它能有如此四平八稳的地位，无非是水底放了一个八品炉，它如出土文物般现身，或者被媒体重新加冕后，这些年甚是鼎盛。

八品炉上下一分为二，东西南北各二脚，东西为高级炉品，由此心光明欢喜者铸成，南北则为低级炉，都是由有孽不可度之人、可怜孤独之人铸成，炉高与炉身直径已经无法考证，但通过一处石碑上的图形看得出来，大概也跟日常香炉造型差不多，由底足连托泥、腹部炉身和头部龙马炉盖三部分组成。古拙而不粗陋、空灵而不空洞。浮雕神龟脸面为泥金工艺，细部刻画精致古朴，瑞兽动态传神，炉盖上那昂首长啸、蓄势待发的龙马，充满力度和动感。灵性之气充溢全炉，尤其是炉身的外表黑漆、朱砂衬底描金，漆面光洁如新，髹漆技艺非常讲究，色彩沉着莹润，包浆厚泽。整体造型仿商周青铜鼎，炉身仿三足圆鼎，炉脚则仿四足方鼎，把圆鼎之柔和与方鼎之刚劲融为一体。炉盖上的龙马为龙头马身带飞翼，炉之腹足相连处为神龟，炉足为象鼻。综观整个宝炉，外形简练，制式大气，简约而不简单。

日常所见的那种盖之香炉，可内置香料，点燃后，香雾烟气自盖孔中袅袅升腾弥漫，时聚时散，给人以无限之遐想。但这方八品炉却算不得一种鼎炉形器物，平常所见的方形香炉一般有四足；圆形的香炉，都有三足，一足在前，两足在后放置，而此物不是焚香供养之用，它虽有脚，却是立于水中。据说它是当年八仙过海时留下来的法器，沉入海中，如遇善者哪怕一叶驶舟，均风平浪静，即可度人到达彼岸；如遇恶者登船则波涛汹涌，阻之前进，大有鉴定人心之功能。当然这只是传说，如今往来游客无非都是买了十元船票登上游船，饮杯茶，在船上听一段故事后再下到对岸，还能获得一朵高仿的彼岸花作为纪念品。

本以为可以看着艄公缓缓地摇着橹，听着橹拍打水的声音，事实上却是安装了马达的现代船只。负责渡船的船长是一名老者，约莫古稀之年，但行为举止甚为敏捷，谈笑间颇有风度。

“船长，你今年多少岁了？”也有好奇者问之年龄，他只答两字：“你猜？”

每次上船的都有二十来人，这不，从肃穆的寺庙出来后，大家就开始各种高声喧闹。

有一家五口出来游玩的，爷爷抱着小孙子，奶奶在一边拿把蒲扇给娃纳风，前方走得快的少妇在拍照，男子则低头玩手机。前方几个小伙子已经边跑边催促同伴了：“快点，快点，船要开了，否则又要等十分钟。”然后这少妇才放下相机，怒目对男子后脚跟踢过去，同时让老人加快脚步。

那六七个少男少女应该还是学生，估计是趁着大考前好好来拜大神求通过的。

已经上船的是三三两两的中年男女，他们时间观念强，总会比开船的时间提早几分钟等候着，一名身穿西装的男子此时已经在询问船家，可否有换衣服的小阁间，进寺庙是需着正装以示诚意，船夫摇头之后，边上的中年女子就大声笑起来，说："换什么换？谁没见过你衣冠禽兽后的模样啊"？

"你少说几句，声音那么高做什么，我这就换下来。"接着那人不顾及边上旁人的目光，脱下西服衬衣，换上了休闲服。

"这里又不是寺庙，你怕什么？除了菩萨，我看你也不怕谁，何况这里也没有熟悉的人。"那女子边说边又用手指头戳戳男子的手臂，看似轻佻得很，给人一种"小三"的感觉。

"求官自然得虔诚了，寺庙里让你闭嘴几分钟就受不了啦，现在让你说个够好吧？"男子笑着逗她。

"快点，快点，爸。"又有几个人上船来，只见那男子并不扶一把他口中的老人，却在一直发语音微信，似乎有工作上的困扰。

接着还有一位特殊的乘客，坐着轮椅缓缓而来，身后推椅之人累得全身冒汗，但脸上并未有责怪之意，船夫还过去帮忙抬了轮椅入船。

"老爷子有福气呀！"船夫用羡慕的眼神看了一眼轮椅上的人。

"有什么福气呀，上月脚摔伤了，没赶上老年团旅行，这次只好自己花钱雇了护工过来。"老人拍了拍自己的左腿回答。

船夫尴尬地笑了笑，说："一个人出来玩，清净，也挺好。"

"妈，我在外面有事情呢，中秋节吧，中秋节有可能回家好吧？"打电话的是边上一个女子，跟着她的几个闺蜜姐妹出来玩的，放下手机，对着手挽手的一个小姐妹又说道："你说我们这次出来值吧，有没有求得好姻缘无妨，最重要的是自己开心。"

最后上来的是一对母女，母亲手持遮阳伞，并不往自己身上举，倒是努力用手替已经戴上遮阳帽的女儿撑着。那姑娘手上捧着冰饮料，边喝边发着微信，旁人劝其母还是给自己打伞吧，她则笑着说，自己老了，晒太阳能补钙呢！这大热天的能否补钙未为可知，中暑倒是有可能的。

“你们这些老人呀，夏天不吃冷饮、不吹空调、不碰凉水，躲过了所有的风寒湿，可最后中暑了。”边上又有人冷嘲热讽道。

看了一眼岸上的入口处已经没有人了，船长也不怎么检票，就叫大家站好扶稳，往船那头的驾驶室走去。

“你们看好老人与孩子呀，一家人出来玩真好。”他还是忍不住叮嘱了一句那五口之家。

“看你身体硬朗，应该六十多岁了吧？怎么不在家享福，反倒干起了船夫的活儿？”接话的却是另一个年长者。

“我呀，闲不住，也不能闲呀，女儿在前头寺庙里摆些香料摊，儿子儿媳呢在后面卖些饮料之类的，孙子与孙女们由老婆子在家里照顾着，所以我就做做这个最简单的事。”

“你这个还简单呀，有危险呀，不过，一天这样来回，也挣不少钱吧，上交给儿子还是自个花呀？”边上有人打趣道。

“我一个老头子能花什么钱，也花不了。前些年，靠这个给孩子买了镇上的房，现在呢，挣点给孙女报个什么兴趣班也好呀！”说这话的时候，他是一脸自豪。

“你这说好听点是老有所为，实际上就是给孩子们打一辈子的工呀！”此话一出，边上几个人都哈哈大笑起来，有个戴眼镜的中年人言道：“大多居孩子之远，则忧其孙；居孙子之近，则忧其孩子关系，到了最后，只能是先孩子之忧而忧，后自己之乐而乐矣。”

船长对这些话并不气恼，还跟着咧着嘴笑这些他可能听不懂的话，然后示意游客听听船上正播放的八品炉的故事。不过，八品炉只是传说，现实的生活故事往往更为精彩，特别是对于天生长有八卦之心的人。有好事者打听到，此船长姓顾，来往船只数他渡得最稳最快，别人拜佛还有个初一、十五之类的，他是一年无休，都在这条船上工作着。

船不大，但人可以任意穿梭游走。大家支脚、倚壁、靠桌、托腮、叉腰站的都有，或涕唾或打呵欠、吐唾液、放屁等，各种姿态，全然没有了十几分钟前在寺庙的大方得体。

“顾船长，听了这个八品炉的传说，你倒说说，什么方法供奉佛菩萨功德最大，方可修行成最高炉品呢？”

顾老头微笑着答不上来，大家开始觉得这个传说怕是商业宣传的功效。

“我刚捐了很多钱给寺庙，还拿了几本经书回来，看，佛经上说：一切供养中，法供养第一。所谓法供养就是佛经上的教导，如理如法受持诵读，自行化他，为人演说，即在日常生活和待人处世中：‘诸恶莫作，众善奉行。’”这位老板模样的男子洋洋得意，不知是为了他捐的钱，还是为了手中的书。

“钱捐了，书拿了，这意思你能讲讲吗？”众人皆问，对方却摇头了。大家又哄堂大笑起来。有附言者，佛度有缘人，我们现在已经拜了菩萨，下船就可实现心中所愿了，此话倒是全体同意的。大家又纷纷看向了四周，这湖水没有任何粼粼波光，清澈见底态，更没法见到八品炉，但大家都觉得比任何地方的水都来得干净。

“大家注意，注意，站好了，扶好了，别东倒西歪的，彼岸快到了。”顾船长再次温馨提醒着。

此时，一个黝黑男子从岸处跑过来，把船绳固定后，对着乘客憨笑。

“爸，你休息一会儿吧，我来开吧！”只见他又跑回船的驾驶室，“这个是你爱吃的零食，上月回家的游客给我捎带回来了，你先坐着吃吃看。”原来他是顾老头的儿子，“晚上我再陪你喝一杯。”

“不要麻烦游客，真是的，不要给别人添麻烦。”顾老头嘴里埋怨着，脸上倒是扬起幸福的笑容，“你把后面那张报纸拿来，回家我让我乖孙子给我读读，有什么新闻听听。”

“我也认得字呀，不是说好，今天轮到我给你讲了吗？”接着，他拿扶手上的毛巾擦了擦他父亲的手，搬出一张单人沙发，自己却慢慢蹲下来坐在硬地板上，那恭敬的模样像极了去寺庙拜菩萨的香客。

“傻小子，一辈子没出息。”顾老头一口吃下那甜点，又用报纸敲了一下他儿子的头，继续说道，“你姐刚买的西瓜，又凉又甜的，你拿几块过去给你媳妇尝尝。”

“我都当爸了，你怎么还敲我的头，不怕让人笑话。”

“人生在世，不是时时笑话人家，就是让人家笑笑我们嘛。何况，你再怎么长大，你不都是我的孩子嘛，我敲你怎么了。”

顾老头笑着又敲了一下他的儿子。

“爸，你是不是有点湿气？”

“乱说，我天天大把大把流汗，哪来的湿气邪气的。”

“你别动，你坐好，我刚好给你刮几把。”

顾老头虽然嘴上不情愿，但还是乖乖坐着。他知道他儿子刮痧，刮背面，像在磨刀；刮侧面，像是羊肉切片；刮正面，像是在给手机贴膜赶出去那些小气泡，虽然不专业，但舒服得很。

“对了，爸，萧叔叔最近有过来吗？我看你有段时间没见到他了，要不，我上山一趟？”

小顾口中的萧叔叔是他爸的旧交好友，住在东城。

东城则有一座自在山，山上有一个小观，叫逍遥观。观里有一尊老子骑牛的雕塑。雕塑和命名无疑来自道家，寓意得道后的状态，就是逍遥之意吧！

萧先生是很喜欢这名字，也喜欢这寂静的山谷，他是为了探望父亲才去了几次，然而他到了那里并没有感到逍遥，即使午后下起了小雨，云雾缥缈，宛若仙境，也依然没有逍遥之感。

倒是让眼睛有了些许逍遥之情。有次他站在山顶，极目远望，东城的风貌尽收眼底，高楼大厦鳞次栉比，晃动的人影若隐若现。远处，山峰逶迤，白云缭绕，朦朦胧胧，给人无限的遐想，想必那田间阡陌纵横，河塘定是碧水荡漾。

他是个俗人，那时正被自己的问题困扰。心绪纷乱的人，还未尽情拥进希望的春天，就恍惚迎来了炎夏。所以，萧先生也不想责备自己的郁郁寡欢。

看看手机，里面先弹出来的是支付宝里的48小时核酸报告，想必是刚出车站时打开过还没完全关闭。时钟嘀嗒走动着，也啮着惶惶不安的心，他知道这不是父亲第一次离家出走了，但时间已经过去一个多月，他还是极其担心的。虽然经常视频通话，父亲只说都好，吃得好，睡得好，也玩得好，可电视上昨日刚刚有报道说是山上有泥石流灾害，所以他连夜坐车赶了过来。

空中没有一片云，没有一点风，头顶上一轮日光时有时无，所有的树木都没精打采地、懒洋洋地站在那里，而观中有一瓮经常受雨水的恩赐而变得神圣，像是神仙水般值得饮之。

能天天饮之水的人姓萧，很多游客上来时看到他习惯称他为风清扬，说他玉树临风，潇洒度日。而这个风清扬又不似普通的老道长，听说他之前负责收拾打理观里的香炉香灰蜡烛之类的活儿，偶尔也扫扫落叶，但往往一到亭子里，就开始下棋，忘记最初是过来扫落叶之事了。每逢下雨时，他就傻傻地坐在那瓮前看着，似乎在数下了多少滴雨。确实如此，最近的天气又时常下雨，一到定省的黄昏还跌出水面打翻时间的瓮。他把自己的日子过得倒是快活似神仙，刚入道观时，道友还以为他无儿无女无依靠。

道友看他经常一个人站在山头，也曾问他是不是在想山下的亲人，萧老先生笑笑说：“高处自有风景在，人生本是多尘埃。若是万般随它去，何愁风云不变天。”

“我也喜欢我们山上的风景。”道友附言道，“倒是山下的那些人，不知能否欣赏山上的景致。”

那山下的萧先生才爬了十来米，就感觉呼吸不再那么从容，身上已经汗出如浆了，坚持着再行不到五十个台阶，他几乎跌坐在台阶上，希望再也不要起来了。与他同行的还有两个人，其中一位貌似“道长”，其实是在山脚下开武馆的馆长，身穿灰色道袍，没戴冠巾，头顶挽了个发髻，灰白胡须长及胸口。另一位背着篓筐沿途采药的是赤脚医生，萧先生问他是否相信长生不老，他说相信但很难做到。

“我了解，读过葛洪的《抱朴子》，饮食男女，人之大欲，如今更不知有几人能够出离。如果能做到，你想长生不老吗？”萧先生又问。

他想了想，抬头望着雾中的山峰，神色寂寞地说，“我希望在山下住一辈子，希望永远都不要上山采药。可是，唉，谁又能如愿呢！”采药先生回答。

“我呢，以前喜欢爬山，但不喜欢下山，现在呢倒觉得下山轻松多了，可惜也得先上山。”馆长说道。

萧先生没问前者为什么不能一直住在山下，也没问后者为何一定因为要享受下山的乐趣而逼自己先上山，因为有些事还是不要知道的好。

“你呢，是锻炼身体吗？看你这身子，不像经常运动的呀，确实得动动，流流汗。”倒是他们两人都很好奇萧先生的上山之行。

“是呀，前四十来年，都是有人替我在上山前行。所以，我想接他也享受一下下山的舒服呀！”萧先生此番回答倒是真诚的。

“爸，您都70多岁了，能不能别再起早贪黑地出去了，让我少操点心？敬老院不好，我现在的身份不能让您去敬老院的，大家都说您一把屎一把尿养育我，现在我有地位也有能力了，刚好也是选举的关键期，您就不能消停点吗？我把您接在身边，在家里一起住着不是能更好地照顾您吗？”

萧老先生一脸无奈地说：“我还是喜欢敬老院，还有，那你觉得70多岁的我应该做什么呢？”

萧先生说：“别的老人嘛在家带带孙子，出去遛遛弯，没事搓个麻将，跳个广场舞也挺好。你呢，家里有保姆也不用带娃，你就在家看看电视，偶尔出去散散步就行了呀！”

萧老先生却说："有些老年人是这样，但那不是我的生活，他们希望实现自己的人生价值。但我只想过简单的生活，我要自由。虽然我72岁了，但是，我还是向往春天，让我觉得自己很年轻，否则我感觉天天像附依在你身上的一个等死的老人，我不习惯，我也不喜欢。"

萧先生急了，说："你跟我在一起生活这么久了，现在怎么矫情起来了，要什么自由呀？有什么不习惯、不喜欢的？"

"以前是为了拉扯你长大，现在你有出息了，我也想好好过自己的生活。"萧老先生说完这些，第二天就收拾行李、留了话，就出远门了，他到山上的道观逍遥去了。

想到这些，萧先生感觉双腿又开始沉重起来了，他一直觉得父亲是老年叛逆，越老越不懂事了。想当初，父亲硬拉着他上山锻炼身体，还开玩笑说，以后走累了，他自己就到山上寻一处地方，挖好坑把自己埋在里面得了。小时候听着总觉得父亲是在鞭策他快点长大，现在听来突然觉得心酸，他是不是怕连累他这个儿子？这几十年来，为了供他上学，父亲放弃了很多兴趣爱好，牺牲了自己所有的业余时间来培养他，本以为自己工作后可以好好孝敬他了，他倒开始不听话了.

"以前是我不听话，现在是他不听话了。"萧先生像是自言自语。

边上的这位馆长开始聊他如何教太极、教武术，但不懂其他，道袍和胡须也许是"人设"，也许是他灵魂的表征。

"我之前也经常在逍遥观住上几日，你说我爬了那么多山路过去的，但在山上我什么问题也没想通，我们也没能放下，就这么又回到山下了。今天，我又重新上来，总觉得每次上山，似乎观中会有我要的答案。"

"那你到现在都没找到答案吗？"

"已经找到了，因为我终于明白了，人可以逃离全世界，但逃离不了自己，答案不在山上，答案在时间里、在我的心里，就是在我此时努力上山的坚持之中。"

萧先生听完馆长这番话后，觉得馆长的人设并不仅仅只是外表形象那么简单了。

“我们默默地承受着生活的锤击，在围困的生活模式里动弹不得，好似藏匿在江湖中，而逗留在山上的人，也只会徒劳地轻叹。”

“我听不懂你们这些文绉绉的话，前些年出了一些事情，让我感觉很悲凉且无望，如今看开了倒都成了念想。”采药老人答道，“不过，山上的庙小妖风大，池浅还王八多呢，所以很多草药也难得，我得趁着这天气快点采。”

采药先生后面的话萧先生一句没听进去，倒是前半句入了心，想起自己的父亲常说他爱白云的飘浮，因为懂得漂泊的甘苦，放下即自在，所以要来这个自在观享享清福。

但他觉得放下不一定自在，倒是多了一份担忧，让人更不自在。不仅他没有自在，溪涧匆忙的流水，山上拥挤的草木，如梦幽啼的鸟儿，爬满莓苔的石头，他觉得它们也都没在逍遥。按写诗的说法就是我见青山并不多妩媚，料青山见我亦如是。一种森严的秩序统治着万物，不成文，不可见，它就在这里。阳光从密密层层的枝叶间透射下来，地上印满铜钱大小的粼粼光斑。天热得连蜻蜓都只敢贴着树荫处飞，好像怕阳光伤了自己的翅膀。蜻蜓？萧先生想起来了，走在这条熟悉的山路上，扑面而来的是熟悉的气味和熟悉的风景。除此之外，还有那年冰棍的甜味儿，和父亲用手拉他一把的温度。

有人说，对温度和气味产生的熟悉感，是一种通感，也是一种比海马体更牢靠的记忆。

只要场景重现，那些本以为已经忘记的故事，就会扑面而来。

那是年少的时候，父亲经常带他来爬山。他很是讨厌爬山，父亲总是指着那山边的蜻蜓来吸引他往上爬，还会遇到树枝边上一些叫不出名字的鸟儿，他说有些鸟儿是关不住的，它们的每一片羽毛，都闪耀着拼搏向上的光辉，当时他就想着过会儿下山的时候真希望能一下子滚到山脚下，就这样疲惫。胸口也好像猛地塞进了大团棉花，透不出气来，心跳得嘣嘣响，似乎一张口，那颗热乎乎的心就会一下子从口里跳出——手揪着树枝，脚踩着石缝，心在打鼓，腿在颤抖。到半山腰时，父亲用半山腰那家小店的冰棍来奖励他，到了山顶，父亲还会摸着他的头说："你可以一辈子不登山，但你心中一定要有座山。它使你总往高处爬，它使你总有个奋斗的方向，它使你任何一刻抬起头，都能看到自己的希望是真高敞处，别有大乾坤。"那些话他似懂非懂，当时只道是寻常，如今却念念不忘。

"快到了，你看都能看到那座道观了。"馆长惊呼道，打断了他的回忆。

萧先生一脸惊喜，看到了希望般，双脚似乎重新注入了力量。沿着用石子铺成的蜿蜒山道拾级而上，穿梭在茂盛的树林中，享受着和煦夏风的抚摸，耳闻小鸟婉转的和鸣，映入眼帘的是一片明艳的世界。小草嫩嫩的、绿绿的，朝气蓬勃。树木吐芽，在阳光的映衬下绿得发亮，似乎要把自己的生命力全部展示给他看。

"更倚天门看城市，茫茫平地皆云烟。"的确，身居高处，天高云淡自是一番好风景。虽居山下，他却不怎么爬山，不知是因年龄的增长还是生活的重担，日子摇摇晃晃，一花一草皆已盎然绽放，一枝一蔓舒展着年少时展开的葱茏。一旦登上高峰，他更是感慨：迈上最后一个台阶时，一股清凉山风迎面扑来，顿时舒畅至极。人生就如登山，每个人都在前行的过程中不断地累积东西，这里面似乎有他的名誉、地位、权利、财富、亲情、友情、爱情等等。

"终于要到了。"萧先生回头对着两位说道，可身后早已不见采药先生，倒是馆长的身影还落在下一个山坡处。看到萧先生回望，他正加快脚步摇着双手上来了。

"采药的跑那边去了，似乎发现了珍稀的草药。"他边喘边说。

"那边？"顺着馆长的方向，萧先生又急问，"那边可是悬崖。"

"是呀，采药为生的人嘛，悬崖不悬崖的哪能自己说了算，采了草药，才算过生活。”馆长叹息了一声回答后，又道，“很多人只知道一味地往自己的袋子里装东西而不知道放下，以至于身心俱疲，但是于他，一直努力上山采药才是抓紧生存的条件呀！下山后的生活也是一个悬崖。”

“到了，到了。”两个人惊呼道。

“要不要先喝一杯？”萧老先生招呼着他，见到儿子的那一刻，他似乎并不意外，飘香的茶水由观中的清泉水所泡，萧先生满脸倦容开始漾出笑意，上山的疲惫似乎一扫而光。

“这茶叶真好，是什么品种？”萧先生连喝了三小杯后问。

“无关茶叶，是因为水。这泉水自山岩基部流出，无论春夏秋冬，旱涝交替，总是流淌得悠悠闲闲、自自在在，水流旱天不减，涝天不涨。”萧老先生慢悠悠地回答道。

“浮世悲欢，确实逍遥。”馆长说出八个字后，就离开了，也不知他说的是观还是人。

小小一间亭子，是他父亲的逍遥所，也是他的自在室。似乎逃离了山下的人生才是真正的人生，业绩、报表、升迁与人事斗争，在这角落的小天地中又算得了什么？

“爸，我不逼您跟我住一起了，您想去哪儿就去哪儿。”萧先生一口饮尽茶水，指着亭子外的鸟说道：“我记得您以前说过，有些鸟儿是关不住的，它们的每一片羽毛，都闪耀着自由的光辉，它要的是自由，而不是一直关在笼中才有的安全感。”

“哈哈，我有说过吗？”萧老先生问。

“是的，您说过。”萧先生明白了当年上山时父亲教导他的向上努力的坚持，而此时下山，他也懂得尊重父亲放手的自由。

江湖之外，寺庙之中

新来的和尚，坐在菩提树下，经书念到嗓子哑。

他是一个超忆症患者，没有遗忘的能力。这是一种极为罕见的医学异象，属于无选择记忆的分支，临床表现为大脑拥有自动记忆系统。

他能把自己亲身经历的事情，记得一清二楚，能具体到任何一个细节，能记住生活中所有琐碎的点滴，包括每一个梦。别人羡慕他是一个不用记忆技巧而拥有近乎完美记忆力的人，可是，只有他自己明白这种痛苦。

厚厚的经文都背下来了，还是学不了经书之外的遗忘。

老和尚释无说："读不懂经书也是极好的，人活到我这个岁数，心里还是不干净，就会想起以前奇奇怪怪的事物。"老和尚说这句话的时候，新来的和尚并没有听懂，所以让老和尚继续讲下去。

等菩提树变成了枯藤老树，等新来的和尚老了，变成了老和尚，他又在给新来的和尚讲故事。

故事讲的是，从前有座山，山上有座庙，庙里有个老和尚，老和尚在给新和尚讲故事；

故事讲的是从前有座山，山上有座庙，庙里有个老和尚，老和尚在枯藤老树下给新和尚讲故事；

故事讲的是从前有座山，山上有座庙，山下有座桥，桥边有棵枯藤树，树下老和尚在给新和尚讲故事；故事讲的是从前有座山，山上有座庙，山下有座桥，桥边有棵枯藤树，树在寂静沉睡，叶片摩挲，像鼾声，原来小和尚听故事睡着了。

“师父，能不能换一个故事？”新和尚释有终于发问。

“那我讲一个西风骑瘦马的故事吧！”老和尚有阿尔茨海默病，只能反复讲一个老故事，他也是一脑子饱食后的迟钝，吃了点儿东西，准备借着血糖上涌，才能凭借困意勉强记起来一个新故事。

“快讲，快讲！我的脑中整天像放电影一样反复播放过去的画面，精神快要崩溃了。我需要用新故事把我记忆中的往事取代掉。”拥有绝对惊人的超级记忆力的和尚，能记住自己从三四岁起生活中每天发生的几乎任何大小事情，只要给出一个日期，他就能立即说出那天他遇到了什么人，以及做过什么，甚至当天的天气预报和他午餐吃的什么。

老和尚摩挲手中那串佛珠，好似穿越的引线，在前世的慈悲里留下虚空的印记。他笑了笑，喝了一口茶，应该有一个很长很长的故事要讲。

“别着急啊，我只是想还原出家前的真相而已。”一语落下，远方山坡上露出一丝微光，好像天要亮了。

老和尚释无缓缓闭上眼睛，仿佛在回忆一段久远的往事。他的手指轻轻拨动着佛珠，每一颗珠子都像是他记忆中的一个节点，串联起那些早已尘封的岁月。

“从前，有一个年轻人，名叫西风。”老和尚的声音低沉而缓慢，仿佛从遥远的山谷中传来，“他出生在一个普通的农家，家里世代务农，日子过得清贫却安稳。西风从小就不喜欢种地，他总觉得自己不属于这片土地。他的心里有一种莫名的渴望，渴望去远方，渴望见识更广阔的世界。”新和尚释有静静地听着，他的眼睛一眨不眨，仿佛生怕错过任何一个细节。他的超忆症让他无法忘记任何事，但此刻，他渴望用这个故事来覆盖那些不断在他脑海中回放的记忆片段。

“西风十六岁那年，村里来了一位游方僧人。”老和尚继续说道，“那位僧人衣衫褴褛，却目光如炬。他告诉西风，人生如逆旅，唯有放下执念，方能得解脱。西风听了，心中一动，仿佛找到了自己一直在寻找的答案。于是，他决定跟随这位僧人，踏上修行之路。”老和尚停顿了一下，似乎在整理思绪。释有忍不住问道：“后来呢？西风跟着僧人去了哪里？”

“西风跟着僧人走了很久，翻过了无数座山，跨过了无数条河。”老和尚的声音渐渐变得悠远，“他们一路化缘，一路修行。西风学会了打坐、念经，也学会了如何在风雨中保持内心的平静。然而，随着时间的推移，西风渐渐发现，那位僧人并不是他想象中的圣人。僧人也有烦恼，也有欲望，甚至有时会为了一碗热汤而与村民争执。”释有皱了皱眉，似乎对这个转折感到意外。

老和尚笑了笑，继续说道：“西风开始怀疑，修行是否真的能让他找到内心的安宁。他开始怀念家乡的田野，怀念父母的唠叨，甚至怀念那些他曾经厌恶的农活。他开始明白，真正的修行并不在于远离尘世，而在于如何在尘世中保持一颗清净的心。有一天，西风终于决定离开那位僧人。”老和尚的声音突然变得低沉，“他骑上了一匹瘦马，独自踏上了归途。那匹马是他用化缘得来的钱买的，虽然瘦弱，却坚韧不拔。西风骑着它，穿过荒原，越过山岭，一路向西。他知道，自己的家就在那个方向。”释有的眼中闪过一丝疑惑：“西风为什么要回家？他不是已经选择了修行吗？

”老和尚轻轻叹了口气：“因为西风明白，修行并不是逃避，而是面对。他需要回到那个他曾经想要逃离的地方，去面对自己的过去，去面对自己的执念。只有当他真正放下对远方的渴望，他才能找到内心的平静。”释有沉默了。他的脑海中浮现出无数个画面，那些他无法忘记的往事，那些他想要逃避的记忆。他突然明白，老和尚讲的不仅仅是一个故事，而是一种启示。“后来呢？”释有低声问道，“西风回到家了吗？”

老和尚点了点头：“他回到了家。父母已经老去，田地依旧荒芜。西风没有后悔自己的选择，他开始重新耕种那片土地，开始重新面对自己的生活。他依然每天打坐、念经，但他不再执着于修行的形式。他明白，真正的修行，就在每一天的生活中。”释有深吸了一口气，仿佛要将这个故事深深地刻入自己的记忆中。他知道，这个故事会成为他内心的一部分，帮助他面对那些无法遗忘的过去。

老和尚看了看天色，微光已经洒满了山坡。他站起身，拍了拍释有的肩膀：“天亮了，该去做早课了。”释有点了点头，跟着老和尚走向寺庙。他的心中依然充满了疑问，但他知道，这些疑问不会在一夜之间得到解答。他需要时间去消化这个故事，去理解其中的深意。或许，正如西风一样，他需要回到自己的“家”，去面对那些他一直在逃避的记忆。只有真正放下对遗忘的执念，他才能找到内心的平静。西风骑瘦马，归途漫漫。而释有的修行之路，也才刚刚开始。

“醒醒。”有人轻轻呼唤。

小和尚这才发现嘴角两边的肌肉，因为长时间保持一个姿势，已经有些发酸，他不知道是自己做了南柯一梦还是听完了故事，此时的寺庙里静悄悄的，香炉里烟雾弥漫，那一缕香中有老和尚的前尘往事，可今日不同往日的是来了很多新面孔，小和尚知道那些都是他的新师弟。剃去须发，披上袈裟，这些师弟都受过高等教育，由于生活与就业上的失意，都沉湎于不可实现的梦境和幻想之中。他们被各种所谓的哲学理论所迷惑，变成了理论上的残疾者，对精神世界的过度探索，是很危险的事情，如果走向极端，人生就会走向虚无主义。

“听了那么长的故事，我好像忘记老故事了。”这是小和尚最开心的事情，他一定是忘记了一些，才能记起这些新的故事。

可是，小和尚是一个超忆患者，关于他自己的故事，等他变成了老和尚，准备再讲给小和尚听。故事讲的是从前有座山，山上有座庙，庙里有个老和尚，老和尚在给新和尚讲故事，故事讲的是他怎么会变成了小和尚……

骡神再现

六十甲子，千年不衰，三世因果，六道轮回。六道之中，自有善恶等级之别：天、人、修罗三道为三善道，因其作业较优良故；畜生、饿鬼、地狱三道为三恶道，因其作业较惨重故。众生由其未尽之业，故于六道中受无穷流转生死轮回之苦，人化为畜、现世轮回，而轮回带有心识能量的异类空间。生命不息，轮回不止。此次异界轮回投票大赛盛典已经进入最后的阶段，动物生灵齐聚一堂，经过九九八十一天的激烈角逐，目前入围的有三只动物，分别是驴、马、牛。

仙鹤长老已经整理完申报材料，郑重说道："畜生道因为太愚痴而没有能力修行。唯人道有苦有乐，能引发离苦得乐的希求，并且人有理性也有能力不断探寻真理。那么，畜生道的众生又如何解脱？难道我们就永远是畜生吗？非也。畜生道的众生也是果报生，果报一旦偿还，就会随着往昔业力继续流转六道，当你们有幸成为此界最高投票得主时就可转生到人道，就方便修行了。心里是人就成为人，心里是禽兽就成为禽兽，像你们这样不等死后神志去投胎，就当场使身体变形，这是由于业力成熟，也是天神要拿这些事实警告、教育后类。当然，我首先恭喜你们三位，根据各项指标打败了已经连续夺冠的忠犬，被评人类最忠实的朋友。之所以提到人，那是因为你们生前都是为人类所使唤，简称为有主人之畜。现在，你们就只有最后一项PK了，就是自我总结环节，允许适当采用彼此辩论方式。”

一马当先，它先自信地抢过鹦鹉话筒发言：“我们起源于6000万年前新生代第三纪初期，在世界完全进入工业化社会前，在人类的社会生活中，我们是一种重要的资源，在运输时、战场上以及部分农业生产中，都可以看见我们的身影。在近代社会出现前，我们更是一种身份的象征。以前，我们叫战马，现在有宝马，但功能是一样的，是使用得最多的交通工具。可以说，如果没有我们，可能就没有人类常说的陆上的“丝绸之路”。大家也知道我们可以说是人类历史发展进程的见证者和参与者，我们既见证了人类通过自身的创造力推动了全球化的进程，又参与了众多人类的联系活动。我们1小时可走60公里的路程。经过调驯的我们，在战场上不惊不诈，勇猛无比，是良好的军马。我们在人类社会的进程中占有其他动物不可替代的地位。”

其他动物连连点头，马自豪地朝天空嘶叫一声，继续说道：“古时候我们可以参与打仗、给人报信等，地位非常高。赤兔马，三国时期吕布的坐骑，‘人中吕布，马中赤兔’。吕布数十骑破张燕万余精兵，我们赤兔同样有着极大的功劳。还有卢马、汗血马，我们在草原地区可以装备骑警，还可以方便牧民。因此，我们是一种非常聪明的动物，拥有惊人的长期记忆力。根据人类和那个什么《动物行为》杂志刊登的最近一项研究发现，与驯马师有过交往的我们，有愉悦经历的，尤其是那些受到鼓励的我们——在分开几个月后更有可能记住这些人，同时也对这些人表现出更多的喜爱。我们所表现出的行为就是用鼻子嗅和用舌头舔。研究人员表示这种行为说明我们会形成与人有关的积极记忆，因此，我们也是一种高智商动物。”

驴赞同马的总结，但还是提出了自己的看法：“你们在古代曾是农业生产、交通运输和军事等活动的主要动力是没错，可随着动力机械的发明和广泛应用，你们的役用价值在一些工业发达国家明显下降，田间作业几乎都为拖拉机所取代，我们现在常见的主要是用于马术运动及赛马，因而饲养量大为减少。而且你们爱睡懒觉，要是没人打搅，你们可以随时随地睡觉，站着、卧着、躺着都能睡着。大点的马一天能睡八九次，加起来差不多有六个小时。天亮以前的两个小时，你们睡得最香，有时都很难叫醒你们起来干活呢。至于耐劳、不畏寒冷、能适应极粗放的饲养管理、生命力极强、能够在艰苦恶劣的条件下生存这些，我们驴有同等的品质。我们同属马科，我又名二驴，但不同种，共同的起源使我们的形象也相似，多为灰褐色，不威武雄壮，但也头大耳长，胸部稍窄，四肢瘦弱，躯干较短，因而体高和身长大体相同，别看我们蹄小但坚实，体质健壮，抵抗能力同样很强。我觉得我们很结实，不易生病，且性情温驯，有吃苦耐劳、听从主人役使等优点，我们不高调，只会默默拉磨付出。”

“哈哈，拉磨？结果呢，还不是卸磨杀驴，因为你们黔驴技穷了，特别是你们那个驴脾气，又臭又倔的，谁会喜欢呢！”也有其他评委提出不同的看法，特别是那些喜欢马的高颜值的粉丝。

“还有，人类自己干了蠢事，老骂我们是笨驴。”驴也有不服，它可以表达愤怒，但不能愤怒地表达，只是踢了踢自己的腿。

自然，驴的爱豆也纷纷表示不服：“你们应该听过‘天上龙肉，地上驴肉’吧？这是人类对驴肉的最高褒扬。驴死了都在做贡献呢。驴肉肉质细嫩，远非牛羊肉可比，驴皮具有很高的医药价值和营养，是制作国药瑰宝阿胶的主要原料，尤其是黑毛驴的皮，是传统的滋补上品、补血圣药。说起地位，张果老当年都是倒骑着的，还有那个明星阿凡提对驴最钟情。”

“我投马，马高大威猛，我喜欢。”

“我投驴，驴坚定坚强，我中意。”

“行了，你们别驴唇马嘴地吵，还有一位入围的老牛站在这儿呢，别欺负它老实。真要说起地位来，战马有名，你们有名人骑过驴也是不错，但老子当年为何只骑青牛呀？”评委席上开始提醒牛要作为代表进行发言。“监控拍人都有盲区，你们拍马屁过分了呀，投驴与马的都给我安静下来，人说大话还习惯把锅甩给牛呢，所以牛的委屈最多。”

“老子骑着青牛是因为汉代人以马来比喻乾卦，以牛来比喻坤卦，他们以马和牛的品格来表达乾健、坤顺的特点。马代表的乾卦所生发的‘天行健，君子以自强不息’的精神，合乎孜孜不倦地入世进取的儒家特点。牛代表的坤卦所生发的‘地势坤，君子以厚德载物’的精神，则合乎道家创始人老子的思想主旨。”有评委十分中立地回答。

“老牛，你自己上前来，勇敢一点儿说。”

老黄牛不愿意拿话筒，因为紧张，还有点吐字不清楚地回答：“我，我们最英勇的一回，是初生时的牛犊子不怕虎过，之后，一直变成俯首甘为孺子牛了，直到最后变成老黄牛，运气不好的还有可能遇到庖丁，成全他的威名。”

“你们想想自己的付出，牛衣对泣也曾牛气冲天，九牛一毛的案例很多，为何不多说一些呢？”有很多动物开始为牛抱不平，鼓励它学会表达。

“我长得丑，弯弯的犄角，大大的耳朵，圆圆的眼睛，没有马兄的颜值，也没有驴弟的业绩，所以当年弦高把我们贩卖了。我没有投自己的票，也不知是谁把我们投入围了。这些道理讲给我们听，也只是对着我们弹琴，哦，那个火牛阵都是以前的事了，现在，我们真的没有什么值得说的。所以，所以，我决定放弃比赛。我们牛类弃权。”

此言一出，震惊四方，评委席上更是无法置信，要使用复活权的话，恐怕也难服众，毕竟它们通过前几轮的投票几乎可以认定牛应该是异类空间里此次轮回到人道的得主。

“如果可以，我想推荐一名。”老黄牛最后轻轻说道，“我知道这样不合规则，而且我推荐的这类在海选的时候就没有入围。”意思是它所推荐的动物可能都没有参赛的资格，这让在场的各类动物都倒吸几口冷气，纷纷猜测是谁能入老黄牛的笨眼。

“谁呀，你倒是说呀，不会是插在你们牛粪上的花仙子吧？哈哈哈！”

很多动物已经开始起哄。

“君处北海，寡人处南海，唯是风马牛不相及也，我们倒想知道是谁？”

“但说无妨。”仙鹤长老得压阵，它清楚畜生道也有畜生道的玩法，有资格参加轮回赛道的通常也都是圈内名畜，可眼下众动物好奇心作祟怕引发内乱，毕竟还有各种媒体在现场直播，只能鼓励老实的老黄牛说下去。

“因为它的生物学地位很尴尬，混血儿吧，所以，它的家族里没有它的参赛名额。它两岁就开始干活儿了，5岁为成熟期，也就是说5岁可以干重体力的活儿，就是童工。3岁时就完全投入耕挽服役，还能连续从早到晚工作一个月也不休息，一天它就吃一顿，晚上能吃一二十斤草料，大概伙食费一天四五十元。”

“啥，我初听还以为是人类之中的搬砖人呢，到底是谁呀？”

“休息少？不会是长颈鹿吧，它是出了名的熬夜大王，每天大概只睡2个小时，霍家狓睡得更少，它是动物界的快充代表，可谓是：‘充电5分钟活动24小时’，它们每次大概休息5分钟，一天只睡5分钟。”

“我们食草动物总是需要时刻警惕肉食动物的威胁，少睡是一种常态，老黄牛自己每天大概也只睡半个小时，睡得那么少还干那么多活儿我反正是要投票给它的，睡眠对我们究竟意味着什么呢？睡眠普遍被认为是身体用于修复中枢神经的一种行为，越是处在食物链上游的动物，越容易拥有长时间的睡眠。例如，狮王，一天可以睡上十几个小时，而兔子小朋友生命时刻都受到威胁，它们每天就只能打几分钟的盹儿。”评委席有专家知识渊博，根据现场氛围进行旁白说明。

“是，专家说得对，可你们别想歪了，霍家狓人家是正正经经的纯种动物，不像它，唉。”老黄牛有点感叹道。

“它的出身来历就是‘惨’，所以终身取名也是带着一个累字旁的。我就这么对比吧，刚才驴弟说自己拉磨，主人通常是给它们用布蒙眼的，人类使用的口令也非常简单，只需在套好后喊一声‘嘚’，驴弟就会忠诚地拉着磨兜圈子，如需停下或磨完时喊一声‘吁’即可。我们都知道一旦绕着一个物体一直旋转就会产生一种眩晕的感觉，但是把眼睛蒙上后，看不到周边环境的变化，就不会产生错觉，身体可以保持自然平衡这是其一，其次我们都心知肚明，主人怕驴弟看到磨上的粮食，会偷吃或者停着不走，不好好拉磨！布蒙眼是防止偷吃，防止转晕，对不对？”

驴一听，脸红了。

“说起吃草休息，大家都是站着的；但是，三者中，也有累了卧倒休息的，驴弟最有可能，其次是马兄，但我推荐的这位则是少之又少的。”老黄牛真是老了，一直说不到主题上，让大家去猜测，可急坏了旁物。

“马兄能够认主人，但它认主人并不是通过视觉来记忆，而是通过声音来辨别。当人突然靠近马的时候，它会出现认不出的现象，因为在它眼里只看到一个模糊的身影。养马，马需要半年才会认识主人，而且在它认主之后，忠诚度才很高。我们动物的眼睛极单纯，盯着看，发现我们的眼睛要比人类的眼睛清澈许多。汪汪两泉水，说脉脉含情也不为过。人类互诉衷肠，更多的是通过言语，单凭一个眼神就立马相互会意自然是最好的，所谓心有灵犀，毕竟凤毛麟角。它不讲话，人类希望借目光与它进行情感交流，想想并不简单。它的适应性强，体质结实，发病少，主要还是役用性能强，吃饲料少，生长发育快、成熟早、寿命又长。团队协作性，就是指合群性比马兄驴弟都强，只是那性情嘛，随它父母，执拗。哈哈。”老黄牛说完又看了一眼马与驴。

“快说吧，到底是谁？”马与驴都十分着急，这异类世界竟然还有如此之牲？

“马兄与驴弟的功劳是很大，但也慢慢退出服役圈，迈向新生活了，可它的作用依旧无法用现代机器完全取代，它知道在哪里排队，在哪里装沙子，会等另一只同伴好了再一起走，山路之类的只要走过一次大多数都会记得。”

“世间竟然还有比吃进去是草，挤出来是奶的牛更有价值？”牛的粉丝还是不相信。

“是呀，它是真正能做到百公里油耗只需要一捆草，打工的它做得非常好，工作过程中没有出现任何错误或事故。至于灵性，主人在装货的时候它一动不动，也没有像驴弟一样发脾气和‘罢工’；当有人经过时，它还会懂得让路呢！”

“你们别急，听听这户人家三代人怎么说它吧。”老黄牛申请使用特殊时空镜子，这时候一轮空中大镜呈现出人道轮回中的一户人家。

爷爷回忆说：“我们祖孙三代做着不同的职业，但都离不开它的帮忙，这些年日新月异，时代变迁很快，想当年我们这一代，我是边扫山上落叶边赶它，我跟它在一起，可以拿两倍收入，明着是我在赶它，实际上我做自己的清扫工，它是单独干了我们两个人的活。我是赶一代。我的儿子出息了，叫赶二代，他开始懂得雇用别人去赶它。当然，我的孙子最了不起，他在研究怎样更好地建设发展，所以，它也见证了我们三代人的进步以及付出。”

“你看它们啊，搬东西确实有点厉害，整个工作期间没有出现过失误和意外。而我们人类只尽力做好后勤保障，确保它们的伙食就行。早上7点上班，中午12点休息一会儿，下午5点下班。本来晚上可以加班，只是太黑了没法干活。平时它们睡在工地上的桥下或是山下的简易棚里就行。它的力量真的很大。一包水泥需要两个工人搬运，一块石头需要四个人搬运，但它单独就可以直接搞定；它值钱呢，就是你们给辆汽车我们也不换，一头普通的它一次驮货物能达到七八百斤，我家这几头最多驮过1200斤。驮队第一次上山需要人引领，随后它就会自己上下山。它除了第一次上山和小不点儿时需要牵绳外，随后就可以不用牵绳了。牵绳也就是将后面同类的缰绳系在前面的料筐上，一个牵着一个，随着L和N形山道变化而变化。山上两人卸料，山下4人装料。如果遇上雨雪天气，不慎滑倒了，但随着一声吆喝和帮扶，它就会纵然起身，继续前行。赶工期时，累瘫是常有的事。”

老爷爷的儿子在镜子里这么一说，大家似乎已经醒悟过来那个它是谁了，特别是马与驴把头都恨不得低到泥土里去，确实是自己太不重视它们了。

老黄牛说："你们看看，它有几次后腿打滑，每走一步腿都在哆嗦抖动。这一定是超负荷而体力不支，唉，这老爷爷的儿子，就是这个赶二代，把它租给别人代赶了，那人只讲了一句：没事的，刚开始干重活都那样，慢慢就好了。唉，这些包工头呀，都不是好人。你看它背上的皮都被材料磨破了，伤口渗血，老板只是用草木灰在上面抹了一下就算治过了。它还会昂起头望着，人类摸摸它的头，顺顺它的毛，它打着响鼻，蹄子在地上跑着，又开始一副欢快的样子。这傻样，真好哄呀，难怪被人类拿捏得死死的。"

老黄牛补充道："它每小时能跑大约20公里，最快的能达到60公里，而行驶距离大约是100公里。在我们动物界，它的长跑速度虽然不是很快，但它的耐力绝对不是一般的强，它虽然不算跑得最快的，但绝对会是跑得最久的。"

最后，时空镜里的老爷爷的孙子开始发话："它对我的工作太重要了，承担着风力发电施工地的砂石、水泥和钢材的驮运任务。我们每天各自牵着3匹往返4次，要走60多里山路，1次需要3个小时，一匹要驮运400多公斤，每天的运输量在10吨左右。天不明就起床，要干到天黑才能回到驻地休息，工作13个小时，非常辛苦。为了防寒和遮风挡雨，甚至还用塑料编织布给它们搭了简易的棚子。在鼓励自主创业的大环境里，当地群众紧密结合山区运输特点和日常行为习惯，因地制宜，组建起一支支'赶运队'。大家看看这些山大坡陡、沟壑纵横、交通不便、出行困难的大山深处，由于山险陡峭，运输车辆无法送达，工程建设的砂石料、水泥、钢筋、管材等只能靠它驮运。基础建设离不开它呀！"

"驴肉香，马肉臭，饿死不吃骡子肉。所以，我想推荐大家重视一下一直被忽略的骡子。"

镜面中铃铛制作精巧，响声清脆，骡子每走动一步，铃铛便发出“叮当”的声响，比鸟儿唱歌还悦耳动听。

“作为本非同类的马和驴，它们的结合，绝对不会像马与马或驴与驴结合那样，能够得到低等动物界的认同，特别是得到人类社会的认同，毕竟它们是杂交呀！杂交的后代，这等出身，已经注定了马和驴生出的孩子，一辈子将过着狼狈不堪的、抬不起头的生活！这等悲惨处境，说它‘累’该是比较温和的了，所以说，以‘马’字和‘累’字的组合来为马和驴生出的孩子取名，够贴切的了！当然，最累的还不在于此，令马和驴生出的孩子一生最感到累的原因，其实是从它一出生，就没有生殖能力！这就是杂交的后果，骡子自己无法选择，更无法决定，很悲哀，也很无奈。”

“骡子有与驴相似的声音，也有马嘶的特征。”

“我错了，公驴和母马所生后代称为马骡，而驴骡的特点当然是结合了较多驴的优点和一部分马的优点。”

“请你们再看看。”最后切换到一幅它们劳动的画面。

骡铃响叮当，蹄声达达，一群群驮着重物的骡子从崎岖的山路艰难地走到山顶，这并不是电视剧里的镜头，而是忙碌在大山深处的一支支运输队伍——骡子队，它们与勤劳勇敢的当地群众一道奋战在扶贫的战场上，决战脱贫，一支由5匹骡子组成的运输队正在蜿蜒崎岖、峰峦叠嶂、泥泞不堪的山路上艰难前行。山脚下，几名青壮劳力在山坡下专门为骡子装砂石材料，两名壮汉跟着骡子上山、下山运送材料。

老黄牛说：“总之，它既有驴的负重能力和抵抗能力，又有马的灵活性和奔跑能力，是崎岖山路运送材料不可或缺的运输队，它叫骡，请大家记得，它是我们最值得骄傲的同伴。它叫骡。”

“支持骡轮回。”呼声响彻天际。

通灵召唤轮回术之后，畜生道开始封骡为“骡神”。

那双眼睛

苏小夏站在医院走廊里，消毒水的气味刺激着她的鼻腔。她低头看着手机屏幕，那串陌生的号码还在闪烁。

十分钟前，她接到了骨髓库的电话，通知她与一位白血病患者配型成功。“苏小姐，您是全国唯一一个与患者配型成功的志愿者。”电话那头的声音温和却不容置疑，“患者情况危急，如果您同意捐献，请尽快来医院做进一步的检查。”她攥紧了手机，指节发白。今天是她的生日，二十五岁生日。她本该和妈妈一起庆祝，而不是站在这里，作出这样一个足以改变她人生的决定。

“小夏，你疯了吗？”母亲的声音突然在身后响起，苏小夏浑身一颤，转身看见母亲苍白的脸。“妈，你怎么来了？”

“我打你电话一直占线，就猜到你来了医院。”母亲抓住她的手腕，力道大得让她心惊，“你不能去，你忘了你爸爸是怎么死的了吗？”

苏小夏感觉心脏被狠狠揪住。七年前的那个雨夜，父亲为了救一个落水的孩子，永远地离开了她们。母亲从此一蹶不振，整日以泪洗面。她记得母亲抱着父亲的遗照，一遍遍地说：“为什么要救别人？为什么要丢下我们？”

“妈，这次不一样……”她试图解释。

“有什么不一样？”母亲的声音陡然拔高，“你也要像你爸爸一样，为了救别人不顾自己的死活吗？你知道捐献骨髓有多危险吗？万一……”母亲说不下去了，眼泪夺眶而出。

“我这个年龄段的健康人可以捐献自己的骨髓。捐献骨髓其实仅仅就是捐献造血干细胞，不会对捐献骨髓者造成身体上的伤害，所以我也不用担心太多的问题，只需要注意在捐献后多多休息，适当补充营养就可以了。”

苏小夏说完看着母亲颤抖的肩膀，喉咙发紧，不再多言。她何尝不明白母亲的恐惧，这些年来，每当电视里播放见义勇为的新闻，母亲都会立刻换台。她甚至不允许苏小夏参加任何志愿活动，生怕女儿重蹈父亲的覆辙。

前两天，李医生来的时候，还带了一个红十字会派发的小礼品，包括一块肥皂、一条毛巾和一个保温杯，里面还有一个宣传手册。

“明天就可以打动员剂了，连打三天，然后就进行移植手术。”李医生简单地介绍了一下具体的时间，和最近两天的一些注意事项。她说的时候温柔又亲切，给人一种如沐春风之感。

等小夏说完“好的”，以为这就可以离开了的时候，李医生脸上的春风突然消失了。

她换上了一副异常严肃的表情，向小夏走近了两步：“还有一件事，我必须非常认真地跟你说清楚，就是你一定、千万、千万不能弃捐。”

李医生盯着她的眼睛，一字一句地说：“如果你在体检之前反悔了，那是你的自由。但是走到打动员剂这一步，就没有退路了。其实，捐献骨髓的年龄制通限常在18至45岁。捐献者的体重需要达到一定的水平，不能过胖或过瘦，这些你都清楚，我也不想道德绑架你。”

她接过那份小礼品，会心地点点头。一切刚刚过去，可现在，她犹豫了。

“苏小姐，您考虑得怎么样了？”护士的声音从身后传来。苏小夏转过身，看见护士手里拿着一沓文件。她张了张嘴，却发不出声音。

母亲的手紧紧攥着她的手腕，仿佛一松手她就会消失。

“让我……再想想。”她听见自己说。

护士点点头：“患者的情况很不乐观，请您尽快做决定。”

苏小夏跟着母亲回到家，一整天都心神不宁。夜深人静时，她打开电脑，搜索关于骨髓捐献的资料。网页上跳出一张张照片，都是等待移植的患者。他们戴着口罩，眼神却格外明亮，仿佛在期盼着生的希望。她的目光停留在一张照片上。那是个年轻的女孩，约莫二十出头，和她差不多大。女孩的眼睛很大，却因为化疗失去了光彩。

苏小夏突然想起父亲生前常说的一句话：“能帮别人的时候，一定要帮。”眼泪不知不觉流了下来。她擦干眼泪，打开抽屉，取出一个信封。那是父亲留给她的最后一封信，她一直没敢打开。颤抖着拆开信封，父亲熟悉的字迹映入眼帘：“小夏，如果有一天，你遇到了需要帮助的人，不要犹豫。生命的意义，不在于你活得多长，而在于你活得有多温暖。”

第二天一早，苏小夏悄悄起床，在餐桌上留了张字条。她打车来到医院，在同意书上签上了自己的名字。

“您确定吗？”李医生问。

苏小夏点点头：“我确定。”

手术很顺利。当她躺在病床上，看着自己的血液通过导管流入分离机时，内心异常平静。她知道，这是父亲希望她做的选择。

一个月后，她收到了一封感谢信。信中说，患者已经度过了危险期，正在慢慢康复。随信附上的还有一张照片，是患者康复后的样子。

苏小夏看着照片上女孩灿烂的笑容，突然愣住了。那双眼睛，她见过。七年前的那个雨夜，父亲救起的那个落水女孩，就有着这样一双大眼睛。

命运，原来早已写好了答案。

热搜男女

七月中旬最炎热的下午，刘平站在树下一方阴凉处，看着前方拥挤的人潮，脸色越发难看，再往近了一瞧那熟悉的人影，她的两条眉毛越来越紧，快蹙成两座山峰了。

直到天边最后一丝余晖消散，乡村操场彻底坠入黑暗，人群与音乐才算慢慢消散，这还不算结束，只是大家先回家吃晚饭而已，真正的夜生活才刚刚开始！

“小凡，别一天就知道玩手机，早晚叫你玩瞎了眼。快点，去叫你姥爷吃饭！”平日里，刘平是自个儿去屋里叫她爸吃饭的，今日眼皮直跳，嘴唇冒泡，火气上来了，就对着儿子大声嚷了起来。

小凡斜眼看了他母亲一眼，知道今日不宜顶嘴，乖乖放下手机，跟手机那头说了一句“过会再玩”之后就收起他的“葛优躺”，穿上一字拖鞋往他姥爷房里走去。

“姥爷，晚上我再帮你拍些视频哦！”小凡这话说得大声，像是说给刘平听的，实际上他有自己的小心思，每次带上外公外出才得以掩护他的主题——他与妮子约好了等视频吸粉到一定程度就可以成为这座城市的热搜男女了。

“这一天天的就知道玩手机，都多大的人了。”刘平边盛饭边继续对着小凡的背影嘟囔着。

“妈，我跟你说过多少次了，我有正经工作，我拍直播，短视频你懂不懂？”小凡拿着手机嬉皮笑脸地摆了摆手机，“上次你跟阿姨们出去玩，还不都是我帮你们弄的视频。何况我最近都是陪着姥爷玩嘛！”

“行行行，可这个玩意能当饭吃吗？能挣钱吗？”刘平已经在饭桌上坐下来，帮她爸的碗里添满了米饭，但还是要数落这个刚毕业就失业的不争气的儿子。

“姥爷，你听听，食不语谁教的呀？”小凡知道母亲每餐前必定念咒一番，可姥爷经常以笑回应，只顾听着他们母子俩一来一往的过招。

“都跟你解释多少次了，这就是工作，也是能变现的，等粉丝涨到一定数量的时候，我就开始卖货，成为全城的热点，就可以挣钱了。”小凡夹了一块最大的红烧肉放进嘴里。

“你就少做发财梦吧，还卖货，我看你就是一个笨蛋。”

“妈，你不带这样对亲生儿子进行人身攻击的呀！我跟王妮都商量好了，每天三个短视频，等哪天涨粉破W了，我们指不定就上热搜了。”

“就是这个王妮给你带坏的，你不提她还好，我可告诉你，你不要一天到晚跟她玩在一起。”

“人家小妮不是挺好的，还不都是你从小就让我向她学习来着？她可是一直被你夸到大的，怎么了？现在她也毕业了，就因为没去考公务员，就成了你们眼中的不良孩子了？”小凡是真的替王妮打抱不平，王妮从小读书成绩就比他好，就因为毕业后玩起了直播就变成了不上进的姑娘了。

“什么小妮，你跟人家有这么熟吗？我告诉你，再过一个月，暑假一结束，我们就回家了，我们把姥爷接回镇上住，也省得你爸天天打电话催。”刘平看了一眼她自己的父亲，倒心平气和了不少。

“妈，我已经毕业了，没有暑假不暑假了。还暑假呢？不过，好怀念我的暑假呀，原来我的人生当中已经没有了暑假。”小凡突然感慨了起来，是呀，小时候，暑假时，刘平就会带上他去外公外婆家小住。前几年，外婆去世后，外公就被接回镇上跟着他们生活了。直到今年，姥爷又吵着想回自己的老小区去，刘平担心七十三岁的父亲一个人生活起居上不能自理，只好带上小凡也过来了。

“我叫小妮怎么了？我跟她从小就认识，就像你跟隔壁王叔，不都是一样，青梅竹马嘛！”小凡嘀咕一句后，刘平心头火一下子又蹿了起来，把筷子用力往桌上一拍，边上一老一小都拼命往嘴里送饭了。

碗里见底了，刘平去了厨房。小凡挪到他姥爷边上问：“亲情的火苗说灭就灭呀，姥爷，每次一提王叔她就跟我们急，跟您打听一下呗，我妈跟隔壁的小妮他爸是怎么回事呀？”

刘老爷子笑眯眯地说：“小孩子，爱八卦。你妈妈烧这么多菜还堵不住你的嘴呀！”

“不是您说爱八卦的人都是热心肠的吗？何况我妈这些菜，唉，真是，您说说，我妈这个烧菜的水平怎么就没遗传我姥姥呀？对了，先说说隔壁老王的故事？”

“臭小子，什么隔壁老王，说话越来越没个正形了。不过，你妈妈这个菜嘛，确实不怎么样，我下次带你去一处好吃的地方。”

“行吧，行吧，我知道你肯定说王奶奶，她烧得可好吃了。先说正事，你们都不说，就成祖传的秘密了，真是，我自个儿解密去。”

“姥爷，您跟我一起走，走嘛走嘛，帮我打掩护，等我们上了热搜，少不了您的功劳。”

“你们先去，我，我晚点再出去，饭后不能马上走，对身体不好。”

“行，真讲究。”

小凡三步两跳就往隔壁王妮家走去，接着一个身影就开始尾随他。

叫了一声小妮子，一个小女生就出现在了门口。莹润的鹅蛋脸上印着两个小梨涡，直教人疑心里面盛着蜜或酒，甜得令人心醉。

“我们还是去对面那个操场上拍吗？”

“都行吧，反正这些人都是早上太极，晚上广场舞，不都是这样吗？”

“你还别说，我一直以为只有镇上的人才是这种节奏，想不到我们新农村也兴上了这种‘怪癖’。”

“什么新农村，这是我们老家。真是的，农村怎么了？大家一样白天劳作，何况现在养生与健身的概念人人都知晓，你看村里有阅读与练字的文化礼堂，也有娱乐健身的操场，多好呀！”王妮说起来就一脸的自豪。

“是是是，可我们这些都已经拍了，似乎还没找到特别大的热点呢。”

“先去那边看看吧！”

去操场要穿过一条小巷子，小凡与王妮没有牵手，只是两个身影挨得近，相互打闹着看手机里之前拍好的视频。这是条窄窄的小巷子，并不算冷清。街边摊贩支着两口大锅卖柴爿馄饨，食客络绎不绝，连带着卖五香茶叶蛋和卤豆腐干的生意也不错。小贩在灯下把热烘烘的灯盏糕煎出香味，小妮子虽吃得很饱，仍忍不住侧脸看了看，热得红通通的鼻尖落入小凡眼中，更有种惹人怜爱的娇憨。

“我晚饭没吃几口，刚好饿了，买点吃吃吧！”小凡吃不准王妮的眼色所向是什么，依次买了茶叶蛋与豆腐干，还有加鸡蛋的灯盏糕，又装作吃不完的样子一并递到王妮面前问她要不要来点。

“嗯，那我就吃一点点，一点点。”王妮嘴里这么回答，可手里却是直接全部接了过来。

“这俩孩子是没吃饭吗？”后面的人倒是揪心了起来，这怕还是长身体的年纪呀，这么快就饿了？

路灯下，小凡见王妮面孔红透，似敷了层胭脂，咬着唇，眼神和他触碰一下，又飞快错开，十足的小儿女娇态。他亦觉情动，伸手轻轻抚上那微微发烫的光洁面颊，柔声附和：“你慢点吃，小心烫嘴。”

二人含情脉脉喁喁细语，对刘平而言是扎眼又刺心，面色愈加不虞，气呼呼地又不敢出声，只能一直在后面悄悄跟随、默默咬着牙。

“谁没有过青春呢？”刘平清楚得很，“只是在这个年龄有点，唉！”曾经有朋友劝过她开看点，回想起自己的初恋来，刘平自然是有些许不甘的。如果不是为了他，唉！这番夜幕降临，镇上的街灯还未亮起，林立高楼尽数没在雾霭之中，影影绰绰的剪影，家门口不远的高架桥延伸至天际，车灯闪烁，一边是流动的金，一边是跳跃的红，远远望去，似一条泾渭分明的河，把她的心带向了远方。

那一年刘平的社团在城里演出，观众皆是名流淑女，在华丽高阔的宴会厅分桌而坐，巨型水晶吊灯从穹顶垂下，映出一片璀璨富贵气象，那是她一辈子都不会忘记的。当时的舞台是红棕色橡木铺就，伴奏乐队列席左侧，台前还围着几家小有名气的报媒记者，举着照相机严阵以待。

尽管做足了准备，候场时从丝绒幕布的缝间望出去，作为团里年纪最大的队长刘平仍有点紧张，呼吸也急促起来。她第一支舞就要出场，虽是最边角的伴舞，却总是担心今晚会有什么意外发生。

“平姐，你头稍微再抬一下。”化妆师提醒她。

“哦哦，不好意思。”化妆师刚想张嘴说什么，却被另一个声音盖住。

“请问，这个花篮是放这里吗？”从门边探头进来的是个年轻人，剃着小平头，戴了个黑框眼镜，双手半提着一个仿真度较高的鲜花花篮，这是刘平没有见过的生面孔。

反正不是送给自己的花，管它是不是仿真呢？这样想着，刘平把注意力转回到镜子上。

同样是面对镜子，在不同的时空里，现在，鼻尖上的高光要重一点，这才会显得鼻头翘，适合她的小圆脸。除了鼻梁外，她又用极难买到的某品牌偏光高光扫过苹果肌。淡粉色的镜光唇釉似乎不太能压住场子。

“想什么呢，小凡，快点帮我补妆呀？”王妮不明白小凡突然盯着镜子里的自己入了神。

“哦哦，不好意思，马上，主播小仙女。”小凡似乎在他母亲的梳妆台上看到过这个品牌的化妆品，这几次开播前，他是王妮的兼职形象策划人。

王妮有些头疼地在化妆包里翻找片刻，最后选择了玫瑰豆沙色。不管怎么说，玫瑰豆沙色永远都不会在她脸上出错。

回忆中的她确定了自己妆面的完美无瑕，刘平准备起身，那小伙子开口了：“这个，这个，是有人托我送给你的。他，他在外面等你。”然后，飞一般逃出化妆间，这让刘平没有任何心理准备，再仔细一想，遭了，应该是他。

她记得上周回了趟老家，约上几个发小一起吃饭，之后大家因为工作的关系各怀心情回家，在刘老爷子安了窗帘有遮光层后，刘平一个人住的屋子就更黑了，而对于失眠，她是最有经验的，舞蹈社团经营不善眼看要倒闭了，那她就要下岗了，回到农村，跟村里的同龄姑娘一样怕是要落入结婚生子的老套路了。唉，想到这些又将是一个无眠之夜。她习以为常，所以并不抗拒，反正抗拒也是徒劳，还不如就当这晚上多出来了时间。

跟一起长大的隔壁小王拿老同学一罐罐啤酒喝下去，她还以为自己晚上就能借酒讲出心里话了，想不到，唉，就这样吧，也许这就是天意，不是她与他能改变的。

可偏偏还是天意弄人，她很快就领教了那种压倒性的醉意，完全无法抗拒。记忆中最后一个画面，是被离她家最近的小王抱起来。那个姿势的学名叫公主抱，长这么大，她还从来没被人这样抱过，而后便只剩一片温热的白噪，像是失去信号的电视屏幕。

刘平回想起这些，傻笑了起来，隔着化妆室的玻璃墙看出去，小王果然站在外面。其实外面有个小客厅，到处都是长条沙发与椅子，可他偏偏站着，站在一张桌边，像是做错事的小学生。刘平冲外面挥了挥手，小王就笑了起来，不得不说，他笑起来有几分好看，把刘平引得春心摇动。他此时身上穿了件天蓝色牛津布衬衫，袖子挽起，露出来的手臂修长又肌肉分明。看着那双大手，刘平便想起昨夜他抱她的情景——她在女人中不算矮，但站在他身边，头顶才刚到他下巴那里。他抱她，轻巧得像捧起一件玩具……

她实在没脸面对，毅然收回了目光，继续接下来的舞台演出。而现实中，眼前这两个孩子才是她最关心的事情。

“姐妹们，你们有没有发现面霜用得比以前快了？告诉你们吧，是因为我们的发际线上移了知道不？”王妮对着镜头一边撩起自己的刘海一边开启了自黑模式，还真别说，她这一套很管用，粉丝涨了几百个。

“看看留言，看看留言，回答一下。”小凡温馨提示她看看手机下方。

“哦，有热心的小仙女问我是哪家公司的，有没有经纪人。”

“我公司？对对，我就是老板啊，当然是有三个总监的那种公司。”

小凡想着，自从在老家拍视频以来，确实参与度最高的工作人员就有四个，他与王妮、自己的外公，还有一个老奶奶。

“一个老板，三个总监？那你们是开理发店的咯！”有粉丝这样答复。小凡一看心里老大不舒服了，就示意小妮上传外公与那个经常过来的奶奶一起散步的视频。

“好了，宝贝们，我们现在继续看看下午操场上的续集内容哦。”王妮倒是灵活，指导小凡把镜头一转，操场上大爷大妈们的身影又开始灵动闪现了起来。

“喂喂，你拍歪了，你就不能蹲下来拍吗？你这手机摄像头上那两个头是你鼻子吗，用来出气的？”王妮开始不满意小凡老是往她身上取景。

“唉唉唉，骂人越来越厉害了呀，那些大爷大伯大妈大姨的我们不是已经拍过了吗？一直拍他们有什么好看的。”小凡提出了异议，早上太极、晚上广场舞真心有点拍腻了。

“你呀，你在游戏的世界里大秀特秀，成了勇士英雄，可实际呢？却在现实里锈成了一块废铁，真是的，你是体力不支了吧？叫你要多运动还不听，明早起来跟我晨跑呀！”

“哼，别生气了，我跑我明早一定跑，我讲个真实的笑话给你听咯，我上半年去游泳中心办卡，教练问我最轻的时候多少斤。我回答：‘七斤六两。’哈哈，好笑吧，我出生时就这个体重。”

初秋，余暑未消，天气依然闷热，刘平的心事始终没有解决，她与小凡还住在她爸的老宅里。

周末的公园里热闹得很，草坡上还有一对新人在拍婚纱照。漂亮复古的蕾丝头纱在秋风里摇曳出了波浪，光影透过纱丝在新娘的脸上落下了漂亮的光斑。边上偶尔有五六岁大的小朋友在玩乐，泡泡机里飞出的泡泡在阳光的折射下露出的斑斓色彩完美地诠释了丁达尔效应。王妮戴着耳机坐在长椅上晒着太阳看湖景，将将四点的太阳已经斜挂，舒服得让她想直接打个盹儿。小凡悄悄拍着这一切，远处，有一个大爷正拿着太极剑教一批老太太耍剑呢！

“真好，这么一大把年纪了，还能吸引一批老太太。”小凡倒是真的羡慕，最近刘平的脸色是越来越难看了，小凡倒是从别处找到了个中玄机，他之前觉得母亲如此极力反对他与小妮子恋爱，肯定跟她与王叔在年轻时谈过恋爱有关。他甚至想过，他跟王妮不会是亲兄妹吧？这种事情他在大学毕业时祝福班里最会秀恩爱的同学时说过，祝愿天下有情人终成兄妹！眼看着当事人的嘴始终撬不出一丝风来，他甚至想着要不要跟王妮去医院做一下检测，免得真犯了什么大错不可挽回。在帮姥爷拍抖音作交换条件的谈判中，小凡才得知了真相。

“什么？王叔跟我妈没谈过恋爱？这，这怎么可能？她不是一直说跟王叔算青梅竹马吗？”

“从小一起长大的除了叫青梅竹马也可以叫发小，叫铁哥们儿好吗？”

“姥爷，你怎么也这么潮呀，这些名词怎么学过来的，哈哈，看网上直播学的吧？肯定是哪个奶奶教你的。”小凡边笑姥爷边问，“可是我妈看王叔的表情一直怪怪的，基本上不拿正眼看他呢。还有，还有我记得有一次我爸好像刚提到王叔的名字，然后就吵着要跟我妈离婚呢！我现就担心我们住在这里，我爸是不是心里头也有想法。”

“你这脑子里想什么呢？就因为你妈妈与王叔关系很铁，可没想到一次单位选举，王叔与你爸同一个单位，知道吧？似乎你爸少了你王叔一票，你爸没当选部长。这个事情之后，他们的关系就差了，你妈也就不怎么跟你王叔来往了。”

“原来如此，真是虚惊一场！我真是吓死了，我听我爸有次吵架还说王叔抱过我妈呢，我一直以为他们……哈哈哈，这样就好这样就好。”

“你呀，真是的，把你妈想象成什么了。王叔照顾你妈就像哥哥照顾妹妹，不，照顾弟弟一样的。你看王婶不是对我们一直乐呵呵的嘛！”

“那就好，那就好！可，不对呀？我妈，为什么一定要跟着我来这儿呢？如果不是为了王叔的事，她为什么这么反对我与小妮子来往呢？”小凡觉得此事还是有诸多不解的地方。

“唉，你这孩子傻想什么呢。你妈，她不是……”刘姥爷刚想说什么的时候，刘平进来了。

“爸，下周二帮你约好了体检，我们这几天收拾一下，回去了。”

“啊？”

“啊？”

一老一小异口同声带着问号迎接这个突然闯进来的意外。

这都没有到晚秋时节，入夜却让人觉得寒浸浸的，刘平吸吸鼻子，打帽檐和口罩的缝隙四下打量，再三确认附近没有“人眼摄像头”才一点点将口罩拉下来，从半盒皱巴巴的香烟里挑出一根叼在嘴上。如今这种便宜、劲又大的烟可不好找了，碰上卖的他总是多囤几盒。唉，谁都看得出来，他有满腹心事，烟最终没点上，却唉声叹气了好几回。

心里头想着，也许到了年根，老家北风呼啸，后山上该秃的秃，该落的落，遍地枯枝败叶。最后的生机只剩下零星的矮松和那棵柿子树尖上的几颗果子。也许他的爱情也跟树上的柿子一样，熬不过这个冬天了。

清晨的菜市场，格外热闹。菜摊子上摆着各种蔬菜，红彤彤的西红柿、绿油油的青菜、黄澄澄的油菜花、紫得发亮的茄子……五颜六色，挂着水珠，新鲜得仿佛刚刚从地里采摘回来的似的。肉摊子上有新鲜的肉，卖鱼和海鲜的摊子上有活蹦乱跳的鱼和虾。忙碌的摊贩的叫卖声和大爷大妈们的讨价还价声充满了整个空间。

王妮，梳着马尾，穿着白色的运动裤、白色卫衣，背着一个硕大的单肩帆布包，在各个摊子之间悠闲地逛着。熙熙攘攘的市场里，嘈杂的环境，对她的直播没有任何影响。她与刘凡把所有的注意力都集中在了眼前的这些美丽动人的食材上，时不时地将镜头对准这些丰富的食材，拍出烟火气息满满的画面。

“买好了吗，还缺什么呢，奶奶？”王妮温柔地问起边上的一位约莫七十来岁但脸上依旧神采飞扬的奶奶。

“差不多了，走吧，回去烧好吃的给你们几个馋鬼吃。”王奶奶拍拍王妮的手，又努了努嘴看向小凡以及小凡身后的人。

“我们的美食主播上场啦！”

在镜头下，嫩黄的白菜在清澈的汤里翻滚着，红色的猪肉早已经切成了薄薄的片，仿佛轻盈的花瓣一般点缀着香气浓郁的汤。随着时间的推移，油脂裹在排骨和肉块上，晶莹剔透。

锅里的汤发出咕噜咕噜慢慢翻滚的声音，菜的香味和浓浓的肉香慢慢地充满整个厨房。

“那个谁，你去那个哪儿，把那个啥拿过来一下。”王奶奶不明所以的话语，只有刘姥爷果断地转身去门前的菜地里摘了三个红辣椒过来，接着很自然地递了过去。

“妈，我就说王奶奶的菜品堪称一绝嘛！”小凡是经常过来开小灶的。

刘平没有接话，刚才的一幕让她有了新的看法。

味觉和视觉在这样一锅汤的炖制过程中同时得到了充分的满足。蒸汽慢慢占据了厨房，温暖一点点融化着厨房的冰冷。

经过小凡与姥爷的热络劝菜，刘平架不住吃了大半碗汤，热出一脸油汗，而小凡却健谈得很，东拉西扯总不会冷场。瞧他那油腻腻的嘴皮子上下翻飞便觉得像是有事要宣布，刘平索性埋头吃饭不想这么早听到这件事情的揭秘。

“那个，大家先听我说几句！”想不到，先是刘姥爷开了口。

王妮抿嘴应下，又朝小凡眨眨眼。眼波流转间，透出年轻女孩子特有的娇俏得意，小凡只觉得像猫儿伸爪在他心间轻挠了一下，是讨人喜欢的痒。

“爸，你别说了，我，我同意的。”刘平立马抬头很认真地回答。

这让所有人都很意外，特别是王妮与小凡，这两个人一直觉得母亲是极力反对他们这对年轻人在一起的，还生怕他们会背着自己做什么坏事，总是走到哪儿跟到哪儿，每次出去拍视频也好还是出去玩也罢，身后的那个影子一直跟着。小凡清楚那跟踪狂就是自个儿的妈，所以，他后来经常拉着姥爷一起出来打掩护，本想着下周以姥爷要体检为由，撕破了脸把这个事情要做个断，想不到，今天这个事情这么顺利就成了？

“小平，那个，我跟你王婶加起来都一百四十多岁了，确实这个年龄……不过，你能理解我们，我还是，还是很高兴。”刘姥爷满脸的皱纹里竟然透出酒红色的害羞。

“你们？你们？”王妮与小凡一下子给整蒙了。

“爸，王婶，其实小凡他爸与妮子爸也经常劝我想开点，毕竟我妈过世很多年了，我爸跟着我们一起生活，明面上是我们照顾他晚年，实际上呢，还是他在帮我们料理着家事。他想回老家，想回这老屋，也想有个老伴，我应该早点理解的。”刘平站了起来，对着王奶奶说道。

“妈，你等等，什么意思呀？”小凡急眼了，这到底是哪儿跟哪儿呀，明明是他与王妮的青春之恋可能会被棒打鸳鸯，怎么听过来要整一出黄昏之恋呢？

“小凡，都怨我，这个事之前总觉得不大光荣，也不理解你姥爷一把年纪了，还想着要找个伴，就一直不好意思说出口。我非得跟着回老家，也是为了看住你姥爷，每天我跟着的其实是你姥爷，并不是你这个臭小子，跟人家小妮子还玩捉迷藏似的，谁爱操心你们年轻人呀？爱谁谁。”

“哦，小妮子，阿姨不是说你，阿姨一直很喜欢你的，我只是……哈哈。”

“妈，我爱死你了，你现在可越来越时尚了，爱谁谁都会说了。真是的，不早点把这个事情说出来，吓得我每天都看你脸色，还有，姥爷，你也真是的，一个大老爷们，这个事情就应该找我帮忙出主意嘛。”

“别没大没小的，吃饭吃饭。王婶的菜确实好吃。”刘平敲了一下小凡的头，笑着对王奶奶说道。

“我还以为是我找姥爷、奶奶打掩护的，原来是他们找我们打的掩护呀，看来姥爷才是高手！”

此话逗得一桌子人都笑个不停。

“你说我们这样拍姥爷与奶奶的日常会不会上热搜呀？”

“还是别了吧，一上热搜就凉凉呢。哈哈，来来来，小妮子，我们先把镜头对准这位伟大又美丽的刘平女士，采访一下刘女士，你最后是怎么想通了来支持我姥爷找老伴的？”

“走走，真是的，没看我跟你王奶奶在学习烧菜嘛，我得回去给你爸好好露一手。”刘平挡开了镜头。

“哟哟，先回答一下嘛！不会是我姥姥托梦给你了吧？或是，王爷爷托梦给你了？”

“你说当年你爸取名叫你小凡小凡的，就是烦呀，你以后自然会明白的，你看，现在你姥爷一天到晚这么开心就行了嘛！”

“你就回答一下嘛，刘女士。”

“当王奶奶说那个谁，你去那个哪儿，把那个啥拿过来一下的时候，你姥爷就是我爸，他竟然可以自动完形填空，准确接收了这个信息，明白了？”刘平说出这话时，姥爷与奶奶相视而笑，小凡与王妮竟然像发现了神奇语言般哑口无言，最后在直播镜头下打出一行字：“请持续关注被我们一直所忽视的却真正需要关心的热搜男女——老年人的情感世界！”

带着棺材当嫁妆

对第一眼喜欢的，是会反复心动的！

刘阿婆这辈子只有两个心动：一是棺材，二是她的老伴。因为一副空棺材她才得识她的老伴。她老伴姓沈，是作为沈家第十一代嫡传的戏班主，在少年时期就受过下届班主的岗位培训，跟随父亲的戏班子走南闯北——经常睡在临时搭建的简易房里，也睡过祠堂放着的空棺材……到了二十来岁，父亲就真的睡进了棺材，从此与他阴阳两隔，他一个人肩负起戏班子的宿命。那副棺材还是刘阿婆的父亲亲手定做的。对了，刘阿婆的前几代是专门做棺材的。当年第一次见面，就是她随父亲倒着把空棺材抬到二楼，一般棺材只要不是出殡送丧，都是倒着抬的。当时，突然发现原来停放在边上的那副空棺材里有声响，里面贪睡的小沈郎冒出脑袋，她第一眼就喜欢上了这个少年郎，眉清目秀不说，光是那一脸忧郁的眼神就足以让她魂牵梦绕。他经常坐在祠堂的二楼那条长条椅子上看戏，有时小刘姑娘想过去陪他一起的时候，偏偏那条椅子上总会出现另一个人。戏班子一年来了三回都只有他一个人呆呆坐着，她开始没有勇气走上前去坐了，虽然那条椅子上一直空着。直到有一天，小沈问她，怎么胆子这么大呀，老躲在后面的棺材里面玩？她就眨巴着眼睛反问他一句，你猜一个东西，猜到了我就再告诉你。什么东西使用它的人感觉不到它，制造它的人不需要它，买它的人不会使用它？”

“这个？一下子真难倒我了。”

“那我再给你一些提示，它的内径前底宽57厘米，上口宽42厘米，高60厘米，后底宽35厘米，后底的上口宽30厘米，高35厘米，底口长1.7～1.75米。上口长1.8～1.85米。”

“什么呀？这，听着像是床，或是我戏班子里的柜子？”

“就是它呀！魑魅魍魉在人世横行霸道，最终都要回到这个里面来。我爷爷、我爸爸都是做这个的。我不怕它，因为那里面有我爷爷与爸爸的温度。”她指着后面的一排排空棺材说道，“人没入殓，那棺材盖就不能盖紧，所以，你才能躲进去，只是，你进这个里面不怕被人说晦气吗？”

“我们唱戏的，有什么晦气不晦气的。我从小就在前面那些放道具与服装的衣柜里睡觉，现在嫌弃前面太吵，所以就躲这边清静呢，你不是也不怕吗？还帮忙抬着呢！”

“我爷爷与爸爸制作棺材，全程不用一颗钉子，是附近最有名的木工师傅呢。不，工艺再怎么精湛，以后用到的人也越来越少了。现在环保，大家都开始用木匣子了，这些都是村里的老人们给自己订的。”

“不瞒你说，我从小就是在一堆空棺材中长大的，所以，我不怕它，相反，它养活了我们一家子，所以我对它有感情。你看这些棺木，不论大小，内径宽窄都是一样的。有些地方的农家制作棺木，一般在30岁左右就要精选木料制作好，准备去世以后用。俚语云：‘三十有付板(指棺材)，看你好大胆。’言下之意，人到中年，就要准备寿木了，没有预备好，怕万一有个三长两短将措手不及。故此，客家人一般在世时就要做好棺木，称‘寿木’或‘寿器’，表示添寿加福。寿木做好后，家境好的会请漆工及时刷好油漆，大头顶端书‘福’，前端小头写‘寿’，棺盖板上用红纸书写‘福如东海’‘寿比南山’。客家人的习俗，未过花甲而身亡的称‘短命’，一般不能享用棺木安葬，只能用几块木板钉成棺材状，称‘火板子’。”

“长知识了，想不到，你年龄这么小，就懂的这么多。”

“可是，为什么，这里有颜色与图案不一样的，还有好像材料也有些不同？”沈班主发问道。

“在我们过去的传统观念里，去世后能得一好棺木是一件幸事。用料与材料好坏主要看是否耐腐，是否防虫。一般农村老人去世后的棺材用松木、柏木、杉木加工而成，其中杉木最常见，柏木算是比较名贵的了。你看棺材这个形状，那时因为古代的棺材是要被人抬到祖坟安葬的，路途一般都比较远，因此，棺材的形状必须贴合人体轮廓，里面的尸体才不容易因为颠簸而发生姿势仪态的变化。死者脚上一般都有捆脚绳，身体就呈现出上宽下窄的形状，因此，棺材也就是上宽下窄的。有的棺材，是像匣子一样开关的，棺材盖一般是由宽的那头往窄的那头推的，整体又是下坡的趋势，所以，一旦合上棺材盖，从里面是很难推开的。”

“那颜色和图案呢？”

“我从小爷爷就跟我说过，做吉祥图案时，男的就做松鹤延年，寓意也是‘长寿’的意思，而女的一般就是荷花莲蓬，寓意‘多子多福’。‘男寿女福’，这样方便吊唁的人分辨身份，以免出现趴在老爷子的棺材前哭老太太的闹剧发生。”

“至于颜色，子女给在世的老人做，我们一般称为‘喜寿木’，多用红色，但棺材盖不凿眼。因为古代只有耄耋之年、寿终正寝的人，才能用红色的棺材。所以，提前给在世的老人，六十岁时做个红色的棺材，也算是一种美好的寄托吧，因此在民间才被称为“喜寿木”。

也有地方用原木色，不上油漆的。你看，你刚才躺过的都是原木色的，总之，给在世的人做棺材，表达形式多少有些差异，但表达的都是一个意思，“这活儿没做完，不是现在用”。

而那些去世后才买的“现货”，棺材多半都是黑色的。在古代，看棺材是黑色的，就知道这人是突然去世的。”

“你懂的真多呀！”

“我们家世代靠它养活呀！只是，以后都用不到这门手艺了。”

“靠棺材养活？”

她说完自己倒先咯咯大笑起来。

像是黑暗中荧荧发热的光，渡人千程，功德无量。

刘阿婆一直觉得自己命运多舛，母亲在她10岁那年成了墓地里的一块碑，父亲在她没出嫁前的一年也睡进了他自己打造的棺材里面。

再后来，沈班主慢慢得知了她家的过去。他的父亲是爷爷抱养的，因为他爷爷做棺材的活儿，附近村里一直没有姑娘愿意嫁给他，所以打了一辈子光棍。直到有一天发现一副空棺材里的弃婴，她爷爷认为这就是上天赐给他的孩子。再后来，他父亲快到了娶老婆的年龄时，他爷爷就不让他做这门手艺了，怕影响他的名誉影响娶老婆。可父亲偏偏坚持着，说他热爱这份手艺，何况就是因为棺材才有了他的新生命与新生活。后来，隔壁村里有位双亲得病而亡的姑娘因为临时过来买棺材结识了他，父亲帮她妥善处理了她双亲的后事后，姑娘因为感动于危难之中他的帮忙嫁进了刘家。

“看来，你们爷爷与爸爸倒都是因为棺材获得了意外的幸福。”

“是呀，可是，很多人还是会嫌弃我们家晦气，那些人我很不理解，明明他们经常需要我爷爷与我爸的手艺活儿，急赶着要定制棺材的时候也会递过来一些烟，说些好话，但抬走棺材后又像变了一个人似的，不爱搭理我们家了。我小的时候也有很多小伙伴，经常玩捉迷藏，只要我躲进空棺材里面，大家就找不到我，因为他们都害怕靠近棺材。可是，我觉得只要看到棺材我就特别有安全感，爷爷一直说，只要有棺材在，我们就有饭吃。”

所以，当沈班主睡意蒙眬地从棺材里抬起头的一瞬间，刘阿婆就喜欢上他了，她觉得找到了能懂她的人。

沈班主打心里心疼她，他说他也不怕棺材，随着戏班到处走，难免经常在祠堂里看到这些空棺材。

可能从小一直跟棺材打交道吧，看到了更多的生死场，刘姑娘很珍惜当下，及时生活，绝不等明日，因为明日隔着天涯。

所以，当命运的轮盘转到还能受掌控的岔路时，她就主动向沈班主求婚了。她要嫁给心上的少年郎，成为沈太太。“以后，我一定会让你先走，不会让你再成为剩下的那个人。”这是沈班主对刘阿婆的承诺。

“我没有任何嫁妆，但我会带着两副上好的空棺材，陪着我嫁过去。”这是刘阿婆的回答。

自此，带着棺材陪嫁的故事就此传开来，一时倒成了戏班子里的美谈。

爱情的高明之处，就像蜘蛛扑食，先麻痹再溶解猎物最后吸食，让人浑然不知，但对于沈班主而言，他能第一眼就喜欢上这个姑娘是因为他当年的自卑已经不见了，所以这种遗憾与爱是深植于他内心的，爱情虽然有，对他来说像盲肠一样没有用。所以说，刘姑娘成了沈太太之后，过得并不是很幸福，因为沈班主心中那一条长椅子坐着一起看戏的位置一直空荡荡的，任凭这五十来年的温柔以对都无法弥补那个空缺。

沈班主这一觉睡得很不踏实，恍恍惚惚一直在做梦，梦见自己被扯成好几块，又被用针线缝起来，浑身遍布着稀疏又粗糙的针脚，稍微一动，就跳进了一具棺材里面。衰老和疾病，已经让他的生活无法自理，最初还只是习惯对刘阿婆发发脾气，之后看刘阿婆一直哭泣着，他再不好意思任性了。他尿频，每天半夜一点到凌晨四点，刘阿婆和保姆会扶着他去一次厕所，之后沈班主便可以安睡到天亮。再后来连大小便都失禁后，沈班主觉得自己作为男性最后的尊严都失去了，就骂走了保姆，只好由刘阿婆与尿不湿一起照顾他的起居。

为了保留他最后那点可怜的体面，刘阿婆承担了沈班主所有的日常照顾工作。一个75岁的老人，去照顾一个快80岁、生活不能自理的老人，自然辛苦。刘阿婆有两个女儿，都心疼母亲，也托人帮沈班主找了男保姆和男护工，可最后沈班主没开口骂人，倒给刘阿婆赶走了，只说让两个女儿在周末的时候多带着孩子们一起回来陪陪沈班主就行。

“老伴，就是一个人包容另一半的意思吧！”刘阿婆总是这样反过来劝说那些心疼她的老姐妹。

对刘阿婆的辛苦沈班主并不领情，他的举动里似乎透着股对刘阿婆的嫌弃，这也是他两个女儿所不能接受的。她们眼中的沈班主，一直是慈祥温和的，不知为何到了老年时变得如此不可理喻、如此叛逆，母亲刘阿婆只是安慰着解释，老了病了自然会把自己当成小孩子了，需要哄着呢！

“那前几年，你生病的时候也没见你发脾气呀？”女儿们更多的还是不解。

“你爸呀，有时天真得像个顽童呢！”

沈班主烧得一手好菜，刘阿婆有一口好牙，两个人自得其乐。刘阿婆最喜欢看沈班主边炒菜边唱戏剧，那个幸福呀，逢人就说自家老头对她有多好，这话一直能让她说到棺材里头。

前些年刘阿婆与沈班主一起去体检回来后，沈班主就安排刘阿婆进医院治疗，但具体什么病，一直不是很清楚，刘阿婆不习惯医生的各种折腾哭着要回家，沈班主也就只能答应她。

那个时候，刘阿婆每天晚上都要醒来好几次上厕所，也都是沈班主帮着扶她去。接着，他们每天依然是天刚刚亮就起床，然后一起慢慢走去菜市场买菜，买完菜回来后，就在家门口的小院里与三五个老人坐在聊天。任何芝麻绿豆的小事都拿出来反复说。冬天的时候，他们就不在外面了，而是宅在家里，刘阿婆因为不认识字，沈班主就拿着报纸翻译成家乡话读给她听，正经常指着电视机里的画面翻译给她听。孩子们在身边时，还是经常听到他们聊以前的事情，几十年前村里发生的故事能一直说到现在，一件有趣的事情能重复说几万遍，一天就这样过完了。日子一天一天地过去，就这样过完一年又一年，每天的日子都一样，每天聊的话题也一样。有时候就是大家坐在一起，什么话也不说，看着太阳慢慢变换方向，等着时间从耳边溜走，死亡是无尽的黑暗与未知。

老人院已经变成了村民文化礼堂，他们已经不经常过去了，祠堂里的棺材早已经不见了，而家门口聚集的老人从多年前的四五个人，现如今也一个个地慢慢离开了。不知道是该庆幸还是该感到不幸，刘阿婆一直希望自己以后不是那个最后离开的人。人生在世一遭，最终离去，大概之后只有最亲近的人才有记忆吧。当记忆消失时，她与人世间的联系就再也没有了，想想也是可悲的，人竟如一颗尘土般消失得了无痕迹。

有年夏天，小女儿接到沈班主的电话赶回来的时候，还以为是母亲也病倒了，到家后发现是空调坏了。沈班主一向节约，以往都不怎么开空调，只是为了刘阿婆不喜热，空调坏了她难受才让孩子过来看看是怎么回事。看了遥控器，换了电池，重新开关了几次，发现也没问题，但就是不制冷，准备叫专业的师傅过来检修时，小女儿说了一句安慰的话："空调旧了，可能要换了。"

刘阿婆却舍不得换，嘴里说着："还全新的呢，今年天气特别热，那个空调外机挂在外面我都怕晒坏了，所以拿了条布给封好了。"

这不，谜底揭开了。幸好发现及时，空调外机都让刘阿婆用布给盖个厚实，空调还怎么对外排风呀！

这个事之后，小女儿也觉得父亲是极其重视母亲的，可为何现在变得动不动就骂母亲呢？相敬如宾了一辈子的人，临老了，怎么变了态度？着实让人摸不着头脑。直到大女儿有一次无意间提到，是不是自己当初有说过，母亲那病容易健忘，只有平时经常有个人跟她说说骂骂的，她可能还会有所好转。其他人一听这个，再回忆起沈班主前后态度的转变，这个时间点还真能对得上。

老了，还能有个知冷知热的人在边上拌拌嘴那才是最好的治疗处方。

这天夜里，刘阿婆照例进入沈班主卧室，先是闻到一股怪味，上前推了推他，沈班主醒了过来，对着刘阿婆笑了笑："干吗，以为我没气啦？"

还能开玩笑，说明心情不错，刘阿婆轻轻推了他一把，然后拿起沙发边上的尿不湿整理起来。

“你过来，我跟你说说话。”

“我，可能要食言了，对不起，不过，下辈子，我一定会主动先找到你，第一眼先看到你。”

刘阿婆还没回身，沈班主的眼睛就闭上了。她推了推，没有醒，又推了几下，接着拍了拍他的肩膀，才用手指去试探他的鼻息。

沈班主经常睡得很深，推都推不醒，只是这一次，任凭刘阿婆声音嘶哑地叫唤，他都没有醒来。

刘阿婆对着沈班主的遗体发愣。死去的人肤色苍白，他的嘴巴，因为睡前脱去了假牙，向内凹陷，像个瘪进去的洞。刘阿婆取过假牙，又把它清洗干净，用他生前最喜欢的薄荷味牙膏和着温水又洗了一次后，想要重新放进沈班主的嘴里。只是尸体已然僵硬，她尝试了两次都没有成功，没能保留住沈班主最后的体面，最终只能让他瘪着一张嘴躺在那里。作为一个一辈子用嘴唱戏吃饭的人，最后要瘪着一张嘴入殓，这个结果让刘阿婆的内心涌起一股怒气。

“以前，你爸是个多么帅气的男人啊。”刘阿婆的那股怒气，最终在沈班主的葬礼上化作一腔悲伤。

她没有在沈班主的葬礼上出现，这个举动让她的孩子们多少有些意外。

棺材是刘阿婆亲手做的，当年，刘阿婆送走自己的父亲之后回来的第一件事情就是给沈班主亲手做了一副上好的空棺木。她说，好害怕，人走的时候最后的体面都没能保住。

办完后事时，刘阿婆还算坚强。目前火化场推出一种高档遗体火化服务项目，也就是遗体整骨架火化技术，但在农村广为流行的还是把火化后的遗体整骨架装入长约2米的木质棺材内然后埋葬于土中。

他承诺过，一定比她晚走，她说晚走的人才是最可怜最孤单的，可事实上，他还是先走了，刘阿婆怨恨他说话不作数。让她自己留下来受这个罪。她其实是知道自己体检报告上写着得了晚期癌症的。他不告诉她，是怕她害怕，而她自己当作也不知道，以成全他对自己的担心。所以，沈班主一直让她在身边照顾自己，无非是让刘阿婆觉得生活还没结束，她还有照顾老头子的任务没完成，得支撑着活下去。事实上，她也确实出色地完成了沈班主最后交代的任务。

“妈，爸也算走得安详，应该没有遗憾了。”女儿对着她说道。

“你爸，有遗憾，只是，你们不懂的，唉。”刘阿婆那一声长长的叹息里似乎能穿透五十年的岁月，回到那座祠堂的观戏长椅上，仿佛看到了当年的那位翩翩少年郎。

七天后，刘阿婆坚持要亲自去给沈班主销户，两个女儿以及女婿都陪着前往。到了派出所，工作人员接过户口本，刘阿婆先怔了怔，然后用袖口擦起了眼睛。

孩子们看着她，不知如何安慰。

她的眼泪似乎没有流出来，而是进入了口腔，她的嘴里一直喃喃着：“以后户口本上只有我一个人了。”

“成亲，就是让我们成为一家人。”这是沈班主说过的话，刘阿婆一直记得。

“户口本上只有我一个人了。”重复几遍后，她的眼泪开始挤进沟壑般的皱纹里。

隔天夜里，刘阿婆执意地让孩子们回来一趟，很冷静地交代了自己的后事。她交代孩子们把她身份证上的照片放大当作遗像，这点让女儿们很不理解，因为平日里刘阿婆拍了很多生活照，也打印出了好几本相册，为何偏偏要一张身份证上的照片呢？

“我是，换了这张身份证后，才真正嫁进沈家的，同一天，登记到了与你爸同一个户口本子上。”剩下的话没说，孩子们都明白，如果真有下辈子，父亲应该会根据这个户口本以及照片主动找到母亲吧！

“我死后，你们不要弄什么花别在我的衣襟上，只要让我躺进那口棺材我就安息了。”

女儿们觉得刘阿婆是受了父亲去世的影响才胡言乱语的，直到刘阿婆的呼吸越来越弱时，女儿们才惊呼起来：“妈，妈，你，你还有什么遗憾吗？”

“我最大的遗憾，就是少年郎的遗憾与我无关。”

“不，妈，你错了，最深情的爱是陪伴，爸爸最爱的人是你。你才是她的老伴呀！”

生日蛋糕与长寿面

夕阳的最后一点便从办公室的落地玻璃窗落了下去，小唯今天的工作却刚开始，公司三班倒，她这周上班的时间是下午5点到晚上12点，对于晚上不用约会的人来说，这个点是最幸福的，就是晚餐有些麻烦，五点前吃太早了，所以她会看看主管在不在，如果不在，她就开始点外卖，边吃边工作。在电脑上回复了几个信息后，她麻利地从手机里点了一单晚餐。放下手机，又开始频繁跟诸多弹出来的闪烁的头像聊天。同时聊几个人的，不是海王就是客服！显然，小唯是后者。她心中有一个观点：多言则气乏，保护能量最好的方式就是少说话。语欲胜人是烦恼根源，她就搞不明白这些人为何这么多话，伤身呢！

可能是周末晚餐高峰，这个外卖来得比平时更晚。小唯不由得往窗外的方向瞧了瞧。

她所处的是时代大楼第23层，这会儿的楼下已经开始拥堵了。从办公室的窗户望下去，尾灯闪烁串成了密密麻麻的红色珠子。

幸好，她不用在这个点下班去挤公交车；幸好，她没有车，不用在下班晚高峰的路上堵着耗油。

但不好的是，在这座城市里，她也没有要赶回去的家，那只是一个提供她睡觉的出租屋而已。

门铃响了，有人进来，而从开着的门中，飘进来一股夜晚和甜点的气味。

小唯抬头起身。

“是你点的长寿面？”穿蓝色衣服的外卖员一边递过袋子，一边说，“生日快乐！”

“谢谢，怎么你们还有送小蛋糕的？”小唯早就闻到那个每天上下班经过的蛋糕店的味道，只是有点意外，在今天这个特殊的日子里，想不到还是一个陌生的快递员猜到了她的生日。

“那个备注上不是写了，生日想吃个长寿面吗，应该是生日了，我过来时看你们公司楼下那家蛋糕店，今天正做活动，免费试吃的，所以顺手取了一块。”外卖员笑起来感觉还挺帅气。

“谢谢你！”小唯还是有一点感动，她再也不用打电话骗父母说有一大堆同事一起给她庆祝生日并正在吃蛋糕了。这一次，她终于可以拍下这个蛋糕发到家人群里，有图有真相，一边吃蛋糕一边吃长寿面。长寿面是父母叮嘱的思念，是家乡的味道，而蛋糕是来到这座城市拼搏、认真生活的奖励。

人在年少时淋过的雨，是一生漫长的潮湿。她从小看电视里孩子过生日都是有蛋糕吃的，而她每年的生日，都是一碗长寿面，就这样一直吃到了大学毕业。来到深圳之后，她的第一个目标就是希望能在生日那天买一个大大的蛋糕，叫上一群朋友过生日，发朋友圈。可是第一个生日来的那天，她连房租都已经付不了了，并且正在准备搬家，小条桌小板凳、水瓢、棉被以及一捆捆线装书陆续从出租房倒腾出来。

到了次年，她虽然有了一点点积蓄，却舍不得独自去买那个大蛋糕，她安慰自己说根本吃不了，吃多了容易长胖。

那天才晌午，白辣辣的日头便当空悬着。风歇了，云退了，天火蒸腾，热浪凶猛，万物无处躲藏。她刚刚被分手了，理由居然让她无言！怎么？结婚不行，现在都开始要求恋爱也不找外地的了？其实，她很清楚，什么外地不外地的，她前男友也是外地的呀，无非就是想找一个有钱的女朋友罢了，当然，最好是本地有钱女。

第三个年头的时候，她在这栋拥有五间蛋糕店面的大楼里工作，每天闻着蛋糕味鼓励着自己要坚持下去。可能是到了这栋办公楼后，不知情的人都以为她在搬金砖，而她靠时间忘记的人，是经不起遇见的，前男友又变成了现男友。也许第一眼就是喜欢的，以后对方展示出再多的缺点也可以依靠最初的1%收复失地，而如果第一眼便将就，即使接受对方99%的优点，那剩下的1%还是会像癌细胞般越来越大，终至损毁一切。

小唯希望在第四年的生日，男友能给自己买一个蛋糕庆祝，那天她特意请假早早回到她一个人付房租却是两个人居住的屋里。冰箱里的食材已经清空了，上次她与他去超市买的，因为她一直加班没时间做，菜都长毛了，如果想吃得健康点，还是叫外卖吧。这是他的习惯，自然，也是用她的手机点的外卖，却只给他自己点一份吃的，不问小唯是不是吃过，更别提生日这回事了。冰箱里还有一块发白的东西，最初打开的时候是惊喜，她以为他偷偷买了小蛋糕，对，哪怕就只是这么一小方块的蛋糕，但看清之后，发现是豆腐。连豆腐都有脑，她觉得自己真该长脑子了。

记忆里冰箱是个很厉害的东西，能给一切保鲜。可现在不是了，如果一样食物在冰箱里放得足够久，也是会长毛的。她刚刚发现这个秘密。现男友又变成了前男友。

“有没有一种可能，我经常喝咖啡，把命喝苦了！”小唯边喝咖啡边提神加班。

第五年生日的时候，无欲无求，身心自由，她根本不喜欢吃蛋糕了，而开始怀念父母，思念家乡，所以试着在一家面馆下单了，看看能不能做出长寿面的味道来。

“回家相亲？她结婚了？”得知之前在老家要好的女同学邀请她当伴

娘，她一边拒绝，同时摇摇头在心里唏嘘："她命里缺祖宗吗？"结婚？没有给她带来爱情，还分了她的面包，所以，她变成了不婚主义者。

客服的工作简单，但其实很考验人的心态。虽然她的文字表述是特别温柔的，但实际上给对方发的信息，她有时很想用中指单发的。

都说打工人是不怕走夜路的，因为打工人的怨气有时候比鬼还重，上班到十二点回去很正常，有时为了多挣一些加班费，就直接替班到了凌晨四五点。

青灰色的下弦月缓缓沉向地平线，出租屋里的小胡同尚笼在幽蒙蒙的晨雾之中，卖包子的吆喝声已经长而婉转地隐约传来，小唯才刚下班。手机的个性签名还是那句诗："安得广厦千万间，广厦一千万一间。"

趁年轻要多出来走走，以后做送外卖的工作才能多接单，因为认识路。

外卖小哥应该是分片区的吧，这栋大楼好像就是他的地盘，来来回回两个人加了微信。小唯知道楼下的蛋糕是名品，根本不可能有免费试吃的活动，只是她并不打算戳破一个向她示好的男人而已。

外卖小哥在这座南方城市打工，他刚来的时候就一直问自己，为什么我在南方出生，却每天都要做喝西北风的工作呢？

他与她有共同的工作时间，还有过节爱好，我拿什么跟他比呢？他吃肯德基从来不看星期几的。小唯把他与前男友做了对比，觉得周四下午的肯德基确实比较好吃，外卖小哥送上门，而且是真的送，他买的单。

初春的天黑得比平时晚了一些，黄昏的天是浅浅的蓝色，在城市的边界处依稀能看到被渲染的昏黄，小唯特别喜欢这个景色。她的手里还提着一个蛋糕，她想给一个值得她买蛋糕的男人一个惊喜。其实在第一次她点长寿面的那天，也是外卖小哥的生日，他懂一个在异乡拼搏的人生日那天的心情，本来那个蛋糕是他给自己买的，想不到有人跟她同一天生日，巧合了。这会儿小区里没什么人，树荫里有鸟叫，几只流浪猫从人行小道里匆匆蹿过。她高傲地猫着腰往下一跳，再走几步，到单元门前停下，人脸识别殷勤开口："欢迎回家。"

随着咯哒一声，门开了。对，她有家了，用了十年的时间努力工作，付了这里一套房的首付。

"你回来这么早，我还怕长寿面下早了容易坨了，都没开始烧水呢！那先吃这个蛋糕吧，这个蛋糕是我亲手做的，应该还行吧！"还是那个给她送外卖的小哥。

十九号病床

秦春醒来的时候，首先看到洁白的墙壁，边上有绿色的窗帘，阳光从外面透过，若隐若现。空气中弥漫着浓浓的消毒水味，病房里安静得掉一根针的声音都听得见。

嗯，她还活着，在麻醉手术前，她告诉自己，醒来无恙的话余生不用出息，只要有气息就行。

这年的冬天来得比往年都要晚些，最后一片雪不是融化在阳光下，而是在秦春的几个呼吸间。她冻感冒了。而周一的医院比早上的菜市场都人多。秦春算是个半病秧子，今年入秋开始，便一直缠绵病榻。冬季最冷冽的日子她就越发脸色苍白，慢性咽炎犯了，咳嗽起来的时候脸色才会红润些。满东城能排的专家名医馆轮番儿瞧了一圈儿，仍旧没个说法。这一大早的，背后贴两个暖宝宝，双手捂着暖手宝，身裹密不透风的羽绒大衣出现在医院门口的广场上。而她的前面已然排起了长龙。裹着军大衣内搭白色大夫服的医生们正在分发药包。对，这家是县上的中医院。她开始理解公鸡了，因为她早起也想尖叫。

周一的活动是免费领取中药茶饮包、体验常用推拿手法。远看一眼，宣传的海报上写着：

健脾茶：

功效：健脾养胃，消食化积

补血养气茶

这款茶饮取自四物汤，以当归、川芎、白芍、熟地黄四味药材为主要原料熬制而成，补血配活血，动静相伍，补调结合，补血而不滞血，行血而不伤血

适宜：女性日常保养

补肾养精茶

温馨提示：素体湿热或热盛体质的成人不宜食用，小儿亦不宜服用

陈皮、炒薏苡仁、党参、黄芪、茯苓

诸如此类的，秦春反复看了多次，似乎没找到她想要的答案。

轮到她时，中医瞧了她一眼，简单问了几句话，之后仔细端详了她半晌，才又开了口，人多口杂的，也不好坐下来细说。

她回到了车里，耐心等着。明日复明日，明日何其多，既然那么多，那就再拖拖。这不就拖到了今日。

直到太阳升了半边儿，药茶分得差不多了，排队的人也没了影，医院这才收了摊儿。医生与几个主管的护士拾掇着各色工具物件儿，一样样归置着放在一个塑料箱里，便要回医院去了。

哦，忘记说了，这次发放中药茶的位置正在医院的药铺门前。药铺每个季节都会有义诊，这药紧跟节气，什么伤寒、痢疾、头风等等，不一而足。

到了药铺里头，秦春喝了口茶，今日冷意本就重，这会儿又落了雪，寒气更重。她这样的身体，一旦染了风寒便难好。皆因身体羸弱，禁不得风吹，受不得雨淋，挨不得通宵达旦，更难推杯换盏与人交际，好在有个热心之友推荐来中医馆瞧瞧，算是熟络了才前来这一遭。

“你好，我先看看你的病。”滕主任说道。

秦春挽起一节衣袖，露出白皙纤瘦的手腕，朝内挪动了茶杯，把手臂横在桌上。她把的不是脉，而是她余生的希望。

滕主任的手指并未直接按上秦春的腕脉，而是先轻轻覆住她冰凉的手背。“你的手像雪兔的耳朵。”她笑着将暖手袋推进，“我们中医讲究望闻问切，但最要紧的是——”她忽然从白大褂口袋里掏出个毛绒兔钥匙扣，“先暖其心。”

“说实话，我已经不抱希望了。病了这么些天，也惯了。这样也挺好，时刻提醒我季节的变化，不然一年年的，说不好人浑浑噩噩地就没了。”

滕主任迟敛着双眸，细细把脉。秦春才发觉这名医相貌竟是顶好的，身上自有一种清隽之气。“秦春，来，去后面躺着，我用仪器检查一下！”滕主任是懂疼人的。她三下两语就懂得了秦春的难言之隐，十分温柔细致地进行检查。

当秦春躺上检查床时，发现天花板上贴着夜光星星贴纸。“这是上个小患者留下的礼物。”滕主任调整仪器时，窗帘缝隙漏进一缕阳光，正照在墙角的水培绿萝上。藤蔓缠绕着支气管生长，吊瓶滴管里晃动着翡翠色的光。

“不要紧张，放轻松，慢慢来，照我说的你配合就行，如果感觉到疼，有一点点疼或不舒服的话及时跟我说。”滕主任是上天派来的天使吧！

“你呀，忧思过重，身子自然是熬不住的。放心，没什么事呀，安排一个小手术就行。”

秦春缓缓收回手脚，低头理了理衣裤。

她的中药茶已经凉了，又是一阵焦虑的咳嗽。惊得外间的好友掴着碎步进来查看，生怕秦春因为紧张又临阵脱逃了。秦春的朋友姓谷，此番中医院的缘分皆因她而来。如果秦春是春天，谷氏就是唤醒春天的燕子，所以，她叫她燕子。

燕子又倒了杯热茶放到秦春手中，秦春才把嘴边的叹息掩了下去。

“主任，我这朋友就是心事太重了，又特别怕生病。她是瞥见一朵落花便伤春，遇见一片落叶便悲秋。这样的人，若是遇上了李后主、柳永、李清照等人，便是将明媚夏季也误了。”燕子笑着打趣，实则也缓解了秦春说不出口的焦虑。

秦春又加了一句：“主任，以你以往的经验来看，这，不是坏东西吧？”

“不会，大多数是良性的。”主任轻拍秦春的肩膀，虽然用了大多数这三个字，但从主任的眼里，秦春还是看到了希望。妇产科医生，特别能理解女性所遭遇的怕与担忧吧！

“坏东西离我们并不遥远，它其实就是我们身体的一部分。我们人体的细胞每天都进行着一组相似的工作，就是不断地分裂，以及不断地死亡。新生的细胞取代旧细胞的位置，让人体像一个机器一样运转。口腔或者胃黏膜的细胞，5～7天就可以完全更新一代；骨细胞完全更新大约需要7年的时间。所有的细胞按照自然规律更迭着，才能让机体始终保持着最佳的状态。”燕子在普及这个坏东西的常识。

“所以，坏东西有着几万亿次的分裂，如果你心情过于担心或是害怕那就会有几个细胞不听话，分裂成畸形的细胞，而它们会很轻易地被免疫系统清除掉。所以，你得把心放宽，否则让那些坏东西躲过免疫系统的追捕，在一个僻静的角落里就能出现，等它繁殖到足够大的时候，即使免疫系统发现了，也对它无能为力了。”滕主任做了补充，此时，她与她，像极了两个心理医生正在开导一个病患。

美国一家报社曾举办过一次主题为“在这个世界上谁最快乐”的有奖征文活动，最终居首位的是“历尽风险开刀后，终于挽救了危急患者生命的医生”，当病人终于康复时，医生得到的是一种“爱情爆发般的幸福感”，但秦春觉得，相对而言，病人听到良性这两个字时的喜悦远超那该死的爱情。

滕主任开出了住院单，细心抚慰之后，又嘱咐了几句，燕子开始陪着秦春走流程。

穿过一段又一段昏暗的走廊，透过惨白的灯光，她才能勉强看清楚这里的环境。偶尔传来几声小孩的哭叫还有病人家属的窃窃私语，才到了三病区十九病床。

检查开始了，心电图的形状也从柔和的曲线变成了高耸密集的锯齿形，那真是紧张被吓的。

接下来又是抽血查尿等，检验科的医生几乎将生活的全部都投入病菌研究中，隐藏得再好的病菌都能被她“抓捕归案”。有人说她就像福尔摩斯，一身狂热，一生追捕。秦春始终无法欣赏那句显微镜下的真菌是最美的艺术品。

在等待手术的前一天，医院的时光，让她想到所有的财富、地位、权势都变得微不足道，因为她现在所有的希望都来自嗞嗞作响的打印机打出的一张张检查单，生命就随着打印纸的移动延续或停止。

窗外若有若无的阳光，是那样渺茫，就像那一丝希望。护士们过来做皮试，她知道自己青霉素过敏，想不到这次头孢类也过敏，这是什么体质？

秦春明明知道这只是黑暗中比一颗星星还渺小的光亮，却依旧要拼尽全力去够到，谁在这个时候不会说上一句生命至上呢！命运的齿轮一点没转，人生的链子倒是快掉完了。

医生看完检查单，只是沉默，这沉默的一秒秒里，秦春觉得自己的“坏东西”又开始繁衍。

经过几个楼层，那几个病房里都充满了死亡的气息，吊瓶嘀嗒作响，仿佛在给每一位穿着条纹病服的人的生命倒计时。

尽管也有乐观的孩子努力破坏这沉闷的气氛，但始终比不过那股死亡的气息。

秦春靠着19号的床头坐着，条纹病号服空荡荡地挂在身上，瘦弱的身体把脑袋衬得很大。她在努力回想滕主任的微笑，细细品读她那句“大多数是良性的”话中之意。

对于阅读理解能力十分强大的人来说，秦春又开始被一股巨大的绝望感重新紧紧包裹了起来。

她去了厕所，慢慢蹲了下来，开始无声地哭泣。

真的很emo，如果没有历史记载，秦春还以为哭倒长城的必定是她。从早上到现在，秦春觉得明明就像迷失的孩子找到了回家的路，而拿出钥匙准备开门的时候，钥匙突然断裂了，而这个钥匙就是明早的手术。要不，逃出医院，不做这个手术了，那就不用面对手术后的结果。念头闪现的时候，她用厕纸擦了擦脸上的眼泪。

接着，秦春又把右手臂上的衣服袖口拉了拉，免得住院手环与留置针被人发现。

不可以垂头丧气哦，会显矮，秦春对着厕所里的自己，挺了挺胸。可是，这股勇气来自哪里呢？秦春似是而非地嘲笑起来，她的眼睛都笑出光来了，当然是散光。手机的微信响了起来，工作号的群里有同事在向她求助一个问题，她没回答，秦春觉得自己过得像鬼火，怎么还企图照亮别人呢！关机后，她又乖乖坐回十九病床。

观察了十七与十八病床的病患，想从她们的治疗经历中获取一丝安慰，可是十七床离得有点远，除了听到病友接听手机时断断续续的哭诉声，别无他声。十八床倒时时传递着信息，一下子刷抖音，不闭麦的那种，一下子安静三分钟后就会传来打呼声。秦春没有心情玩手机，更没法入睡，她只能等天亮。

等五花大绑着上麻醉，凭借医生的妙手技术做手术，最后告诉她结果。女性对生命尤其有更加独特的感知能力，秦春觉得自己这回肯定是躲不过去了。

她觉得再也等不到春天了，到时，东城的头条新闻会不会出现“消失的十九病床”，还是“活活吓死在手术前的十九号病人”？

秦春想起写遗嘱，她觉得十分有必要。家人、朋友，总得交代一些吧，她打开了手提电脑，开始往邮箱里写信，不过，设置了定时发送功能。

一夜写到天明，已经逃不出医院了，准备进手术室时，护士已经早早在身边等候。

"好了，秦春，起来了，手术很成功，应该能确认息肉就是良性的。"

"秦春，秦春。"滕主任再次靠近来唤醒这双散光的眼睛。

书中密码

那本书到底放哪儿了？她开始想。

卧室是朝西开窗，绿色窗帘布晒成了半透明，一个光点停留在书柜上方，玻璃柜门上张贴的大红“福”字已经分了深浅两层，那是去年贴的。今年新的字画张贴在家里大门的正上方，还多了三个字，变成了以马内利。

鞭炮已经放过了，硫黄气味透过窗子缝隙飘进来一点。

这气味，真是让她讨厌。

她是一个废人，整个冬天都没出过门，开着空调，穿了几十年最舒服的睡衣一直放在衣柜里没拿出来，却穿着随时要出门的大衣，连睡觉的时候都不愿意裹着毯子，而是和衣而寝，好像随时等待外出。她是喜欢外出的，此时，她却囚禁在这间和她性格完全不和的屋子里。

她是医生，意志坚强，身体更好，在过去的四十多年里从未生过病，连感冒都很少。这次卧床使她平生第一次感到恐惧。

轻轻地摸了一下额头，是的，她发低烧了，这回更像是受到了一次打击，不仅仅是针对她的身体，而且包括她所代表的一切。最糟糕的是，还打击了她最为珍视的两样东西——自信与自立。

紧闭的窗户外，大树的枯叶在冬季第一场真正的大风中不断敲打着她的玻璃窗。尽管商品房的隔音弄得很严实，窗子按理也密合得不错，她仍然冻得发抖，感觉那些厚厚的窗帘一定被狂风吹得飘动起来了。不，这些都不重要，她要找到那本书。她伸手开了灯，因为天完全黑下来了。

哐当一声，什么东西从书柜上掉了下来，重重地砸在脚上，她小心翼翼惯了，下意识说了好几句对不起，哦，原来是砸到她自己的脚了。

月亮大约在两个小时前就落下去了。他只能勉强辨认出头顶上大块的云彩，正在乱糟糟地、令人作呕地翻卷着。肯定有风才会使得它们这样疯狂涌动。它们的边缘开始透出一丝肮脏的微红色，那是铁锈的颜色。他不安地把手插进衣袋，脚步也停顿了一下。它还在。他的手指紧握了一下衣袋里的东西，放心地半嘘了口气，又接着赶路了。

门外的走廊里传来脚步声。狂躁的呼吸声告诉她，是他回来了。她竖起耳朵，听到那沉重的脚步声沿着没铺地毯的楼梯传过来，然后大门像往常一样毫不含糊地哐当一声关上了。

在她舒适暖色的房间中，放心地躺在婚床上，她应当感到满足了。但是，上周她失去了这一切。她是一个漂亮女人，从小有着优越的家庭环境，毕业后就在当地最有名的医院里工作，有份高尚的职业，还有一个很爱她的丈夫，当然，她们的收入很是可观，但她现在似乎只能沉浸在这些回忆之中。她不想后半辈子就做一个困在床上的废人，这是肯定的。但是，每次让他帮她自己起来走路时，他都是一副紧张、着急的样子，只能说他希望她躺着再好好休息一些时日。她看得出来，他的目光是温柔的、深情的，可是，不能让她安心。

她绝对不能忍受这样一直躺下去，他的拒绝本身就足以激励她秘密地进行锻炼了。

她想打电话问问，对，手机呢？手机？网络？这是不好的，会制造噪声。

随着噪声分贝的上升，空气污染加重，她只能将自己幽禁于隔绝自然光源的室内，在交替切换的电子页面间打捞镜花水月般的体验。对，这些是错的，他说得对，她不要打开电子设备。

那些垃圾信息非但不能将她的感知训练得越发敏锐，反而会磨损钝化，就像饱和的盐水再也溶解不了任何物质，是的，她深信这一点。所以，这些不重要。

可是，那本书去哪儿了？

她四下里扫了几眼，在他进屋之前要确信房间里一切正常。她跑回床上的时候拖鞋掉了，躺在地板中央，她忙把棉拖鞋拨回了床边。

当然，她还在那里。她总是在那里，这是她的家，但是，他回到家时，总是发现她在等他，不管他回家多晚。她就在那里，半躺在靠背椅上，穿着随时要起来出门的大衣。她是他的妻子，这里也是他的家，所以他必须回到这里。他凝视着她做手术的双手，她手上捧着一本《圣经》。

“已经半夜了。”他说。可是，她还是要捧着这本书。

“你要看看它吗？”她指着她手中的书。

“不看，不看。”

“有时间还是看看它吧！也许能在里面找到你想要的。”

“受够了！”他不耐烦地说，“你知道的。”

他快步穿过客厅，来到厨房。他打开冰箱，找出夏天存放的酒，倒了一杯。他们的婚房很大，是她爸妈送的结婚礼物。车库的门已经锁上了——他专门锁上的，他再三告诉过她。

他端着玻璃杯回到客厅。“我需要这个。”他说。

“我吓坏了，我非常害怕。不过，我还是顺利回到家，没人看见我。”

“没人看见你，不是，是你没看到别人而已，会有人看到你的。”她非常确定地说。

“没有，没有，”他说，眼睛乱转，又开始冒汗了，“那里的路很偏僻，没有一个人。听着，亲爱的。没有人知道这件事。你也不想知道她从哪儿来。

那辆小车突然冒出来了，你怎么停得下来呢？这不是你的错。你根本没法停下车。后来，你就跟平时一样开回家了。”他猛喝了一口酒。

“我不知道她是谁，我怎么能知道呢？我从车里出来。那是一辆小车，一下子翻了，那种车太小了——听着，她死了。我无能为力，无能为力。”她开始重复，反复说这些话。

“一个人？”她问，“是一个人吗？我的意思是，是人吗？”

“当然一个人，”他生气地说，“你很顺利地回到家，不是吗？汽车就在车库里。我已经检查过了，上面没有一点痕迹。”

“有一个痕迹。”她十分确定地说。

“别瞎扯了，行不行？”他喊道，“我告诉你，这是一次意外！车速100，你怎么可能停下来呢？你是个新手，我告诉你，没人看见，没人知道，我也不会说的。”

“没必要。”她自信地说。瘦长的脸上毫无血色，她从来都是这样，连她的嘴唇都毫无血色。她苍白的手举起《圣经》。

“什么也瞒不住的，”她低声说，“车里的监控内存条找到了吗？”

他下意识地把手从口袋里拿了出来，摇摇头。

她有时简直要把他逼疯了。

“我能为你做什么？这不是你的错，对吗？那天是因为下班时电话中跟你吵了一架，然后你站着做了两台大手术，你开了很长时间车，你的眼睛很疲倦。你没有办法，对吗？这真是太糟了。我的意思是，我很难过，我真的很难过。明天我要换掉汽车轮胎。我不……”她双眼低垂，眼窝落在《圣经》的阴影中。

“别说了，”他喊道，虽然她并没有说话。“听着，我吓坏了，我要好好睡一觉。我非常震惊，我累坏了。别再说这事了。”

她什么也没说。他踉踉跄跄地走向他的书房。对，这件事发生之后，他一直就睡在书房。他要睡觉。他要吃两片安眠药，以保证能睡着。她不赞成他那么做，可是她没有办法。她应该离开他，但她离不开。她蜷缩在床上，可以听到他很快又从书房里出来，走到卧室中，把她刚刚发狂扔的物品一一从地上捡回来，一切都摆放整齐，然后，会亲一下她的额头再离开，这使她觉得很安全。

人前枕边人，人后陌生人。那天她是收到这条信息才开始失神的，她敏感地打听他在哪里，质问多了才开始吵架。后来，她开车准备去那个地方，才出了事。

“你回来晚了四十七分钟，还有，你确定医院已经批准我请长假了？”她说。这是第二天晚上，他刚下班回家，非常紧张地站在门里，显得非常疲倦。

她整天待在家里，她的右脚自从那天开车后就莫名地动弹不了了，是的，是右脚踩的油门，本来，是应该踩刹车的。所以，他一直让她躺着休息。她是医生，她觉得自己这种情况应该是需要看医生的，但他劝说这一切只是她的心理应激问题造成的，是短暂的右脚麻而已，她想想也觉得好像是的。

他让她安心，他会处理好一切的，他不让她看任何电视与网络信息，也不让她打开手机，就是希望这些不要干扰到她，加重她的恐慌，直到他帮她处理完这一切。

“有人来过吗？有人搜查我们的车库吗？”

“没有。”

“坐公共汽车太慢了。”他不满地说，然后踮着脚尖走了几步，这么做很荒唐。“上了新闻了，”他告诉她，“那人已经死了，是几个赶早的村民发现那人的，大约前天吧。”他舔了舔嘴唇说，“新闻资料上说，这起事故属于司机肇事逃逸。”

她把手放在书上，静静地听着。

“我无能为力，对吗？你没有看到她，你停不下车，不是故意的。听着，这种事每天都发生，每天都有。忘了它吧。可以吃晚饭了吗？”他又故作轻松地说。

“我忘记烧了，点外卖吧，很快。”她说。

“你要不要看看这本书，哪怕简单翻一翻？”她又指着那本书。还想说第二句话的时候，她看到了他极度不耐烦的眼神，这种眼神似乎是最近才有的，恋爱半年，婚后半年，这种眼神她是从来没有看到过的。

在饭桌上，他倒是谈个不停。“今天早晨上班前，我去车库看了车子，真的看不到任何痕迹。没有相撞的痕迹，没有刮掉油漆，没有玻璃破碎。不过，我不想再开它了。警察有专门的实验室。他们用一点尘灰就可以证明一切，那样你就完了。我该怎么处理那辆汽车呢？”

“你怎么处理汽车，并不重要。”她说。

“可是，唉，算了吧，”他推开椅子，“不再谈这件事了，不谈了。”

他咧嘴一笑，一副狡猾的样子，因为他充满自信。他是她的一切，他不会出卖她的。

“我要忏悔。”她说。

“你还是给我想个办法，怎么处理那辆汽车。如果我换四个轮胎，行吗？不过，原来的轮胎应该把它扔到哪里去呢？如果我把车全部重新油漆一下呢？同样有问题，他们可能会检查。我该怎么办呢？我得想个好主意。”

她什么也不说，只是愚蠢地看着他。

“还有，”他继续说，觉得说出自己的焦虑，心里会好受一点儿。“我知道不能把它开到山里面或其他什么地方，扔在那里，他们很快就会追查到它的来源……我也不能把它开到江里，他们会找到它的，这是一定的。他们会追查是怎么回事。那么，我究竟该怎么办呢？”她突然低声说，“我怎么摆脱我的罪孽呢？”

“什么罪孽？”他喊道，“对，你犯了法。我知道这一点。对，从法律上说，遇到这种事你应该去自首。可是我不想你往后一直待在牢里，我不想你因为一次意外而痛苦一生，我告诉你，这是一次无法避免的意外。没有人看见！没有人知道。只要我处理了那辆车，永远没有人会知道。所以我的问题是处理那辆汽车。”

“为什么不卖掉它呢？”她合上书，发问。

“怎么卖？到二手市场上卖？那会留下记录，警察会发现的。”

“我还是去自首吧！”她叹了口气。

“你给我住口，听到没有！我要处理那辆汽车，摆脱这件事情。一定会有办法的。我会想出办法的。我吃不下饭。”他说，“我不想吃晚饭。”他怒视着她，“不是你的错，放心，我会解决的。”

“我还是觉得自首比较好。”她说。

他猛地从桌边站起来。“明天之前，先让它停在车库里吧。明天我会想出办法的。”

“你不能——”

他粗暴地打断她：“我一直想买辆自己喜欢的车子。”

他摇摇晃晃地走进客厅。之前的车子也是她的嫁妆，对，他连台车子都没有，他平时就一直开着她的红色车子上下班。他讨厌关于红色的一切，可能就源于他的自卑。他只读了中专，毕业就来到了这座城市打拼，或说并不是他选择了这座城市，而是被一个老乡的传销骗到了这座城市。那是一段不堪的岁月，经历了这些，唯独收获了口才与思维，他很能说，很能看透别人的心思，所以，他做过汽车推销员，业绩都是上佳的，超常发挥了“红口白牙”的功能。因为被人骗过，洗脑过，所以，他忽悠起别人来更是“青出于蓝”。

他必须卖掉这个车子，忘掉那段卖车的日子，洗去耻辱的心态。

他清楚记得她当初是如此高傲，因为陪她的朋友过来买车，一点点的怠慢就跑去经理那里投诉他，害他被扣了全年奖金。后来，靠着他的一张嘴，不说不相识，直到抱得美人归。有钱人终成眷属，没钱人有目共睹。

但这一切都不是他真正想要的，毕竟房子是她家的，他觉得自己一直寄人篱下，车子也是她家的，他觉得自己就是一个司机。他跟同样在传销窝里认识的女友早早就策划好了，找好时机离婚可以获得一半的财产就走人。

他都盘算好了，还以她的工作在上升期为由不要生育孩子，所以，她一直觉得他嫁对了人。

现在，万事俱备，就等最后一步了。

他的手机上有一个网站，最近有很多人要回老家过年，二手车市场都挤爆了。没人有时间仔细盘问车子的过去，只想开着车子回到自己的家乡。

同时，他想尽快成交。那么让别人开着那辆汽车离开这个城市，这样就彻底摆脱那车了。

“你这么认为吗？”她毫无表情地问。

“对，这个二手车交易会记录在案，但那又怎么样呢？牌照号、引擎号、车型等，那又有什么关系？这些不说明任何问题，而且汽车会开到很远的地方。警察怎么能把汽车弄到他们的实验室呢？我告诉你，这是最好的办法。”

“另外还有一个办法。”她说。

“什么办法？”

“让我去坦白。”

“啊，听着，你会进监狱的！你不想进监狱的对不对？你撞死了人，还逃了知道吗？对方死了，是死了。”

她又捧紧了那本书。一次，一次，又一次地，永远没有尽头的折磨，没有尽头的恐惧。

原来，这种恐惧与不安会造成毁灭性的打击。

他打电话联系二手车市场，看到他打完电话，她却开始冒汗。

“我的右脚已经失去知觉了，我的脑子开始糊涂，我的良心快要没有了，不会这么顺利的，怎么可能会没人知道呢，那一路上刚好没有监控，没有天眼，谁说没有天眼呢？举头三尺有神明呢！天上的神仙都看着呢！”

对，她以前是相信神仙的，相信菩萨的，相信在年初贴一个福字整整一年都会是有福气的人。可是出事那天，那个刚打过麻醉进手术室的病人突然自言自语说着，说要拯救一个灵魂或是改变运气的话，那就更换一次信仰吧！从阿弥陀佛变成阿门的瞬间，这个病患的手术格外成功。

这些她很清楚地记得，只是离开手术室后，她洗了手，换了衣服，打开手机，一切就变了，变得模糊了，她到底赶时间去了哪里？还有，车子一直都是他在开的，为何当天变成她自己开了呢？她努力去想，可是，她又害怕去想。现在她脑子发紧。

他冲她喊道："会发生什么事？什么也不会发生。你给我闭上嘴，我是唯一知情的人，我不会出卖你，一切交给我来处理。"

"你不是唯一知情的人。"她说。

"神仙知道，连上帝也知道，对吗？"他叫道，"你有时真让我难以忍受。你知道你是怎么回事吗，亲爱的？你很迷信。你脑子里充满了迷信的念头，真不明白你怎么考上医学院，当上医生的。唉，我要走了，我会帮你把一切搞定的，但愿我可以搞定。"他总是无比自信又很矛盾地来回反复。越是这样，她才越担心自己的罪过，一切都是她的错。现在却把他也一同连累了，她已经撞死了一个人，一个生命已经没了，这不像她手术刀下一个个救活的生命，而是一个活生生的生命被她一踩油门杀死了。

"上帝与你同在。"她悲哀地说。

"有没有上帝，我都得走了。"他吼道。而她，全身直冒汗。她看得出来他也在全身发抖。

他比她自己都害怕，她知道这一点。

现在，他要帮她去处理这些事情，如果交易中出现了什么意外、如果警察故意在二手车市场等着，那么他就会有麻烦。如果他说出实话倒没事，可偏偏他爱她，他说如果真有一天发生了这种事情，那么他会把一切责任揽到自己那里。

她不要他替自己受罪。

车祸发生后，他帮她把车倒出车库，他围着汽车走了一圈，确信汽车外面没有一点撞伤的痕迹，然后他小心翼翼地开起来。一看到警察的巡逻车，他就直冒冷汗，但是警察根本就没有看他。

他很快开到了二手车市场。

他正眯着眼看手机号码时，一个又瘦又高的年轻男子向他走来，一脸等得不耐烦的样子。

年轻男子看过他从口袋里拿出来的车子十五天来的监控内存条后，似乎不想浪费时间，也不想闲聊天。年轻男子几乎没有注意汽车的外观和车型，只掀起引擎盖看了一眼，然后坐到驾驶座上，他紧张地坐到年轻男子旁边。

“我很爱惜汽车，”他紧张地说个不停，“我不是那种乱开车、不爱惜汽车的人。汽车是个人财产的一部分。这车跑得很平稳，是不是？”

那个二手车老板沿着弯弯曲曲的街道，把车开到山坡上，然后他停下车。

“不错，挺好的，真不明白你为什么这么着急，大过年的要低价卖掉做什么？”车行老板问出最后的疑问。

“你不是也看过车子的监控了吗？就上周大晚上的，撞了一只山路上窜出来的狗，我老婆觉得不吉利，非要卖掉。”

“放心，看得很清楚，是条狗，对吧？”他爽朗地笑着说了一次。

“要不是那一带都没有出现过交通事故，也确实看过你的行车记录仪，否则我还真怀疑你这个车子是不是有什么逃逸事件才卖掉的。”车行老板说道。

“哎呀，我老婆现在有点神经衰弱了，所以我得快点卖掉这车子。因为在她心中，这车子是见不得光的。”

说完，在阳光下，他们俩握手成交。

他吹着口哨，迈着轻快的脚步，他即将拥有她的一切。现在，他约了另一个女人去看车展。是的，那条信息是他故意让另一个女人发的，就是想让她在工作中不断出错，导致思想错乱，如果再不行，给她来个猛的，制造一个车祸什么的。她很少开车，很少听新闻，害怕一个人走山路，何况，是那样一个怀疑他出轨吵架后的路上。

每天给她洗脑，制造假新闻。不，他连制造都不用，当天晚上撞到了狗之后，是她自己打电话害怕得说不清楚的，后来他试图帮她回忆过程，问是不是看到一辆车子在前面撞过去了，她就连连点头。对，不断重复灌输的想象画面很快就变成了真实的罪过。

“我连精神病医院都给她联系好了，估计以她目前的身体状况，用不了两周，她整个人就崩溃了，到时候，哈哈。”他对着身边的另一个女人说道，“她以前就失眠，经常开一些药回来，最近我以我睡不着为由把那些药要过来了，实际上又放在了她的牛奶里。她的右腿，不说了，一切都很完美。”

“看来那两年的悲惨经历让你学到不少呀！”

“你指什么呢？当初那些骗子不是每天也这样对我们吗？重复操纵灌输给我们的内容，我们的精神会变得虚弱、依赖以及形成双重人格，产生认知功能紊乱、核心信念改变以及出现精神病症状。”

“她还说，遇到你这么好的人，人间疾苦可以减少一半的。”

“是呀，我遇到她的财产，可以少奋斗半辈子才是。”

两个人准备去给车子下订金。

可是，他们一转身就看到了一个人。

“你的计划很完美，真的，我不用你把我送进精神病医院，因为我都准备自杀了。我受不了这种良心的折磨，哪怕没有任何证据被警察怀疑，我知道你早就看中了一辆车，我准备在我去自首前给你送辆新车。可是，哈哈，我打开我手机支付的时候……是的，你计划得很完美。可是，你似乎忽略了一点，就是那个车子的记录仪是同时备份在我手机里的，包括录音，你在车里打给这个女人的所有通话以及你们的所有计划……”

他开始冒汗。他看看身后，她手里依旧捧着《圣经》，抬起头，苍白的嘴唇上挂着古怪的微笑——那微笑简直要把他逼疯了。

他从头到脚开始发抖。

“怎么回事？”他厉声问。

但是她双唇紧闭。

他突然顶不住了。“你疯了，你是真的疯了。”他尖叫道，“你们知道吗？她疯了。”他呜咽着对边上的人说。

“别信她的话！闭上你的嘴！”他冲一言未发的她吼道，并用力挥掉了她手上的书。

书被打乱了，那一页中写着：

神知道人会犯罪，神也为人预备了救赎计划。

苏元元的一周早晚

周日躺不平

盛夏的清晨，暑热从关掉室内的空调走出家门口就已经开始蒸腾，太阳直射在人身上，皮肤发烫，苏元元打着遮阳伞举在头顶上。

街头巷尾已经支起各式各样的早餐摊子，肉包油条、煎饼馃子、面线粉条，按她的说法就是早餐一条街已经成一道风景线了。

她不在路边摊上吃，倒不是嫌弃摊子，而是就近找了一家早餐店坐下，因为里面开着空调，她不想一早起来化了半小时的妆又给热气糊掉了。

点了餐买了单，抽纸巾擦桌面，桌面泛着一层油光，分不清是桌子本来的色泽，还是就是不干净。她点的豆浆、鸡蛋饼和小笼包，服务员上得很快。一手拿筷子、一手拿手机，先是拍照，接着噼里啪啦地按键发朋友圈文字：一方水土养一方人，所以圆圆的地球养出了圆圆的我，图片就是桌上的早餐。接着，微信那边来了几条语音，她依次点开。

“周末起这么早？还有时间出去吃早餐呀？”

“今天去哪里浪呀？”

元元咽下一口肉汁，看了一眼四周，发现没人关注她，就用语音回复，“周末不是对不起胃就是对不起睡眠呀，要不是做核酸，谁愿意这个点下楼。”

又点开另一个微信头像，用文字回复：“我胖吗？”

对方回复：不胖，你这叫放大的好看。

苏元元心花怒放般笑开了，还有，胖其实也算工伤，越焦虑的人越胖，说明自己对工作太上心了，这点必须得让人力资源部的领导知道，否则也没什么其他的机会争取考核奖了。

明天就是新的一周了，一定要加油呀！成年人只有好好挣钱才是最正经的事。要当富婆，要努力搞钱呀！

周一卷不动

不到二十平方的旧开间，一张单人床，苏元元习惯睡在靠外的位置。半梦半醒间，空出一只手摸了摸床里面，同样是没有温度的娃娃。

空气里混着一丝若有若无的陌生味道，她持续地心悸，此刻唯一能舒缓恐惧的，只有一个不会说话，也没有呼吸的娃娃在身后。自从搬到这间逼仄、狭小的房间之后，她总觉得屋里不知哪里漏风，总能吹得她头痛。哦，对，上班！她突然明白头痛的原因了，一下子惊醒过来。

平时早起是很奢侈的，五个闹钟都唤不醒一个工作日的早起，更惨的是周一早高峰是最路阻的，所以，坐地铁是最安稳的走法。到达公司考勤打卡处都是气喘吁吁的，密密的汗珠从肌肤的纹理渗出，她缓了缓，伸出手整理了一下发型，就往公司的楼梯间走去。她的办公室在七楼，只是今天已经迟到了，她不敢坐电梯怕遇到主管会挨训。但在楼梯间遇到下楼准备买早餐的同事时，她的安全感又回来了，看来主管还没来，她也可以当作从外面吃早餐回来的样子逃过一劫，谁叫她周末玩得太多，早上醒得太晚，化妆的时间不能省，只能省去吃早餐的时间了。

“元元，你是不是又没吃早餐呀！”苏妈妈一早发信息过来了，又说自己寄了一些面包类的吃食过来让她签收，然后又陆续发了几条劝她回老家发展的信息，被元元自动屏蔽了。不过也难为她妈妈现在竟然学会了微信聊天，之前都是打电话的，苏元元每次一接到她的电话就像唐僧念起了紧箍咒般脑壳疼，所以经常以在忙不方便接电话为由拒接了。

元元感叹着，这里又不是买不到面包，工作与住宿的地方不超过五分钟就有面包店，她只能被动签收老母亲的爱心快寄。想起来，苏妈妈也是心疼她的，小时候但凡没好好完成作业，就会对她来一句："算了，希望你长大后的空气会好些，不要影响你喝西北风，但愿你去的桥洞别那么拥挤，挤挤还能睡。"

苏元元觉得当年的这些讽刺现在差不多一一应验了。

又开始痛苦的一周了！

周二摆不烂

仅仅是起床，床单就会皱起来；仅仅是活着，人也会皱起来的。

今天绝对不能迟到，因为要开晨会，她不坐公交车了，约了车。十分钟前她跑去了一家餐厅，约的车子到点后就停在路边早餐摊点前面，可她就是不愿意买一份简单又能吃饱的早点，本来在出租车上就能解决早餐的事情，她非得装着去买了一杯"白骨精"必备的职场咖啡，提神效果一般，但她的职场形象装扮成功了，虽然又胃痛了一上午。果然，会议室汇报工作时，最佳利器除了熬几个通宵作出来的PPT方案外，还有对自己人设的打扮，可惜咖啡不能续杯，否则，苏元元觉得自己可以一直喝到会议结束。这次的主题是让公司的商品消费群体打造出享受生活的N个场景，所以，不管她拿出怎样的文案，她手中的咖啡已经是顶配的画面了。领导还夸了她，虽然是指着她的咖啡说："那个谁，对，就你这个形象，这个感觉就来了，既然服务者是职场精英，就得营造出这种形象来，否则连我们自己都没有体验过，如何把方案拿给甲方爸爸呀！"

苏元元刚想站起来说出自己的名字，领导紧接着说："你是谁不重要，你找到的这种感受才重要，三组的方案不要了，你们就采用一周前的第一稿吧！"

"什么？改了N稿，被否决了这么多次，现在又重新用第一稿？"大家心里吐槽，但都保持着微笑。

周三焦绿女孩集结地

"你帮我也带一份早餐哦，谢谢啦！"这条信息在私聊群里发出来之后，苏元元就开始安心化妆了，难得有同事说今天看错手表提早半小时，准备给大家买早餐。这年龄是长一岁，化妆的时间就多了十分钟。打工人，打工魂，努力打工才能成为人上人。

"又是元气满满的一天！"苏元元对着镜子看了一眼又一眼，开门的时候发现自己昨晚已经预点了七点十分送到家的早餐，就挂在门把手上。这一下子她心情就不美丽了，堵得慌，没什么胃口，本来这个早餐券还是花了半年的积分兑换的，连高大上的文案都想好了，毕竟是一家品牌餐。

退又退不了，想给差评又找不到理由，都是自己健忘做得孽呀，搞不明白为何每次早上醒来就忘记了昨晚的事情，按科学的讲法，清晨应该是记忆最高峰呀！

看了头条娱乐新闻，就转发到私聊群里，同时，越看越偷笑，顺便在微信上把八卦同步给闺蜜朋友们。这种上班时间摸鱼的感觉真是舒服呀！可是，为何一到格子间后，领导看自己的眼神有点不对劲，难道是被他察觉了，还是同事告密，或是刚好遇到行政查监控？

反正苏元元觉得自己肯定是摸鱼行动已经暴露了，是不是主动解释比较好？不行，解释就是掩饰，自己就是偷偷看新闻了呀，可是，毕竟是上班时间，还是争取宽大处理吧。月底奖金没了，怎么办？真焦虑！早知道就吃香蕉垫垫了。

生活如同一头巨兽，不断将她吞进去又吐出来。笑了哭了，好了，继续工作！失业不可怕，最可怕的是，她失去的是人生最后一份工作，以后再也不想打工了。

周四想死是一种莫名的体验

打了考勤卡，妥妥地下楼去公司后门的早餐点转悠，上周同事帮忙买的那家新开的特色店的吃食特别好吃，今天终于可以好好品尝了。打开阅读App，戴上耳机，其实放不放都无所谓，反正她戴耳机不要让边上的人感觉与世隔绝就行。心情也不错，工作虽苦，但至少还有份工作呀，比起那些失业的人，她觉得自己是如此幸运，现在不用老板的毒鸡汤她都可以进行自我剥削式工作了。谁说周四最难过了，一想到明天再上一天班，就可以过周末了，自然是精神最高值呀。在花团锦簇般的愉悦中，那些隐藏的危机蠢蠢欲动，苏元元知道，今日份的滑铁卢即将到来。果然，一想到有裁员计划，她就心烦意乱，主动加班争取好表现后，回到出租屋已经快十一点了，正要打开门，瞥见隔壁301晾在露台上的床单还没收。她鬼使神差做了回好人，收了床单去敲对方的门。

等了很久门才开，一个小伙子倚在门边，迷迷瞪瞪，像没睡醒。苏元元深吸一口气，忽然意识到不对劲。

她一手扒着门框，一手递上床单："外面要下雨了，你的床单还没收。"

那人随手接过来，刚洗干净的床单拖在地上，又沾了一片灰，没有道谢也没有别的话，下一秒马上关门。

世间的人都如此冷漠吗？也许是吧！大家都过得不容易，都想死。死？苏元元把自己吓了一跳。是的，这个男人，是她的前男友！

果真下雨了。细密的雨丝戳在脸上，像冰冷的针尖，刺得她一阵后怕。人到她这个岁数，自己就是那个屋檐了，再也无法找父母避雨了。当缠绵抵不过真实，浪漫冲不破利益，岁月换不来真心，苏元元对外风轻云淡，其实内心敏感清高，还有点自卑。选择这样的伪装，是因为她觉得自己不够漂亮。不漂亮的女孩还要多愁善感，在他人眼里就是东施效颦。爱情没了，工作也快没了，情绪堆积起来，冲动只在一念之间。她躺在床上，想着从此之后一了百了，所有烦心事都和自己无关了。

然而外面却响起一阵敲门声。

从没有人这么晚来找她，偏偏今天有了，她想，才不要开门，绝不开门，除非……除非再来一声。

那人果真又敲了一下，紧接着锲而不舍，一声连一声地催促着，苏元元又哭又笑，像是终于找到个借口，跌跌撞撞下床关了燃气。

冲动了一次，再没勇气冲动第二次了。但脑袋里依旧纷乱烦扰，如同一团糨糊，她裹着衣服囫囵睡下。

周五不慌不慌，太阳下山还有月光！

关机，打卡，这一天的工资到手了啦！至少工作一天就能拿一天的钱。苏元元心里默默开心，抬头看了看窗外。门前树荫已经遮不住傍晚的月光了，她刚准备推进椅子，离开格子间，就被迎面走来的主管叫住了：“晚上有部门活动啊，给刘经理接风，你们各自坐车去酒店，地址稍后发给你们。”苏元元两根秀气的眉毛蹙起，晕死了，刘经理不就是出差吗，接什么风？是接“疯”吧！可没办法，她还是要在困意降临时打上鸡血，像生者跨过火堆一样继续保持工作状态。酒店的停车场边，她靠着墙，夹着烟，狠狠吸完最后一口才抬脚。是的，来这座城市打工的半年后，她就吸上烟了。

进里面暖和了会儿后，花好月圆厅，一间中式的檀木风包间，她脱掉了风衣，里面是一件优雅的白衬衣，整理了表情后，随手把大衣挽在胳膊上，推开门后的一瞬间，她扬起了漂亮的笑容。这么多年的秀场经验，仪态和表情管理都不在话下。

让大家觉得她是那么地自信又开心。

“今晚不醉不归呀！”

“苏元元，七日不见如隔一周呀！”刘经理拍拍她的肩膀！

杯光见影，如梦如幻！

吃过大餐之后，苏元元发现自己竟然饿得很。

记得上周跟朋友吃西餐，准确说是老同学，难得来这座城市看她，自然要尽一下地主之谊，同时也必须让同学感受到自己在这里混得很好，好让同学把这个信息带回老家。当时，菜单有中文但是都特别贵，苏元元就点了两个英文的，因为英文还有一大串，看着像是实惠的套餐，价格适中，刚好一人一份。可等了很长时间还没上菜，她就开始质问服务员，服务员告诉她，她刚才点的两首是钢琴曲，已经在大堂里弹完了。

想起来那个脸红呀，当然，还有恨意，花了她至少十箱方便面的钱，就听了一个寂寞。

一想到这里，苏元元狠狠撕开一包泡面，再去冰箱里拿些佐料蔬菜，对，还有一个西红柿，总得犒赏一下这周还在拼命工作的自己吧。吃着吃着，莫名其妙发出感叹，这个西红柿吃起来怎么会有一股番茄味呢！总觉得不好吃，缺少点什么呢？对，打开酷狗，放点音乐，去他的钢琴曲，听听吕口口的《谁的生活不是鸡零狗碎》，这样听着，吃起来才香！

周六晚人未老，想低保

中午的阳光铺展到她床上，这是周末最纯粹的享受，可偏偏冷汗越出越多，她一只手抓了几下头发。屋顶上的灯散出空茫茫的光，焦虑在脑门上堆叠出严重的抗议。胃液如何搅动，都无法打扰躺在床上的苏元元，直到被一泡尿所打败，但她只是飞快地跑去厕所后又重新躺在了被窝里，这个早晨并不想睡懒觉，就是刷手机也能填饱一切，不管是肚子还是脑子。手机一响，她就知道是自己点的外卖到了，这年头，能打自己电话的除了快递小哥也就是各种推销广告了。

这样的日子持续多了，眼里无光，只照X光了。想起年初的誓言，说要让自己变得价值连城，写一手明媚的欧体？她只认字。弹琴？不会，谈情是想的。下棋？不会，下药倒会。书法？不会，束发挺会。绘画？不会，大话可会了。作诗？不会，作死肯定会。炒菜？不会，吵架自然会。

所以，结合自己的特殊体质与心情，还是去练瑜伽吧。办了健身卡已经有一段时间了，今晚无论如何得过去一趟，早知道应该办张次卡才好，上半年办卡当晚发了朋友圈之后就再也没去过了。可是去早了，达不到空腹标准，去晚了，回来的交通工具怕没有了。思来想去，她又开始在笔记本上做好详细的步骤与计划！

都说自己好不如嫁得好，可是，她也没有奉子成婚的资格呀！房子、车子、孩子三样都有，这样才是现代奉子成婚呢！

出来工作时，父亲说过，她是独生女，不孝有三，无后为大，对对对，这个后是指没考上博士后呀！要不，继续读书吧！报一个在职的。行，就这么愉快地决定了！

周日晚次抛生活与安全感

除了洗脸巾，还有一次性内裤、一次性擦脸巾、一次性厨房纸、一次性拖布……苏元元生活的方方面面，几乎被一次性用品包揽。随便打开一个她的购物车，已经很难找到购买数量为1的日用品了——如果有，那也是一箱。经久耐用的毛巾和抹布似乎正在成为过去式，用完即抛的一次性物品，正在围剿苏元元的钱包，毕竟下次要搬到哪个出租屋还不知道。

偶尔下馆子吃饭，打包剩菜回家时，老板才会拿出一个价值几分钱的发泡塑料餐盒。又脆又薄的餐盒泛着惨白，挤在一起嘎吱嘎吱作响，掰开一次性木筷互相摩擦去除碎屑，这也是苏元元的习惯收藏了。一次性用品也许在别人心中的印象根本谈不上“品质”，更多地意味着“凑合”，但是提供的便利却是实实在在的，苏元元出差时更深有体会。遇上质量不算差的，她都可以带回出租屋或办公室加班时继续使用。一次性毛巾、一次性内裤、一次性隐形眼镜，干净又卫生；一次性雨衣、一次性餐具、一次性床单，省去了清洗的时间和精力。

使用完这些一次性用品后产生的垃圾，最后都会被她打包进一次性塑料袋里毫无顾虑地丢出去。

成箱囤的洗脸巾，是苏元元在复杂城市生活中保持无菌洁净的最后一道防线；而及时补货的一次性内裤和一次性袜子，照顾着每次熬夜加班的隐秘生活的体面，她觉得囤这些成了安全感的象征。

就像曾经手机信号弱对苏元元来说会没有安全感，但现在她反而觉得，这样的日子可真是太清静、太有安全感了。

下班之后，她就很想关闭微信，卸载钉钉，不再登录邮箱，不可否认，技术带来了便捷，感谢微软和WPS，让她不用再像父辈那样握着钢笔手写文案，如果有修改还要再重写好几份，她可以随时随地在任何有网络的地方向对方发送文件，但这并没有让她的劳动时间得到缩短，反而让她更加劳累。同时，她琢磨出了一个职场真理，最好不要让自己的老板知道她掌握了其他技能，否则，连修电脑和修饮水机这种事情都会找到她。最好让他们知道自己有很多的不方便和无能为力。然而，在内卷的职场大环境下，苏元元要作出这样的姿态，还是需要一定的勇气的。

手机响了起来，相亲相爱的公司群里有了消息，领导布置新的工作任务了！苏元元拿起手机扔到沙发上，又狠狠地抓抓头发，一分钟不到的时间，在群里发了一个可爱的笑脸，回复:好嘞！

是的，连回复好的两个字都觉得自己态度不够真诚，似乎通过微信的背后，老板正监视着她的表情是否真心接受下班的工作安排。

苏元元知道自己得了文字讨好症！明明心里咒骂得要死，可打出来的文字总是如此拂人心意。英雄是恶的解药。

逃离的黑狗与白兔

初夏来得很猛，春天都来不及说再见，空气中浸润着肆意飘散的花香和热气，令苏明朗感觉既清爽又潮闷，复杂交替。

田间的日落很有特色，夕阳像颗被挤压锤碎的饱满流油的咸鸭蛋，熟透的明橙流淌得到处都是，跟扬沙浮尘混在一道，勾勒出肃立的山脉与民房的剪影，而民房前的那只黑狗正摇着短尾巴吐出长舌头迎接他回家。

黑狗是见证苏明朗娶妻生子的重要成员，或说它本身就是一家五口的成员之一，一身黑缎子的皮毛，眼睛像在脸上镶了两颗亮晶晶的黑色玻璃珠，长着一条短黑小尾巴，它很瘦，只是还没到脱骨的那种程度。

家里实在太穷了，但凡能吃的自然是先给两个女儿，但黑狗的地位并不亚于他的孩子们。此时，院门开着，晾衣服的麻绳上多出一条不常见的红裙子，迎风招展，想必是苏明朗的妻子梅丽为女儿向邻居家借来的，上周大女儿苏招弟参加学校的舞蹈比赛得了奖，听说还要到县城里比赛，可惜还缺一件像样的裙子。对面的厨房里有响动，苏明郎眼神落在厨房敞开的两道木门上，如果自己能添一个儿子的话，他年迈的父亲也不会含恨去世。他点了一根劣质的烟，脸上被风沙磨砺过的黑棕皮肤就这么晒着，其实他五官轮廓深邃。妻子虽单薄但长得极其秀美，像早春才抽条的嫩柳，村子里来往的人都会朝她多看一眼，所以，两个女儿出落得也是极其漂亮。

“可惜是个女儿哪！”这是一句被阉割过的话，受宫刑掉落的那句是，“你若是个男孩子该有多好！”

苏明朗时不时会摸着黑狗的头反复说着这句话，仿佛黑狗是这个家中唯一懂他的人。

说完，黑狗就跟他一样耷拉着脑袋，等待着厨房里有什么香气是可以让它换换嗅觉的。

梅丽其实有过一个男孩，只是几个月大的时候夭折了。那个像凶残的猛兽般又冷又饿的日子，被敲打进她的记忆里。午夜梦回，一次又一次把她的梦染成恐怖的血红色，她甚至能闻到血腥的味道。她无比恐惧地看到儿子从自己的怀里没有了呼吸，她连眼泪都没有流下来就发出绝望的呐喊声。

“要么，把小黑给人吧？”卖狗这个两字，梅丽不敢当着苏明朗的面说，她实在不好意思每次低三下四地向邻居大婶借那条裙子，虽然她已经习惯承受因生不出儿子被歧视嘲讽，但那条裙子也借不了多久了，因为它穿在大女儿身上已经从前几年的长裙子变成了短裙子。

“不行！女儿家学什么舞蹈，又不当饭吃。”苏明朗扔下筷子大声训斥道，大概过于用力，历经三代人的旧筷子被摔成两截，这让他更加生气了，感觉自己就像那截断根的筷子一般。

黑狗样子有点凶，但不咬自家人，这天夜里，黑狗先是狂吠起来，但等苏明朗准备下床时，却又恢复了平静，只是次日，黑狗就不见了踪影。苏明朗一直怀疑是梅丽让卖狗人悄悄下手带走的。

在这个乡村的夏冬之间，梅丽去了镇上的医院就诊。前后经历数月，完成了妇产科的复诊和消化科的初诊，只要吃不死的食物，她都给了孩子，自己经常挨饿。

又是一年特别冷的冬天，梅丽没有办法了，眼看拔兔毛的客商就要离开村子了，她才跑上去叫住他。家里养了几只白兔子，一身雪白的毛、尾巴就像白色的小绒球，远远看去像一团棉花。一双红眼睛被白毛包住了，嵌在眼窝里，像镶着两颗红宝石，这是小女儿苏来弟形容的词。可苏明朗说，如果真是红宝石就好了，就把它的眼睛挖出来卖掉。听到父亲这话后，小女儿就一直觉得小白兔其实是长了一对一直在哭泣的红眼睛。梅丽也喜欢这几只小白兔，可家里养了两个正值生长期的孩子，实在无法饿着肚子过年了，才想用兔毛换点散钱买点米肉。可是，这确实是一个特别冷的冬天，兔子被拔光了毛，哪怕依旧与梅丽一家子同住在那个木屋底下，还是没挨过寒冬就死了。

“就这么决定了吧，总是要先活着吃饭的。”苏明朗说这话时，已不再看着两个女儿的脸说话，即便正对着她们，眼睛也总是游移在她们身体之外的某个地方。梅丽只是默默点头。两个女儿对母亲态度变化的原因大概有所了解，但一直不想承认内心的答案。可日益显著的不安渐渐攫住了她们的心，那回答已呼之欲出：母亲变得不再慈爱，也没有爱心了，之前答应过不拔兔毛的。苏来弟甚至觉得自己并不是亲生的，她自己的到来就像小黑狗与小白兔一样是流浪至此而已。苏来弟照镜子的时间多了起来。可悲的是，时间流逝，她发现自己越来越不像母亲，也不像父亲。

开春的时候，梅丽又怀上了，又去收养更多的小兔子了，可家里的两个孩子却不再拔草喂养兔子，因为一想起到了冬天遇到收兔毛的商人，既舍不得，也受不了眼睁睁看着兔子活不下去的场景。可孩子们并不知道，梅丽也心疼兔子，可是如果不拔兔毛的话，过不了冬的就是孩子们。

又是白雪覆盖大地的冬季，苏明朗倒觉得这是兆头最好的一个冬天，毕竟他的儿子满月了，并取名叫苏招来，是把招弟与来弟合并后的名字。

卖兔毛的客商就要过来了，梅丽嘱咐苏明朗提早准备好，可是在清点时还是发现少了好几只。

那几只白兔，不知什么时候逃走的，反正它们逃入白雪覆盖的田野，小女儿苏来弟认为是逃到了有希望的春天里，但白色的小兔隐入白雪，风抹掉了它们的足迹，它们像冬麦在雪被下边，再也回不来了。

冬去春来，苏招弟与苏来弟都长大了。苏招弟虽然早早辍学，但学了一门缝制衣服的手艺，也算能挣点工钱，除了寄到家里的，她留给自己的这部分都用在收养流浪狗上了。遗憾的是一直没有找到当年小黑狗的踪迹，而苏来弟当了镇上一家养兔基地的服务员，可惜她看到那几只养在笼子里的小白兔的眼睛都不像小时候家里养过的那几只亮红。

拖拉机到了苏明朗的家门口，苏招来得意地下了车，虽说两个姐姐早就外出打工挣钱供他上学了，但毕业之后的他确实业务最繁忙，春天卖狗肉，冬天收兔毛。

“你们快点进屋帮忙呀，没看你弟回来了嘛。”苏明郎训着两个女儿。

苏招弟抬起头，很久没有见到这样蓝的天了，让她想起了很多年前，她扎着小辫在那个漆黑的夜里放走小黑狗的情景。

未完成的梳头礼

晨雾裹挟着城市尚未苏醒的喘息，绿色窗帘的边角微微飘起，有风钻进来，柳眉赤足踩在羊毛地毯上，足底传来细密的刺痛感——那是去年大夫张杰特意托人从新西兰定制的防滑地毯，说是怕她半夜梦游跌倒，此时柳眉并不觉得冷，只是突然清醒似的，卧室的窗户有一边总是关不严，窗帘的纤薄面料挡不住一点风。从外面透过来一丝微光，猜不出时间。她只能看向左边的墙壁上的夜光时钟，屏幕上显示的是4：20，她有手表，至于她的手机似乎落在了哪个抽屉还是丢了，无从记起，反正不用手机很多年了。她决定再闭眼睛眯一个小时，但不打算再躺下去。

梳头，是她下床后做的第一件事情，那把母亲送她的象牙梳子一次次梳醒了她婚后的天明。当地谚语这样说：一梳梳到头，富贵不用愁；二梳梳到尾，比翼共双飞；有头又有尾，此生共富贵。三梳姑娘儿孙满地……到第三梳的时候，柳眉却放下了梳子。卧室旁的洗手间里弥漫着薰衣草的清香，她以前并不喜欢薰衣草，只是谁跟她说精油可以治疗失眠才用的，与其说这是主卧的洗手间，但实际上成了她的女性专用间，毕竟柳眉的丈夫一直睡在次卧。洗手间的镜子边缘镶着一圈小铃兰仿真花的灯泡，她没化妆，灯光将脸庞的肌理纹路照得清清楚楚。她肤色生来就苍白，唇色也浅，幸而肤质细腻，光打上去，犹如润泽的白釉。桌上放着一整套香奈儿化妆品，柳眉下足功夫，无处不显出精致奢靡。她选了支口红，细细描摹唇形。抹完后抿了抿唇，再沾一点儿在手指上，抹匀颧骨，晕出一点点血色，就像那把梳子的红。

她今天有件很重要的事情，需要出门，而化妆就像她的武器。发现丈夫有问题的时候，她隐忍了几周，缓解失眠的精油多加了几滴之后，她觉得自己不能坐以待毙，得寻找机会主动出击。张杰差不多到办公室的时候，柳眉先去他的卧室看上一眼，她知道自己的丈夫没那么笨，卧室里肯定是找不到蛛丝马迹的，衣物之类的也一向由她打理，但在她刚对着镜子化妆的时候，想到了一点，如果真有什么情况，她丈夫在洗手间对着镜子梳洗的时间也会比往常多些。可洗手台上没有放置多余的东西，推篮上的置物筐内，所有的东西都是单一的男性用品，摆放整齐，没有她想象的香水之类。当然可以从他日常的仪表看出，她丈夫本人也有一定程度的洁癖，看来，她得从车上的行车记录仪着手，可婚后，丈夫就让她离职了，加上那件事情之后，她不再出门，几乎跟外界断了联系，包括熟练开车也成了问题。

天空在此时飘起了毛毛细雨，用肉眼无法辨识，但外露的皮肤能够清晰地感受到。无数叫卖声响起，楼下开始热闹起来，清晨的薄雾毕竟已经散去。她非常专注地盯着对面写字楼的地下室出口，她丈夫的车子没有出现，直到中午十一点四十分。疑心与跟踪，可能是每个女性最脆弱的表现，但执行力却超常发挥，她一直跟到一家带有五颜六色装饰墙面的儿童餐厅，难不成大老远开车半小时就是为了吃上这样的儿童套餐？她知道那是不可能的，因为隔着玻璃的餐桌上已经出现了一个小孩子坐在那里，五六岁的样子，看到张杰进来，孩子马上从位置上站起来跟他挥手示意，看得出来，他们很熟悉，对，是个男孩子。柳眉马上调整出租车的车窗，她要看到这个男孩子的母亲才行，她有权利知道。可是，等了很久，直到她递了两张百元大钞给司机维持耐心后，还是只看到餐厅里的一大一小两个人。如果错过了送孩子过来的时间，那么她要等到丈夫餐后送小孩子回家了。

此时，雨后，天空是一片明朗！

远远看去，他们就是一对父子，细细盯着，五官眉眼相似，婚前追她的人是不少，偏偏她见过张杰，便知道了往后自己的男人该是个什么模样。他的瞳孔是清透琥珀色，哪怕前一分钟他看上去还不太好惹，此刻这双眼眸依然满含温柔，对待好看的事物，便会无比宽容。算算时间，那是她生病的五年前了吧，难不成就是趁着她落下病根时出的事？服务员还送来了蛋糕，是给孩子过生日的？这日期？她有点呆住了。镜片边缘的雨滴将画面切割成破碎的万花筒，张杰弯腰给孩子系鞋带的动作被折射出无数重影。这个曾在她孕吐时彻夜跪着擦洗地板的男人，此刻的温柔竟与当年如出一辙。服务员端来的草莓蛋糕插着“5”字蜡烛，烛光摇曳中，她突然想起五年前那个暴雨夜——胎心监护仪刺耳的警报声里，张杰攥着病危通知书的手背青筋暴起，像要捏碎某种看不见的枷锁。

直到大手拉小手出门了，她才重新把视线聚焦起来。虽然没等到张杰送这个小孩子回到“外面的家”，但她看到了这孩子进了西城幼儿园。之后，张杰重新开车回到公司上班，而她准备换个车换个思路整理一下。当年，她与他，亲密无间，无话不谈，婚后想和他说的话很多，可后来都变成了沉默。比如，她在家插了朵花，希望他能注意到来说上一句，今天这花真漂亮，可惜，他没看到。又比如，今天的菜里多了一种调料烧了新菜式，他能主动说上一句，哇，是新菜吗？一切都没有了话题，她堆在心里的话一句摞一句，一句缠一句，它们中的任何两句都无法彼此消解，它们越积越多，越挤越硬，越压越沉。再后来的她，心里就像背着上万吨沉默，看到他站在对面时，虽然很想狂风大作，但表面依旧平静如初。张杰并不是没有分享欲，而是不再找她分享而已，他心中也压着一座山，或大或小，只是那份沉甸甸是放在心里的，连山尖都不肯露出来。

若无共鸣，沉默即安。

车窗外的景观在逐渐褪去的日光中改换了模样，鳞次栉比的高楼徐徐出现，天空越来越狭窄，空气越来越干燥，车窗与旁边车流的车窗互为投影，快要贴在一起似的重叠起来……柳眉在这快速重叠又快速变幻的一方玻璃上看到自己茫然的表情，她知道自己早上照镜子与此时是两副表情。她不能就此活在阴影之中，她得走出来，毕竟这事错不在她，凭什么让她来承担这一切的后果？

她又想起，刚才这家幼儿园门口贴着一张大大的招聘启事。

婚前，她是一名优秀的教师，如果现在去面试幼儿园老师，想必是力所能及的。她盘算着，要想更多地找到张杰出轨的证据，就得从那个男孩子下手，同时，她也想把这份简历当成她迈向新生活的第一步。

她瞒着丈夫自己出去工作了，反正他也不关心，每天早出晚归的他根本不知道她天天在家里的时光是如何磨去美好的。

一切进展得都很顺利。男孩子叫宋子民，档案里母亲叫宋明明，可父亲一栏里却是空白的，同时她还知道母子就住在这幼儿园对面的小区里，宋子民很喜欢新来的老师，当然，也有柳眉刻意亲近他的原因。

她脑海中已经浮现出一个画面，当宋子民用蜡笔画出“穿西装的爸爸”时，红色蜡笔在西装口袋处反复涂抹，最终戳破画纸，像她这颗正在渗血的心脏。

“我们今天的画画作业，题目叫‘我的爸爸’。”虽然布置这个作业有点为难，但她必须逮到一些消息才行。她又单独找了宋子民，以关心的名义，问他是不是这个作业没法完成。

宋子民的头低了下去，接着出乎柳眉的意料，这孩子又点了点头，说自己从出生到现在就没见过爸爸，听妈妈说，爸爸在他出生前就去世了。

柳眉很诧异，这不合情理！

“那你亲子活动，或是你表演节目，比如生日之类的，爸爸从来没有出现过？我是说，那你妈妈没找……没重新给你找一个爸爸吗？”这些话柳眉觉得很伤孩子的心，但她更不想一个人伤心。

“我妈妈有个很好的朋友，我叫他张叔叔，他对我们很好，经常给我买玩具，妈妈说，叔叔是爸爸生前的好朋友。”

柳眉虚惊一场，深深叹了一口气，觉得宋子民好可怜，她摸了摸孩子的头，说“以后，老师会加倍照顾你。”

可能真的是误会了！

张杰一直是内向的，也不是所有言语都可以宣之于口，有些话往往只能同自己说。她觉得自己应该理解他，何况沉默是每个成年人的防御机制，也是处理情绪的一种方式。张杰当初就说自己发过的最大的脾气，就是像哑巴了一样，什么都不说。虽然会感到无力和委屈，但不得不承认，有时连她自己也不能有效地处理和搬运那些堆在心里的话，更遑论倚赖他人。所以与其奢望遇到贴心的倾听者，不如提醒自己：说出来不会让一切变得轻松，痛苦不会被听众分担。所以，他不说话，她也沉默着，扼住喉咙的手不会被言语打动，只是本能地咽口水润喉。柳眉想到此处，一时之间，心尖微微发酥。

天色渐渐暗了下去，橙红色的晚霞已然褪去，天空介于深蓝色与墨蓝色之间，远方的天那边似乎还微微透着暖黄色的光芒，那里是家的方向。

两个人，张杰站着不住地打量着柳眉，他应该是察觉到妻子的变化了。柳眉还在不停地烧菜，来回于厨房与餐厅之间。只是不知从何时起，柳眉烧菜也开始化妆了，而且今天餐桌上还放着两杯飘着白烟儿的热茶。原来她还记得自己饭前喝茶的习惯。

张杰并没有马上去喝一口，而是主动进了厨房帮忙端菜，柳眉跟在他身后，悄悄笑了。

窗外下雨了，柳眉说：“真是大雨倾盆啊。”她希望他会跟上一句：“是啊，可不是嘛！”但张杰又选择了沉默，有时她真想上前使劲摇晃他，不过，今天，他有了一点变化，“衣服不是收进来了吗！”虽然没有了之前的浪漫，但多了一些生活气息，柳眉就此打住。

窗外弥漫开来一层薄雾，看不清风景，却能听见鸟叫声。送走张杰上班后，柳眉也开始了自己的工作。她想着过几天就是一个特殊的日子，到时想给张杰一个惊喜，然后希望他能主动邀请自己来一起照顾朋友之子。

次日清晨，头发越梳越顺，确实是把好梳子，梳得头发很丝丝顺滑。

想不到，到了幼儿园之后，宋子民竟主动找上了她。

“柳老师，我虽然没有爸爸，但是，现在我要当哥哥了。”宋子民的声音很响，可能在她来之前，全班的小朋友都知道了。

“哥哥？”柳眉有点没听明白，她清楚每天接送宋子民的是他妈妈，她偷偷打量过，并没有任何怀孕的迹象，还有，宋明明是一名很普通的中年妇女，她完全不把这位曾经的“假想敌”放心上，也不值得放眼里。

“你是家里来了小妹妹或小弟弟吗？”柳眉试探着问。

“是我妈妈肚子里有小妹妹了，我妈妈昨天自己跟我说的，张叔叔让我多听妈妈的话，否则以后小妹妹就不喜欢我了。”宋子民很流畅地表达完，可柳眉只听到了张叔叔三个字。

柳眉觉得自己傻到极致。虽说宋子民不是丈夫的孩子，可这么多年，长期照顾他们母子，还瞒着所有人，日积月累地，他跟宋明明之间生出感情来是非常可能的，何况这些年，他与自己一直分房而睡。

天高云淡，月色清辉，柳眉看着自己的影子浅淡地印在窗前，如今也只有自己的影子不离不弃。她拿起那把梳子，边梳边想着当年的事，月亮变得模糊，满是水汽。

当年，她与张杰，也是怀过一个孩子的，因为意外流产了，她因此也病倒了。她想过自杀，可不知怎么又没死成，后来，张杰给她弄来一只猫陪她打发时间，可她不大喜欢听到猫叫，好像还把猪扔过几次，甚至站在阳台的时候，她甚至不知道是她自己想跳楼还是想把猫扔下楼，具体她有点记不起来了，反正有邻居报警了。警察过来盘问时，张杰回答说：“阳台上养着我妻子的猫，刚才大声呼叫是我太太情绪激动发出来的声音，至于邻居们说的什么扔猫的迹象……我想应该是我夫人抱着猫晒太阳的情形吧！”

柳眉比警察都清楚张杰用了三个不同的称谓去称呼她，可见他对自己有多么不熟悉。自那次开始，柳眉觉得张杰心里没有她这个老婆的存在了，不再爱她了。她确实是想抱着猫同归于尽的。

张杰没选择离婚，是柳眉一直想不通的事情。

“我永远不会跟你离婚的，哪怕没有孩子。”

语出惊人，大抵便是如此，张杰明明很喜欢孩子的，而且他在他们张家还是独子。

“你怎么还没休息呀？”卧室的灯亮了起来，张杰不知何时从他的房间走了进来，“早点休息对身体好。”话不多，人又走了。

柳眉觉得张杰的背叛是如此可笑。为何要等五六年后呢，当初要离婚的时候不离，现在非得让她逮着一个婚内出轨的证据不可！

她不能轻易放过他与她的孩子。其实从几个月前张杰偷偷在厕所询问孩子住哪个医院的那通电话开始，她就应该清楚他背叛自己的事实，最近的夫妻关系缓和，绝对是张杰要最后摊牌的假象。此时，窗外的月亮一点缺陷都没有，圆满得令人心生敬畏。

早上起来她习惯性地拿起梳子，又重新放下去。这把梳子已经越来越不好用了。

柳眉已经用上手机了，而且她还悄悄买了一辆供自己上下班代步的小车子，在开车去幼儿园途中，堵塞的高架，让她有时间联想到自己的年龄。三十二岁，这么一个年龄，不应该是最好的时光嘛，可偏偏自己却堵在了婚姻之中。

她就不信自己的丈夫能在此次事件中做得像榫卯结构一样，嵌得严丝合缝没有任何破绽。女人只要有了疑心，堪比神探！

见到宋小民的时候，柳眉很难对这个小可爱发脾气，毕竟孩子是无辜的，特别是工作这段时间以来，她慢慢找到了欢乐，但她不能放过犯错的大人，柳眉准备一步一步接近宋小民。

想不到，他倒先跑过来了。

“柳老师，为什么其他小朋友都已经家访过了，你都没来过我家？”宋小民天真的问话刚好给了柳眉一个最好的借口。

“因为老师特别喜欢你呀，所以想在一个最最特别的日子里去你们家玩呀，今天就是最好的日子。”柳眉觉得宋子民真是个好孩子，每次她想着找理由主动去询问他的时候，他总能主动先跑过来找她，顺带还带出一个话题。

柳眉知道宋子民的家离幼儿园很近，就在马路对面走几分钟的路，她提早了五分钟，拉着宋子民的手跟他一起回家。走过对面，等红绿灯的时候，她心里想着，张杰早上是打电话给公司请假的，那么此时，他应该陪着宋明明，以及他们的孩子正准备一个丰盛的晚宴吧，因为今天是张杰的生日。他既然选择了在“这个家”过生日，那么，她到来的这份惊喜也应该是他们要承受的。

本想放他一马的，想不到，本能的仇恨与不甘还是战胜了理智。

宋子民敲门后，里面已经传出张杰的声音：“等一下，马上开门。”

柳眉想着早晨那位看上去意气风发的男人在打开门之后，肯定已然消失不见，取而代之的是一个掩面痛哭流涕的人，带着不知是因为悔恨还是即将被揭破背叛而恼羞成怒的面孔。

她就要胜利了！眼前的门缓缓打开了。

月亮不知何时已经挂上树梢，远处不时传来几声猫叫。

“眉眉，你来了。”是自己的母亲叫着自己，可她身后还站着很多双期待又关切的眼睛，有张杰的，也有宋明明的，还有自己的公婆都在。

“妈，你怎么在这里，你知不知道，他们……”柳眉的表情才是最意外的那个人。

“明明是张杰的表妹，他们一起长大的，就跟亲兄妹一样，这不，明明找到了另一半，还是张杰给牵的线，下月就要举行婚礼了，哈哈，我们一直让子民想办法告诉你真相。可，哈哈，反正你今天能过来就可以把事情还原了。”

“你之前得了产后抑郁，我们都劝说不了，也帮不了，听说只有疑心病才能让女人恢复正常思维。我们也是没法子了，才试一试。”

柳眉已经听不清他们到底在澄清什么，脑海中浮现的只有那把梳子，母亲在自己出嫁前，对着她的细发一次次地梳。而此时，这把木梳齿间已经缠着几根银丝，当时，母亲说着，成亲就是成为亲人，就得彼此信任。

喂钙片的鸟

她感谢这场暴雨，暴雨是犯罪最好的帮手。

“走走走，我们快点回家。下雨天，坏人会出来抓小孩子的。”

“为什么呀？妈妈。”

“云太多，把老天爷的眼睛遮住了。人在做，天在看，现在老天爷就看不清了。”

“还有雨水一冲，把做坏事的痕迹给冲没了，人就像没做过坏事一样了。”马丽的脚步加快，与迎面而来的一批小孩子碰个正着，一下子人摔了个跟头。眼镜也掉在雨水之中，在镜片边上还有一些掉落的五颜六色的卡片，想必是这些小朋友正躲在那里玩卡片呢。孩子与同龄的小朋友一起捡起卡片，而她自己的镜片破碎了，勉强戴在眼眶上时，马丽眼前的世界扭曲变形，她有些站不稳。

其实雨不大，还是说只有老家的那种滂沱的大雨，才会有坏人出来？当年，东城的小孩堆里，谁的纸啪多，谁就厉害。纸啪是一些印着各种花样儿的方形卡片，小丽小时候也特别爱玩，要是能把小朋友们的卡片扇飞了，就能把对方那张拿过来。最早的时候把写过的作业本撕下来叠成纸啪，啪一声纸扇在地上。不过，她最喜欢的还是跳皮筋，扇纸啪是她弟弟爱玩的。“来来，这些全给你玩，今天给你赢一百个回来！”她当时把自己的“啪纸”都拿出来，密密麻麻，整整一个饼干盒，卡农音乐盒里的都给了弟弟。只是那个下雨天，弟弟全输给了小朋友们，想不到回来的时候还撕了她的奖状做成纸啪，她一下子就拎起弟弟用力打去。弟弟往外面跑去，她跟着跑，自弟弟出生后，她一肚子的委屈和着雨水一路掉下。

这该死的天气，一有风就吹得脸发痛，马丽带着孩子飞速到家，换了副家里的眼镜，才看清自己的孩子竟然也捡了几张卡片在玩。本想训斥几句，可是她看到孩子玩得很快乐，左手啪地把右手的卡片扇飞，就像小时候弟弟与小伙伴们一起欢呼或者一起垂头丧气那样。

当时她追着弟弟打，弟弟跑了出去，中途雨停了，他躲在离家也就三公里远的村边公交站下，那里算是有个亭子，以前好像是供奉土地爷的，后来修改成了站头，可以避雨。弟弟回去的时候，要走一条小路，一边是废弃老人院的外墙，一边是河边齐腰高的蒿草。白天人来人往的，没什么事，天暗了一个人走，的确容易心里发毛。此时雨已经下得更大了，就像无数伶仃的小脚在河面上跳舞。马丽朝弟弟挥挥手，把铁盒子放在积了雨水的地上，要是平时就会有一众孩子一哄而上，你争我夺，但这次弟弟没跑过来，她觉得只要纸卡一路朝着回家的方向摆放，弟弟应该能找到回家的路。

转眼间，弟弟失踪已是十四年有余。

东城村的乡亲们日渐淡忘了这桩意外，重新操心起田里的收成。而马丽此次带孩子赶回家也是为了照顾父母，她把父母从村里的流言之中解脱出来，接回城里一起居住。弟弟失踪那年，母亲就病了，再后来就像疯了一样，现在一到夜里，就能听见悲恸的哭嚎声。今晚，她不知是受了什么刺激，竟然偷跑到楼下大声尖叫起来，惊醒了小区昏昏欲睡的人们。临街的窗子里的灯依次亮起，居民们睡眼惺忪，半倚着窗口，纷纷探头朝下张望。

暗处的十字街口，发病的老母亲正揪打一个凌晨回家的小贩。卖烤肠的小推车倾翻在地，孜然、面酱、辣椒粉，悉数撒了出去。暗处冲出条毛发打绺的小狗，欢欣鼓舞地叼起根滚到街边的淀粉肠，又卷起尾巴，乐颠颠地奔远了。

“神经病，也不把人看住，我真没抓你的儿子，莫名其妙的。”小贩边还手边解释。

二人揪斗着，遍地滚，沾了一身的油污。马丽赶到的时候，试图拉开母亲，可母亲抡起烤肠的铁盘，径直砸在马丽的鼻梁骨上。一声脆响，鼻头当即歪向右边，紧跟着颧骨也肿胀起来，血滴滴答答往下淌。

马丽想起来，当年，她远远地回头是瞧见了一个花衬衣、棕裤子的妇女跟弟弟搭话。说着说着，那妇女就抱起了弟弟，哄他去别的地方玩。当时，她本来想喊，但鬼使神差地闭上了嘴巴、停住了脚步。看着人贩子把弟弟越抱越远。背后有一人一狗在追她，追得很紧。那人呼哧呼哧的声音近得就像是在耳边……就像此时的风声。

“走了，走了。回家，回家。”马丽忍着伤痛，扶起了母亲往楼上走去。

上面的观众眼看再无戏看，渐渐地倦了，哈欠连天。窗一扇扇地关，灯一盏盏地暗，只留下零星几个觉少的于暗中吸烟，偶尔磕磕烟灰，丝丝缕缕的白烟盘旋着上升，变作天边的月光。马丽安抚好母亲，床上的女儿也已经安然入睡，她就抱过孩子，又回到母亲的床上，三代人又重新躺在一起。马丽不断地从母亲身上反思，她辛苦地生下自己，最后得到的是一个不停地跟她作对、让她痛苦的女儿。这种生育有什么意义？值得她去奉献自己吗？马丽迷惘不已。前几年母亲半疯半醒时也会催促她再生一个儿子来稳固婚姻，她觉得她是“为了自己好”，她不能坐视不理自己陷入生活的深渊，或者被什么东西一时蒙蔽了双眼，错过她心目中最重要的东西。有一次，她抢过自己的女儿抱在怀里，自言自语地说：“我记得你以前是个很乖的小孩，什么时候变成这样了？”马丽不知道她说的“以前”究竟是什么时候，她对自己的印象到底停留在了几岁。确实，她与母亲的关系并非一直如此紧张，也有过很多美好的记忆，在她弟弟没出生之前，母亲也是极其疼爱她的。后来，只要她不让着弟弟，母亲就骂她，是姐姐必须让着弟弟，不管是吃的、穿的、还是玩的，弟弟把她的书本都撕了折成纸片玩，母亲当作看不到，再后来，弟弟变本加厉把她的奖状都撕了，也折成纸啪玩，说奖状的纸最硬，能扇回对方的纸啪。她忍不了，第一次打弟弟后，母亲却狠狠骂了她，马丽开始痛恨母亲胜过弟弟。再后来，马丽自己刚生完小孩，也陷入初为人母的甜蜜中，和小孩之间开始建立一种别人无法感知的亲密，那个时候马丽才意识到，她的妈妈曾经与她也有过这样的联结。等她长大，弟弟出生后，这种联结慢慢消失了。有一天晚上，母亲突然抱着马丽的女儿，自言自语地说道："如果我不骂你，你父亲就会打你，他下手重，我只能在父亲没生气之前先骂你把你支开。我保护不了你呀，小丽。"马丽听到后就哭了起来，哭了好久好久。

现在，马丽生的女儿，以及生马丽的母亲，都躺在一起，马丽和自己的女儿作为两个女儿睡在一起，同时，母亲也是一个女儿。在生了女儿之后，马丽才想到，母亲也是母亲的女儿。但母亲没有见过自己的妈妈。她是外公外婆的最后一个孩子，也是被他们抛弃的唯一一个孩子。有一次，母亲问马丽："他们生了五个女孩子了，为什么唯独不愿意养我？要扔掉我？"她不能理解，心痛万分，而马丽也无法回答。

长夜漫漫，了无生机，就连树上的叶子都懒得晃动。

忽地，小巷暗处传来汽车的急刹车声，紧跟着是皮鞋踏在柏油路上的回响。

咔哒，咔哒，愈来愈近。整条长街只有喝高了的醉汉吼着不成调的歌谣，趔趄着脚步，从一处暗影斜跨进另一处暗影。加夜班的父亲回来后，总是先打母亲，然后再喝酒到天亮，再后来的一天晚上，疯掉的母亲竟然带着马丽逃了出来。

马丽脸上的血结了痂，紧巴巴地牵着皮肤，像层暗红色的壳。母亲可能知道自己发病了，她半仰着脖，头抵在马丽的颈窝里，二人相互依偎着坐在马路牙子上。怨气是受了潮的爆竹，随着时间的浸润而哑了火，谁也不肯再作声。

自从打了马丽之后，母亲的病似乎得到了一些缓解，马丽也不知为何觉得心里舒服了些，她知道是自己害母亲发病的。所以，当母亲提出要抱她的女儿一起睡时，她同意了。她清楚母亲把自己的女儿当成了小时候的自己，母亲可能也是愧疚的，马丽想成全母亲的心意。所以，她也听从母亲的话，决定再怀一胎，说不定就是儿子呢。对，马丽的老公也笃定就是儿子，那样的话，生下儿子，她的老公就会重新回到她的身边。一想起这些，马丽又到小区的社保药店自费买了两瓶钙片。药店的店员早就认识她与母亲了，最近，母亲还能陪着自己隔三岔五来买孕妇维B之类的药。

“小丽，你别玩纸啪了。”母亲边说边捡起地上的纸啪。马丽知道母亲叫的是女儿，但这些卡片是女儿最喜欢的卡片。她现在不好弯腰，只得任由母亲去一张张捡起来。马丽记得小时候她也是这样帮弟弟捡纸啪的，看着自己努力学习得来的奖状被撕成纸片儿，那种委屈与恨意又涌上了心头。

马丽抬起头，刚好与母亲对视了一会儿，可母亲已经疯了，她的恨只得强压了下来。

“小丽，天冷了，把窗户关上吧。”母亲似乎最近话多了起来，甚至开始指挥她做事情了。

马丽刚想过去关窗户，却发现窗台上不知何时来了一只不知名的鸟儿，乌黑的，脖子上却绕着一圈珠子似的白毛，看起来呆呆傻傻的，她觉得特别像自己。

她被鸟儿憨态可掬的模样吸引住了，不由地伸长脖子仔细看着，鸟儿并不害怕玻璃这一边的她，反而跳了几下，又再次安静地蹲在了窗台上。

马丽观察着这只圆溜溜、胖乎乎的鸟，才发觉它身子下有几根树枝，不知道是风吹过来的，还是鸟儿自己叼过来的。她正想弄清楚树枝的来历，突然，一只更大的鸟俯身冲下来，一下子就把那胖乎乎的傻鸟给叼走了。

“啊！”

马丽被吓着了，她往后退了两步。老母亲听到她的叫声似乎也意识到了危险，马上跑了过来，紧紧拉着马丽的手，问：“怎么了？怎么了？”

“你看，妈妈，你看，这是什么？”马丽不知何时开口叫了声妈，母亲有点呆住了。

“你看，它，是不是一个蛋。”马丽指着窗台上树枝上遗落着一个孤零零的鸟蛋。她快速地伸长了手，把那个鸟蛋捡在手心里捂了一会儿，思来想去，进卧室拿了一只冬天穿的羊毛袜子，又用热水袋灌了一点儿热水，把蛋孵了起来。

“小丽，小丽，你看这个蛋，会不会孵化出小鸟呀！”母亲对着马丽的女儿说，又对着马丽笑，一时之间，马丽也不知道是自己出现了幻听还是母亲真的清醒了。

马丽轻轻摸了摸自己的肚皮，又小心翼翼地把鸟蛋悄悄地藏在她那双最厚最长的靴子里。她生怕母亲发现这只蛋后，会煮给女儿吃掉，或是被女儿拿去当卡片一样掉在地上，碎了，一切都碎了。

马丽趁着母亲与女儿在卧室的时候，把鸟蛋藏好，又装作无事发生一样把靴子重新放回衣柜里，听到母亲从卧室里出来后，她赶紧拿起一本书开始阅读。

这是一本关于母婴健康的书，里面的内容马丽已经看了无数遍，书皮都翻烂了，最近一年以来，她已不再阅读书里的内容，而是翻开书，一个一个地看那些娃娃的配图。

“小丽，你看看这个娃娃像不像你？”母亲指着书中一个扎着辫子的女娃娃问。

“不像不像，才不像我呢，而且，我不要看女娃娃，我要看男娃娃，多看看男娃娃，就能怀上男宝宝的。”马丽又摸了摸自己的肚子。

母亲不知何时开始，已经在偷偷地给未出生的外孙子缝制玩具了，母亲曾做过裁缝，哪怕病了，疯了，现在还是能用一个布袋子，里面塞满棉花，三下两下就能做出一个娃娃玩具来。

马丽越发觉得母亲的病好了，毕竟她在听到自己叫妈妈的时候，已经能够回过头来朝她笑了。

天快黑的时候，她又要陪母亲下楼散步了，大白天的她很少下楼，生怕小区里的人会嘲笑她的疯母亲。

“我的钙片是不是快吃完了？我去再买一些回来。”马丽扶着母亲往小区对面的药房走去。

“马老师，钙片要适量哈，咱们主要还是食补，食补最好。”店员总是温柔地提醒她，可能是觉得刷不了医保可怜她吧，但马丽的母亲却先回答：“是是是。就是吧，她夜里老是小腿抽筋，我就得起来给她按摩呀、热敷呀，哎呀，说多了都是命，你们不知道我家小丽呀……”

“妈，你乱说什么呀！”马丽怕母亲话多起来的时候又发疯，赶紧打断。

“阿姨也真是有耐心，”店员也适时打断了马丽母亲的话，看起来不太友好，马丽憋着一半的话没说出口，脸色也变差了。店长注意到了她的表情，麻利地装好钙片，说：“你真有福气。来，这个钙片是吞服，不是咀嚼，吃的时候喝点常温水送服就可以了。”

店长一边说，一边把袋子递给马丽，老母亲看着马丽圆润的手指温柔地接过袋子，脸色才好起来。“谢谢你，我们先走了。”

看着母女二人走进小区后，先前的店员把擦柜台的小毛巾一摔，说：“老神经病，天天让自己的女儿装怀孕，这都一年多了还没生下来，她怀的怕是哪吒呢！”

“不是一年，起码六七年了。你来得晚不知道，她们俩现在都是我们这里的名人了，之前因为生不出孩子被她老公家提出了离婚，然后天天拿着一个玩具当自己女儿，也是可怜呢，现在也只能让这个老太太过来照顾着发疯的女儿了……两个神经病，这病会不会是遗传的呀？”

说到这里，店长觉得自己说这些不太恰当，她拍了一下店员的胳膊，说:“我说你也是的，她要买，你卖给她就是了，又不是你的钱，你操心个什么劲儿。”

“我就是看不得她的样子，跟真的怀了似的。我说，她那疯女儿真的要按照这个剂量补钙，迟早补出问题来。”

“没关系的，上次无意中看到，她那个老母亲把这些钙片泡成水倒在一只鸟蛋上面了。”

“你说，这到底是老太太疯了，还是她女儿疯了。”

吾悦职场

没有风，但有阳光。静止的蓝色天空看似一顶帐篷的天盖。天有些许闷热，水分子在空气中互相推挤，到处弥漫着汗水的气味。

人生就像马拉松，获胜的关键不在于瞬间的爆发，而在于途中的坚持。纵有千百个理由放弃，也要给自己找一个坚持下去的理由。很多时候，成功就是多坚持一分钟，这一分钟不放弃，下一分钟就会有希望。只是大家不知道，这一分钟会在什么时候出现。再苦再累，只要坚持走下去，结果就交给锦鲤吧。

“加油，加油！”

不管认识的还是不认识的，在一片加油呐喊声中，她终于跑完了半马的比赛。全民马拉松，大家都能参加，通常参加“迷马”的女性居多，她没有什么特别，只是觉得自己腿长所以报名参加半马。如果她想赢得什么，去参加100米比赛；如果她想经历些什么，去跑马拉松吧！

比如，她在第一年跑马的过程中就遇到了自己的白马王子。

马拉松也像一项工作，它包含着一切，有戏剧的成分，有泪水，有欢笑，更有竞争，有友情，有英雄主义。

她叫夏花，这是她第四次在元旦之日参加东城全民马拉松比赛了，头发都跑乱了。

“花，喝水。”男友项信递过来一瓶矿泉水，看他一脸清爽的样子，想必跑马时中途就放弃了。

“看来得换个新发型了。”他又接着说，同时，甩动一下自己一点都没被风吹凌乱的发型。

“一直对发型不满意的人，通常有一个共同点，就是打死也不承认那是脸的问题。”夏花毫不客气地讽刺道。

“那个你别生气，我跑到一半的时候腿抽筋了，真的。”项信被她的眼神一瞟，认为生气跟发型无关，肯定是在没坚持跑马的事上动气呢，所以就主动交代了。

“本来就是为了健康而运动，没事。”夏花看来心情不错，上车之后没到半小时，却要求在一家酒店门口停了下来。

项信的眼珠子都快掉下来了，这大白天的，夏花确实奔放呀！

“想什么呢，我上去冲澡。”

“我知道你冲澡。”项信尴尬又不失礼貌地笑了笑，关键是冲完澡之后。

“这里离家太远，我冲完澡直接回公司了，有个客户提早过来了。”

项信还没应答，她已经跑到酒店门口了。没办法，你以为夏花是个运动爱好者吗？完全不是，她那么重视健康，只是为了给自己的工作打下革命的基础。项信一直说，加班怎么可能会猝死，因为以她正常上班的时间与压力而言就可能面临猝死了。

夏花对项信局部的迷恋远胜整体，她可能因为一个可爱的后脑勺喜欢上对方，或是无辜温和的眼神、挺拔忧郁的鼻子，诸如此类，当然，她第一眼就喜欢上项信了。那是多年前参加一个行业内的会议，大家在听项信的PPT报告时，夏花却只关注到项信拿笔的手，那是一双修长而迷人的手，因为这双手，她心动了。

对，她是一家集团公司的总助，这个故事就是从她的工作开始的。

神助夏花，是大家对她的爱称，并不是神爱帮助她的意思，她今天所有的业绩与成绩都是靠她自己的能力与实力换来的，跟神一点都沾不上边。

因为她的口头禅就是：靠自己努力能做到的事情，从来不求神。她是一个无神论者，但是却不得不承认，她在孤立无援的时候，唯一能想到的求助对象就是各大神通的塔罗牌大师。

拉开酒店的窗帘布，天忽然变蓝了，阳光似乎能在头顶灼烧，肆无忌惮地烘烤着所有没被遮挡的地方。

她从他身上松开了手，她的嘴唇离开了他的嘴唇，身影轻轻消失了，却留下一片温存。他的嘴唇上还留有一股气息，一种甜蜜的欲望使他渴望温柔嘴唇的再度轻吻和亲热的拥抱。但这种渴求的秘密的遐思已经被夏花的关门声所打破。

到了太阳商贸有限公司，进门仿佛踏入了另一个空间，满院花草，甚至要挪挪藤蔓枝条，才好步行进去。一侧墙角种着株凌霄花，爬满了整面墙，浓绿的叶片中有大团大团橘红色花簇；另一面墙下是个葡萄架子，枝叶茂密，阴影里放着几盆好像已经枯了的花。如此鸟语花香的公司放松小阳台是因为里面有着气场让人窒息的职场空间。

在职场，掌握资源就等同于掌握了权力。

“小乐，你通知市场部王总、零售余总，以及企划部，算了，吕总我来打电话。大概四点左右在三楼会议室开会。”人影未闪现时，指令已下。

企划部吕总顶着搞艺术的帽子，总喜欢摆架子，夏花必须亲自给他戴好高帽才能在让全公司放假的时间里请他回公司一趟。

取代运动衫的是一套职业服，她随时在车子的后备厢里备着两套，休闲与商务的，包括鞋子与包，一应俱全，小乐形容她是“百变女人”。

“孙总呢？”她踏进接待室后，就问值班的小乐，这可是公司最近意向投资的最大客户，据说在业内有着“女魔头”之誉称，竞争对手使出百般手段都无法近身，想不到这次突然提前来到办公室，莫不是考查还有其他目的，夏花还不敢下结论。

“在前面花园里呢。”小乐指了指公司前面的员工文化走廊。

一个白衣女子正蹲下来哄着一个十来岁的小男孩，那草地上有两个已经破碎的红气球。

“你好，孙总。我是夏花。”夏花热情招呼。

她转过身，如此美艳的老板真是少见，这是夏花的第一印象。刚从侧脸看她，还是一脸焦急又慈祥的样子，在见到夏花的时候，就职业性变成了一张“礼貌脸”。

“你好，夏助，这是我儿子，因为我们要提前参加一个活动，所以我顺路就先来你公司看看，不好意思，忘记今天你们放假了。”

“叫阿姨好。”

“没事没事，能顺路就是缘分嘛，小朋友叫什么名字呀？是不是气球破了不高兴呀？”夏花摸摸那个小男孩的头，但他可不买她的账，显然不喜欢别人摸他的头，一脸嫌弃。

“哦，是呢，太皮了，这气球也给弄坏了，过会儿我们还要参加一个亲子活动，这气球上还要写上我们的心愿呢。我正批评他。”

“这简单呀，我公司里有的是气球，你能拿多少就给你多少。”

小男孩这才友好地看了她一眼：“真的？”

“不骗你，走，阿姨现在就带你去拿。”

“谢谢你，小夏。”孙总已经开始称她为小夏了，这是一个很大的进步，她明白这个厉害女人的软肋可能就是她的孩子。

“你是不是刚吃过橙子呀？”夏花顺势牵起小男孩的手，闻到了一股清甜味。

他点点头。

“你想揭开气球为什么会爆炸之谜吗？”

“想。”小男孩使劲点头，显然，这个答案他想了很久，而他的母亲却责怪他调皮故意弄坏了气球。

“橙子的皮里有丰富的芳香烃类化合物，我们用手挤一下，里面的黄酮、柠檬酸、芳香烃类化合物就会喷出来，而芳香烃类化合物对橡胶就是这种气球的溶解度很强，所以咯，这两种物质遇到一块会发生剧烈的化学反应，导致气球爆炸。”

“哇，你好聪明呀。我妈妈什么都不知道，就知道骂我。”他委屈地看了孙总一眼。

“夏花阿姨真厉害，谢谢你啊，刚才是妈妈不对，对不起，误解你了。”孙总拍拍夏花的肩膀，又半弓着身子朝她儿子道歉。

“没事，我原谅你了。小花阿姨，如果换成是橘子、柚子、柠檬也能引爆气球吗？”小男孩的口中似乎有十万个为什么。

“是呀，和橙子同属一类的柑橘类水果都含有芳香烃物质，都能引爆气球。”

“太好了，我今天学了这一招，下次在同学们面前都可以表演魔术了。”小男孩很得意。

“不过，毕竟是有危险的，我倒建议你可以跟同学们分享这个原理。”

小男孩乖巧地点了点头，夏花示意小乐带他去礼品区找气球去。

“刚才真是谢谢你呀，”孙总这会儿完全没有一点老总的架子，倒像是一个普通的母亲在跟朋友唠叨她的孩子，“你看孩子一口一个阿姨的，你叫我孙姐就行。”

“好的，孙姐，你看要不这样，我先送你们去亲子活动现场，然后晚上我给你们接风如何？”

“不，夏花，谢谢你的好意，我晚上还有安排。”

“那……”夏花心中一惊，她本来是想先让她们参加亲子活动好腾出时间跟公司各部门总监开会拿出最新的方案给她再次审核，“哦，这样呀，要么，明天你看有时间吗？时间有点紧了，我先送你们过去。”

孙总点点头，这个时候，小乐已经拿了一大包气球跟着小男孩出来了。

车子快速驶出公司广场时，几个被召集过来开会的总监的小车也陆续开进公司停车场。

“怎么回事？我们来了，她自己倒不在。”

“小乐，怎么个情况呀？”

“夏助的风格一向不是只要走进来，这业务就别想飞出去吗？怎么还先送客户去参加什么亲子活动呀，真是的。先谈了我们这单再说嘛。”

“各位老总，消消火，先喝杯茶，夏助马上回来。”

太阳西沉的时候，夏花才出现在会议室。

“抱歉各位，晚上我请大家吃饭。”

“有时间请吃饭，还不如想想如何约上那位VIP孙总吧？听说今天她都上门来了，就这样给送走了？”市场部王总一向心直口快。

“那个，合同刚才孙总在车上已经签字了，所以，晚上，不是我的赔罪饭，是庆祝。”夏花拿出包里的文件，对着大家一扬。

“不会吧，神速呀！”

“确实神助！”

看着如此神采飞扬的夏花，小乐想起来，夏花三年前跟她说的话来，“你觉得你实习一天只拿100块，工作价值就应该是廉价的，那么，你这辈子都贵不起来。”夏花是她的偶像与追赶目标。

“廉价与否，不是靠别人或工资数字给你贴标签，而是用力撕掉后，以专业能力一笔一画写下力透纸背的新标签。”小乐把夏花这句激励的话写在了笔记本上。

小乐预订了庆功宴。这些细节，夏花一个眼神，小乐就能马上执行。

谁要不想庸庸碌碌变成低配机械，浑浑噩噩地混到下岗，就得努力让自己看起来贵一些，这就意味着一份遇山开山、逢水斩水的资本，一种向好而生的态度，一张升级人脉的门票。

毕竟，没有一头狮子想与兔子为伍。好像所有人都在往前走，只有自己过得最差劲，又焦虑又无力。所以，小乐必须跑快些，跟得上狮子。

夏花清楚知道，孙总此行首先是以一个母亲的身份来到东城，而不是一个老总。

企划部吕总从洗手间回来，屁股没落下，就开始数落夏花，“叫我过来就是等吗？”

“不是新年第一天吗？我请大家吃饭呀！”

“真的？这个好这个好。”

“那走吧！”

“跟着神助有饭吃哦。”

“小乐，麻烦你再叫一下其他没来开会的部门总监，晚上一起吃饭。”

在职场立足，需要的不是钩心斗角，而是无可替代的业务能力。

拿起酒杯喝了一口，酒到了肚子里四方流散，无孔不入，连脚趾都觉得麻了。

觥筹交错之间，夏花的手机响了起来，项信打电话过来约她吃饭，只是他又被放了一回鸽子。

项信是个自由人，不管是经济还是时间，他开了一家创意广告公司，对于这种被动的恋爱关系着实不满，相爱之后必是相杀的模式。

“你应该跟工作谈恋爱。”这是他发给夏花当晚的信息。

“不，我们彼此相爱，就是为民除害。”夏花从洗手间出来时，回复了一句，她不胜酒力，但今晚着实开心，她就多喝了几口，所以，半醉着回包间。

步履款款，双手摇摆。那诱人的身姿令多少男人倾倒。这种商务酒店很容易遇到行业中的人，这不，有人在背后叫住了她。

此人姓苏，单名余字。不算同行，是另一家公司的总裁，也曾经是夏花的学长。说来巧合，是他约了孙总一道就餐，添添喜气也不错，本来就是为了孙总的合同而庆祝，所以他也被邀约至包间。

酒到酣处，苏余站了起来，拿起酒杯，冰块叮咚作响，他替夏花挡了不少酒，同事们试图开两人关系的玩笑时，夏花抿紧嘴唇不作回答，倒是苏余借着醉意让暧昧的气息从笑声中发出来，商务晚宴调节氛围而已。

一道白光亮起，夜空如银辉般。

月亮早早出来了。天空布满银灰色的星星，脚下是拉长的倒影。项信沿着那条繁忙而狭窄的街道步行，走进一间烟雾弥漫的茶室，要了一杯茶，朝后仰着，让折叠椅前脚离地，双手抹着脸，如坠深渊的感觉渐渐消失，取而代之的是回想起当初与夏花约茶的点滴。此时的服务员把一个茶杯摆在面前的桌子上。想起来可笑，相爱容易，因为五官；相处不易，因为三观。

走到外面，明月已经半弯，银光也黯淡，他伫立，抬头望着星辰遍布的夜空。不知哪来的流浪猫隐身黑夜中狂叫，风吹过树梢。项信倚着那一堵水泥墙坐下来。自从他们确立恋爱关系之后，夏花还是会被大量的工作吞噬，浑然不觉时光流逝。每个周末，两个人偶尔看场电影，将彼此的孤单抖落在昏暗的电影院里。除此之外，似乎并没有正常情侣间的亲密了。工作那么香，为何还要谈恋爱呢？这话经常在他被夏花放鸽子时盘旋在脑海中。

街树在这条漫步道上投下鲜明而阴凉的树影，东城的春天毫无疑问不会是个明亮绚烂的季节。

项信加快了脚步，钻进车子，前往夏花居住的方向。

进了小区之后，隐约听见说话的声音。项信好奇看去。

却见前方站着两个人，身影熟悉。

他一愣，此时的车灯准确无误地勾勒出夏花的剪影，她正与她的学长抱在一起。

愤怒与回忆也拥抱在一起，没有节制地铺展着野性与妩媚，黑夜在变化着景象，墙外更替着日月，项信想起来当初每晚送夏花到此处时，她对着这树会用力蹬上一脚，白色的小花颤颤悠悠落下来，她就开心说道："要是我们能在树下谈一场恋爱，后半生都能闻到花香，就太幸福了。"此时想来这话是多么讽刺。

风整整吹了一夜，片刻未停，还夹杂着前来捧场的小雨。

吃早餐时，他将咖啡倒进杯子咕嘟咕嘟地一气喝完，以尽可能平静的语气开口道："昨晚喝酒了？谁送你回来的？"

夏花将抓着纸巾的手放在膝盖上，沉默了片刻，抬头看了看他，才觉得这话不像是普通的开场白而像是审问。她突然想起来，昨晚差点摔倒时，与学长的那一个拥抱的同时有一道灯光打来，此时，那道灯光像极了项信的眼神。

"是呀，我学长。苏总，你见过的，幸好他帮忙挡了不少酒。嗯，离家近，所以我们步行回来的。"

见他没再说话，夏花又说道："你一大早过来请我吃早餐，我被感动到了，晚上我再请你吃饭如何？不，你今晚说有活动了，那周末，或是你定个时间吧！"

"感动？当赔礼吗？"话一出来，项信就后悔了。夏花却打开了手机上的工作邮箱处理邮件。

"既然大家都忙，就不要特意见面了吧！"这句潜台词还是发了出来。

项信一声不吭地听着有什么不知名的小虫子撞在咖啡杯上发出的嗡嗡声。

注意到夏花抓着手机那端的手指十分用力。

她越是极力强调，越是无法掩饰眼神中流露出来的心虚。

"走吧，上班去！"工作真是一种特别能治愈的东西，两个人各自回归岗位。

东城的早安新闻上，太阳公司广告部收到消息，昨天下午，在东城有名的私民名校举办的亲子活动上，出现了大量印有太阳标志的许愿气球飞上天空。

难怪夏花如此周全，给孙总的儿子提供了那么多气球，原来是意义深远呀，参加活动的父母大多都是企业家，所以一下子就给太阳公司打了一个无形的宣传广告。

“小乐姐，早安！看到你昨晚发的朋友圈了，怎么又是一堆大佬吃饭呀，可没有我。”小月拿着手机晃到小乐办公桌前。

“你也知道昨天是我值班呀，所以夏助就叫上我啦！”

“好吧，你命好，昨晚为什么吃饭？”

“夏助请各部门总监吃饭，算是元旦新年酒吧！”

“不过话说夏助人真是不错，你看年纪吧，都比这几个总监小好多呢，偏偏大家都对她言听计从的，真是佩服呀！”

“所以，人家叫神助，厉董都说了，天降神助于他。”

是的，夏花工作经验不是最丰富的，能力也不是最强的，专业也不是最好的，名字也不是最俗气的，但各部门的“奸”字辈总监却都能被她搞定，霸气又心细，所以公司上下没有对她不服的。

“是得加把劲了，听说这个季度开始实施业绩考核了。”小月从人力部听来的消息总得第一时间推送给小乐。

“咱们的夏助在参加人力部门会议时是这样说的，小公司的成败在于你聘请什么样的人，大公司的成败在于你开除什么样的人。我们的大公司里有很多老白兔，不干活，并且慢慢会传染更多的人。”

“老白兔？”小月听了就想笑。

“老白兔如果还变不了狼的话，自然是废了呀！”小乐是越来越崇拜夏花了，“因此职场上一定要保持进取，不断摄取知识，寻找机会。切记生于忧患，死于安乐。”

“所以呀，你们还有闲情拿着手机，聊着闲话吗？”夏花刚好经过，停下来对着她们两个微笑。

“夏助，你也送我几句激励的话吧，你看小乐天天跟着你，进步神速。”小月凑过去说道。

“我以前认识一个意气风发的姑娘，经常凌晨两三点钟发朋友圈。当时有人留言说她这样对身体不好，她说我不要人生的长度，只要人生的宽度。听上去很燃，但看来看去，发现她所谓的‘人生宽度’只是朋友圈的宽度。”

“我明白了，我就是这么一个姑娘。”

“看来我以后还是少发朋友圈，哈哈。发微信，也不能马上回，否则领导会以为我一直在玩手机，说明我工作很闲的。”

其实只有夏花自己知道，她从学生时代开始就爱和发小比较，但越来越觉得自惭形秽，敏感自卑。努力工作后，还是比不过，再后来有点酸，再后来就嫉妒得发狂，好几年没和发小说话，但会经常偷偷看她的朋友圈。

如果无意间看到好几个同届同学的朋友圈，她们出国留学到处玩，夏花突然就破防了。因为没钱，导致她自卑又敏感。像一只小刺猬一样，看到热闹的地方，见到打扮很潮的人的目光会不自觉躲避……所以，她老有一种错觉，只有钱多，她能表现出她是混得不错的。所以，她拼命找了份销售的工作，只有被爱时，她才是优秀的，所以她开始谈恋爱了。

在项信的公司里，为数不多的员工也正热议着太阳集团的这次广告投放的成功。

“我好像记得项老大的女朋友就是这家公司的。”

“不是好像，是肯定。”

不要八卦别人的二手生活，认真过好自己的一手人生吧！

洗手间就是传播八卦的好地方。但项信现在只想把所有的注意力集中到刚接过来的项目上。

1992年出生的飞鸟？肯定是笔名，这就是他今年接下来的最大项目，虽然他开的是广告公司，但是他也负责策划出版畅销小说以及开发手游等业务。特别是等这个飞鸟上天时，他狠狠抓住了这个机遇，跟对方达成了合作协议，因为飞鸟写的全是玄幻与武侠小说，很是吸引年轻粉丝。至于他是怎么找到这么好的小说家的，公司上下没有一个人知道内幕，有人甚至怀疑笔名为1992年出生的飞鸟其实就是项信本人。

是的，项信确实也是1992年出生的，至于是不是他本人写的小说，他从来没有否认与承认，全部以笑答复，所以，这也成了很多好奇八卦者的业余话题。

“我们戈尔虽然创办才四年，但是拥有一批最强大脑团队，任何策划问题交给我们，答案都会超出你的想象。”他挂了电话之后，边上的小欣才松了一口气，对着他竖起大拇指。

“还是头厉害，一个电话过去对方就像被灌了迷汤一样。”

“什么迷汤，我们是靠脑子挣钱的。”项信不喜欢敲员工的头，但习惯敲自己的脑门。

“是，外面那位叫遇见的记者等了半小时了，是不是可以安排他给你采访了呢？”

“问来问去，无非是想打听飞鸟的事情，算了，你就说我还在开会吧！”

他说完就玩起了游戏，经营的公司里有着一批强脑天团，为了不让自己的大脑空闲下来，他平时也玩些数独、填字类的谜题游戏。按理，他的生活是充实的，从事高强度的大脑工作、有一位高智商的职场精英女友，不，他觉得自己谈的是一场很盲目的恋爱。他的这个女友简直是硬核女主，似乎任何工作都可以凌驾于他这个男友之上，所以，他得用游戏来逃避这个问题。

“可是，老大，我们广告公司本来就跟媒体有深度合作的，你还是应付几句吧？”门外又有小助理来劝说。

他只能放下手机，整理了一下衣衫。

项信微笑着接受了记者们的采访，其中有个记者还是他的同学，大学期间暗恋他四年，直到毕业前向他表白却被他拒绝，想来都有七八个年头了。对着采访后的录像，他想起毕业时年轻饱满的脸庞，如今已经被创业打磨得两颊凹陷，下巴尖尖，渐显老态了。

“项同学，你这不是老态，是成熟，是老板态。”记者女同学周敏还是以欣赏的角度接他的话。

“那是你们摄影专业，辛苦你们了！”项信还是要客套几句的。

“那不如晚上一起吃饭？”周敏比以前自信了许多，哪怕经常被拒绝。

“今天真是不巧，晚上得加班。”项信的回答早在周敏的意料之中，她也不强求，只等借机行事。

等她们离开会客厅，助理小欣小步上来问：“老板，我们元旦被叫过来加班，不应该补个假期给我们吗？”

“还有什么假？我们公司除了请假，没有任何假。”项信一听这话就生气，因为小欣的问题他也曾问过夏花，所以，他现在也借用夏花的话来回答。

“那晚上加班？”小欣轻轻问道。

“不用不用，你们早点下班吧！”项信一边说，一边看了一下手机，没有任何来电与信息。倒是一个业务上的伙伴及时过来，说刚好下班经过，进来看看。

那些看似精彩的人生背后都藏着什么？

“嗯，那是辛酸。”

“走走走，晚上泡脚去。”客户发出邀约，他看得出来项信一脸的疲惫。

“唉，这年头，连脚都有人追着泡，就我怎么没人泡呢？”项信回答道。

“你？别说笑了。我记得你是有女朋友的呀，而且，喜欢你的姑娘可是大把大把在排队。”

“走走走，泡脚泡脚，不聊这些了。”

周末的清晨还接到任务出差。夏花打开手机叫了车，可能是周末，也可能是时间太早，许久没有司机回应。她倒也不急，披上风衣，在外面的街口站了一会儿。照理说，从那里应该可以望到江对岸的小区，那里住着项信，但清晨雾重，曾经熟悉的城市天际线不再清晰，灰霾之间只能隐约看见大厦的楼顶，穿云破雾，宛若飘袅仙境，可惜她没心情欣赏也没时间扰他清梦就出发了。

周末本来是赎回自己快乐的日子。但是谁杀死星期天的，夏花不知道，反正项信也不想知道。

随着春天的到来，窗外的光线渐渐变得明亮。夏花能感觉心中迄今被工作紧迫感而冻得僵硬的东西正一点点地软化。

她亲自下厨给项信准备大餐。因为项信喜欢持家的姑娘，去年的生日心愿就是希望能吃到她做的饭，可惜夏花做个饭就像太上老君在炼丹。

“你的体检报告可不好看呀，还是要注意休息。”夏花是惦记他的健康的。

“就那样吧，反正死不了。”项信其实更担忧他公司的业绩，这大半年来就接了这么一个项目，简直无法养活公司员工了，导致他自己的身体隐患根本不值得放在他考虑的范围之中。虽然他从来不提压力，但夏花是聪明人。

“拿命换钱的人，一得病就老实了。”夏花嘀咕着继续说，“我下个季度可能要面临危机，拿下的项目虽多，但是利润少，去年有了钱，老板自己加大了在外面的投资，可外面的项目亏本了，现在又要公司缩衣减食。”

“树多了必有枯枝，人多了必有白痴。不谈工作行不，难得有时间在家吃饭。”项信边说边用力咬了咬牛肉。

“行吧，那还是让我多晒点太阳，晒黑点就没人说我是白痴了。”

“我怎么会说你呢？我是说，唉，算了，你这个人，我不说了，你自己多吃点，最近体重轻了不少吧？”

“我看你没心没肺的，体重应该很轻吧！”夏花又呛嘴过去。

“我看你把本事都放在跟我抬杆上了吧？是我的错，不，当老板的都有错。”项信知道无法在这个时候跟她争吵，又给她夹了一口菜，“有点良心好不好？一早过来叫我吃饭，就是听你训话吗？用你的话说，就是用魔法打败魔法，我得唤醒你的良心。”

“良心这东西，就跟天赋一样，有就有，没有就没有，不存在唤醒这个说法。”夏花似乎在语言上永远能找到优越感。

“看来我们还是在周末选择搬砖更适合。”

重要的不仅是搬砖头，还有砖头之间的砂浆。夏花实在没想到周一晨会又受到行政部的抽查，背公司制度。有了业绩的加持，她直接去找了老板。

“我的建议是行政部首先要取消周一抽查背制度这一条，我们不是小学生，天天去背学校准则，何况现在学校都改成背诗词了。往近的说，有关婚姻的法律，难道夫妻两人结婚后天天早上先背一通吗？各种法律文书一样，我们普通百姓根本不懂，因为也不会轻易触及法律，这就像我们的制度一样，制度是得让所有人都知道，但没必要如此流于形式吧，你觉得呢？其次，我希望老板能支持上周对部门拟定的薪酬制度改革。让每次加薪都成为对我部门工作的肯定和对公司价值观的重申，所以必须做到主动加薪，而不是在员工的请求甚至‘威胁下’的被动行为，更不是补偿对员工的亏欠。”

厉董面无表情，只是示意夏花继续说下去。但夏花是懂看脸的，适时调整了自己的搬砖人心态，转向业务方面的请示。职场中，没本事脾气大，那叫作死；有本事脾气大，那叫个性。

当然老板终归是老板，先是肯定了夏花之前的工作业绩，接着又开始回灌鸡汤。

“我跟你分享一个观点，比如一个人的能力边界在哪里？就是我先把一件事扔给你，你做得好，再把一件更大的事扔给你，然后我再扔。直到你崩溃，你就知道，哦，边界在这里了。我会惊讶地发现，有的人不管你怎么把难度系数级提高，她都不崩溃。还一脸挑衅的样子，来呀来呀。这是持续的能力，也是一种天赋。我觉得你是有这个天赋的，我看好你！”

夏花干掉了老板亲自端过来的满满一碗鸡汤，只能半怯半喜地退出办公室，开始寻找下一个“孙总”这样的重要客户。

职场中如履薄冰的她，一方面要担心自己的业绩不达标，领导追着扣绩效；另一方面又要担心年轻的“后浪”乘胜追击，怕被公司无情地抛弃。

昨夜的浮尘还没来得及扫除，昏黄色的灯光已经透了出来，等人细看时，却是今日晨曦的折射。夏花昨晚有商务应酬，喝了酒却没签成合同，睡过了头。

但安全感是什么？是她上班迟到的时候，还在打卡处遇到了同样迟到的同事。之前听说过业绩下滑，但裁员的消息直到这几日才执行。身体在办公室对着报表业绩人人自危，心思却在观望外面的人才市场行情。

究竟何去何从？正在大家不知所措时，可怕的疫情来了！

一下子弄乱了所有人的正常轨道。

在家办公、线上工作，可是销售业绩却再难推动！

偶尔聊起失业的朋友，夏花都是瞬间带过，她不想聊这个话题，因为她也害怕自己有这么一天。

“你怎么一点同情心都没有？”也有朋友如此说她。

“难道我的同情心应该像一口油井一样喷薄而出，最好听后泪流满面吗？”夏花总是如此回答，“我有个同事家里因为疫情原因陷入困境，而且孩子也生病了。她先生朋友圈发了一条砸锅卖铁也会给孩子治病的消息，但我那个同事却拼命去找工作，她说锅与铁不值钱。只有工作才值钱，我不想浪费同情心聊天，如果可以，我倒宁愿给她家捐点钱。”

除去裁员的人外，临时项目组依旧采取封闭式办公埋头苦干。

窗外，月光似水，泛着刺眼的白光落在孤独的眼神里。此时项信从冰箱里拿出一瓶啤酒，冰凉下肚。

别动不动就说把一切交给时间，时间才懒得收拾你的烂摊子。

无聊或是不无聊的时候，他都会不由自主地拿起手机来。似乎他手里攥着的，已是他身体的一部分。他劝自己不要为了一个在家自主加班感觉都很香的女人让自己失眠了。

夏花还以自己是打工人不像他当老板这么自由来当借口，甚至试探问过，自己是否也可以加入“自主创业”老板的行列。

“我以一个过来人的身份告诉你，别过来。“这话项信是认真的，创业在这个时代有多难只有他自己心底最清楚。何况他完全没有商场尔虞我诈的经验，他只是羡慕同龄人相继创业，弃文从商而已。对，他就是那个1992年的飞鸟，可现在再好的文笔都写不出他创业的悲怆。

人在累的时候懒得反驳，两个人几乎没有争论，就像项信说晚上有太阳，她都信。

每天在躺平与内卷之间仰卧起坐。

没有废掉的人靠动力活着，已经废掉的人靠压力活着。

四周静谧无声，午后平和的阳光流溢在办公室格子间。疫情过去了，一切似乎都在变化。小月在填写转正报告，而小乐却在看夏花的离职申请单。

“帮我看看转正报告。”小月打断了小乐的思路。

“写了这么多，还附了这么多的表格，挺好的呀！”小乐实在没心思看，她只是奇怪夏花会因为老板的几句消极的话而伤到自尊就提出了离职。

“当然了，如果可以，我一点也不想有这样的转正感悟。毕竟要是能转正，谁会这么有空写这种自欺欺人的总结报告呀！”小月还沉浸在自己的报告中。

在更好的“那里”还没有出现之前，这里就是最好的岗位。

此时的夏花还在人力资源部走离职流程。同时，她也在填写自己新的履历表。

尽管人生漫长，履历表最好简短，况且她已经很多年没有填写这种表格了。

她不要鹤立鸡群，她要离开这群鸡，在这儿工作越久，她越无法忍受同事们统一的工作态度，那就是纵容老板的脾气。笑脸给多了，惯得老板浑身都是毛病，太好说话了，总以为自己就是一个没脾气的傻员工。

最近，“职场危机”这个词频频出现。其实不只是职场，每个年龄段的人都有自己的“危机”，比如还有恋爱危机。只是比起感情，这个时代的工作，可替代性更强了。夏花觉得自己前脚提辞职报告，还没来得及缅怀一下，后脚就有人搬进她的工位了。

“在职场混了这么多年，我最恐惧的时刻就是遇见一个比我还内行的外行。当别人谈论我最擅长的知识，还说得比我透彻的时候，怎么可能没有危机感？”夏花这番话明面上是送给HR同事的，实际上也是安慰自己的。

“所以呀，学习是一辈子的事儿，因为这个世界上，连知识点都是不稳定的。”HR的负责人也要离职，不过，她是被另外一家公司挖走的，同时，她又推荐了自己的一个朋友来接替她的岗位。

“你不厚道呀，说走就走。”夏花本意是想和她多拉近距离，想着HR都是集人脉的，指不定她还能帮自己推荐一家公司呢！

“我？很厚道了。我这个就是《三国演义》中有名的典故‘徐庶走马荐诸葛’。公司送走我一个员工，但却得了一个堪称不世之才的接任者。我那个朋友能力比我强多了，关键是在公司看来，他工资要求低，人又年轻，老板更喜欢这样的员工。”

“行吧，我配合你站好最后一班岗。”夏花坐了下来。

“离职面谈既是暴露和反馈企业管理痛点、难点的一条重要渠道，也是考验人力资源管理段位的一扇窗口。像刘备这般高段位的HR的确是将离职面谈的效果发挥到了极致。可惜呀！夏助，你还没遇到明主呢！”

“你倒是帮我推荐一个名主呀！成功需要高人指点，贵人相助，个人奋斗。”夏花用玩笑的口吻说出了自己的真心话。

夏花总觉得平时工作太忙，所以没有时间休息，过上自己想要的生活，可等她真正离开了工作岗位之后，她连最基本的活着都成了难题。

“你最近怎么这么忙？”对于暂时没找到工作的夏花而言，项信是自由创业者，怎么可能经常没有时间陪自己呢！

“其实，当老板是最没有自己的时间的，你不懂。”项信总是这样回答。实际上他的公司已经在上个月宣布倒闭，经营不善是一个原因，另一方面还是他自己想找回梦想，做一个自由撰稿者，但又不想让夏花发现自己的处境，所以并没有如实相告。

“我当然不懂，我要懂的话，我就不会下岗了。”夏花没好气地回答。

“姑奶奶，我现在不是陪着你吗？”项信放下手机，抬起头来看着她。

“你是不是最近一直吸烟？”

“每天一包烟，熬夜黑眼圈。你看出来了吧，我忙。”

“你确定是因为忙工作？行吧，我告诉你一个杜绝熬夜的方法，让你的手机单独一个屋睡，它也到了和大人分开睡的年龄了。”夏花讽刺他，她总觉得他是因为过度玩手机游戏的原因。

项信没回答。

各执己见就像癌细胞，在他们的恋爱相处里流动、扩散。

“以前工作忙，我觉得是我的问题，经常放你鸽子，现在发现，我有时间了，倒是你跟我摆起老板架子来了。”夏花继续发难。

项信无奈地笑了笑，不想引起争吵。但这个笑，在夏花看来，是不屑，是不在乎，她的心一沉，双方都选择了用冷暴力来缓解不愉快心情。

没有工作的加持，原来时间也开始变得恶意。春天未过，燥热之夏抢先登场。

直到天快亮时，才算有一缕睡意前来造访。而此刻，夏花看着镜子里那张脸，暗沉、细纹、粗大的毛孔，令人彷徨。她没想到，这次的失业时间会如此之久。

胸口的热气像是从指缝里一点一点漏出来。

太阳已经出来很久了，她还在房间里没出来。项信只好下车亲自上楼。

“你不是知道密码吗，还按什么门铃？”夏花还在对着镜子化妆。

屋子里本来就又热又闷，项信突然从身后拥住她。

“你似乎很久没有这样抱着我了。”夏花转过身说道。

他捧起她的脸，滚烫的眼珠子望着她。

他温柔地把她用力抱得更紧，额头挨着额头，下巴贴着下巴，心中仍翻腾着热情。

“你有考虑过跟我结婚吗？”夏花不知哪来的灵感，说出了这话，可能是事业失意了、干不好了，不过嫁得好也行。她小声问，近期的焦虑让她不由自主地寻求他的帮助，她对着他低语。

“那个，怎么突然问这个，我觉得，我觉得，这个话题这么沉重。”

空气似乎变得特别沉闷，夏花眸子里闪着的光也暗了下来。要么修成正果，要么立地成佛。回过神来，她皮肤的颤抖已然平息。

项信没办法给自己的话外面添加糖衣，只能尽量缓和这话的杀伤力。他微微欠身，开始向窗外看去，即使外面什么也看不清。之后他两臂相交坐到沙发上去，目光躲着她。她感觉自己已经对号入座了，似乎社会上说的那个问题，“为什么越来越多的人不想结婚？”的答案就是眼前男人的潜台词：“不能给我想要的爱情，还过来分我的面包。”

夏花不挽留，她连自己的头发都挽留不了，何况是一个活生生的男人。

本以为这把年龄只会杀死星期天，想不到，一提婚姻，连带爱情也会消失。项信何时离开的，夏花似乎没有印象了。反正随着关门声响起，她的心里好像炸开了一样，但身体仍保持着不动。她只盯着前面桌上的灯出神。灯光让她犯困，不一会儿的工夫她的眼皮就垂了下来，睡意如帷幕般一点点笼罩着她。

本以为会失声痛哭，但她没有。是的，这是捂着被子不敢哭出来的痛楚。她清楚自己是对失去一个人的疼惜而不是对一种关系结束的疼惜。

窗不知何时被风吹开，外面还飘起了雨丝，分手总会在雨季吗？老天倒是挺会看人脸色的。虽然她感受不到风吹过的冷，但她听得到风呼啸着想要钻进屋里时的呜咽声。她不安地颤抖起来，尽量控制着身体，不让自己抖得太厉害。不过是风而已，不过是失业而已，不过是失恋而已！

有那么一刻，她的心告诉她，它不想跳了！出去走走吧！

门前空空荡荡，窗外夜色如凉。这是她第一次主动联系苏余。陪一个男孩子长大，还不如陪成熟的老男人说说话呢！

她在刚下过雨的石头路上低头行走，看着湿润的地面，落叶，几十片落叶重叠在一起，她没有方向，只顾走路。真没了退路，就会发现眼前哪条路都能走。只是无法集中注意力的时候，身子突然失去了平衡，她的一只脚重重踩在一片碎石上，石子在脚下一滑，她的另一只脚本想找一个牢靠的立足点站稳，但落地时的角度别扭，她只能把全部重心都放在这只脚上。一阵痉挛，随着下肢的关节一扭，她感到一阵刺痛，腿一弯，身体往下倒去。一只手突然抓住了她，胳膊一使劲，猛地把她拉起，当她的后脑勺快要撞到坚硬的地面之时，一切都戛然停止了。在这一刻，他无比男人。他只用单手就拽着她的后背了，几乎把她离地举起，最后稳稳地扶住她。

看了那么多年的言情剧，等待了三十多年的英雄救美情景终于有幸降临在她身上了。

苏余来得很及时！

“夜路走多了，连平底鞋子都能崴脚。”她拨开湿透了粘在额前的一缕头发。

“那你总不能因为在路上不小心摔了一跤，为了避免尴尬，一路就磕头到西藏吧！”苏余是懂安慰人的。

他的心思，夏花也是清楚的。当年没有接受他的追求，遗憾是有的，但一直暧昧着也不是假的。他经常出现在夏花的脑海里与视线中，却无法走入她的心里。

成年人之间的疏离，都是有礼貌而默不作声的，恋爱而分手的人才会耿耿于怀他怎么不和我玩了？

“我知道。哪怕去西藏，知道路上有你，我也应该会好受些吧！”夏花一想到这里，不知道从哪个角落能榨出一点力气，又多说了几句，“你以前经常给我的朋友圈点赞，我知道你一直关注着我，后来，你不点赞是怕被人发现你关注我。”

“看来脑子还没有坏掉，理解能力不错，还值得臭美。”

他们坐在小区附近的一家小馆子里，打发晚饭。

店家端上来的小火锅，热气腾腾辣香扑鼻。可再香再热的气氛，也比不过苏余极冷极静的脸色。他依旧如军人般坐得笔直，端着碗吃得安静而快速。

夏花准备专心吃饭。

“我，有些话想说。”苏余突然眸色一怔，然后升起浅浅的笑意，薄唇难得地弯起，冷峻的五官都柔和了几分。

夏花脸上微热。

“那个，我去拿瓶饮料，你要来点什么？”夏花边问边起身去服务台。

他却未答。似乎沉吟了片刻，他转身走向了她。

此时窗外光线昏黄，暮色低垂。他的头顶却是一片澄亮如水波的灯光，照得他的眉眼、鼻梁、薄唇清晰而柔和。

他走到她面前，隔着一步远的距离，站定，直视着她。

他的眼眸是十分漆黑深沉的，脸上没什么表情。夏花的心缓缓提了起来。

“我，其实四年前就结婚了。”苏余的话不轻不重吐了出来。有一些爱情在人类世界不被允许。

夏花感觉自己的大脑像灌了铅，或者像被一个无形之手攥住，昏昏沉沉，思维缓慢，说话磕巴，胸口火烧火燎地难受。

“好，好事。”牙齿咬到了舌头，一阵疼痛。

不过她决定了，下辈子要做一颗牙齿，这样不开心的时候就有人疼了。

有时候觉得吧，嫁给金钱还是嫁给爱情这种纠结，就像小时候讨论的上清华还是上北大一样的讽刺。

月朗星稀，一室寒光。

不想做任何事情，或者做任何事情都很犹豫畏缩；不想说话，不敢接熟人的电话，不看短信，或看了短信也不回。当然不想见任何人，心中的同龄人焦虑就像只黑狗，一有机会就咬住她不放。

一阵微风吹过，夏花感到全身沁凉，不禁将裸在小礼服外面的双臂微微拢了拢。

头顶上飘然落下一片黄澄澄的树叶，她盯着那片树叶，只见它被秋风吹起，打着旋舞动着，她抬眸望了望周围，枝头的翠绿渐渐被秋季特有的萧瑟取代。

一场秋雨一场凉，十场秋雨就结霜。不知不觉，原来已到秋天了。

在以往的秋日里，她只知道这是收获的季节，她不喜欢秋天的厚重，不喜欢秋天的凋零，不喜欢秋天的萧瑟，不喜欢失业的自己。

而对于刚成立工作室的项信来说，此时阳光灿烂，他就坐在色泽沉亮的桌后，正在看公司的一些基本资料：产品、市场、供应商、技术……

“亲爱的，别忙啦，出去吃饭。”周敏进来了。

项信闻言抬起头，乌黑的眉头轻蹙了一下，但很快恢复了微笑。“走，还是到你上次最爱吃的那家。”

日子疯长，楼下洗衣店依旧挂着“还我清白”的字样！当初那个在职场意气风发的女子显然已经被现实打磨得连洗衣店也舍不得跨进去一步了。

手机的通讯录里个别人员的备注也重新更改成了姓名，所有的变化都是从称呼开始，也到称呼结束。

一年后。

每个人都是梦想家，当梦走了，就只剩想家了。她回老家了。

七月的海城，天气已十分炎热。阵阵海风夹杂着腥味吹来，令人从头到脚都感觉到丝丝湿意。

夏花穿着军旅风的短袖衬衣和短裤，戴顶白色宽檐帽，手腕上是条水润的白色玉镯。她正在开车，开的是小巴士。

穿行在枝叶茂密的树林小径中，阳光像大块大块的金子，斑驳地落在前方道路上。这么开了十几分钟，就抵达一排白色幽静的度假屋前。她决定放弃东城的“体面”毅然回到老家，替一个民宿公司打工。刚回来的时候，还不免被人指指点点，后来，她就释然了，焦虑消失了。月亮和六便士，她各要一半。

她停在其中一座建筑门口，从驾驶室拿起刚买的早点，推门走了进去。

一室明亮，袅袅茶香。

他就坐在窗边的躺椅旁，正在看书。听到声响，抬眸望向她，目光隽黑。

小区现形记

“明天园区停电，大家休息一天。”

在凛寒未退的今天，公司通知群里的这句话给“搬砖人”带来的感受尤为激动。寒风将人放逐到某个温暖的角落里，用岑寂裹紧了每一寸肌肤。

她走后，他又躺在她的枕头上，不知道能不能看到那些——她做过的梦。

他的网名叫不易，现实生活中大家叫他小易。

半年前，小易在她嘴里还是一个无业游民，不过，他觉得自己只是一个自由职业者，当然，作为一个自由职业者，如果最后的结局是不成功，那么一定是，他的桌子和床的距离太近了。此时，桌子上的电脑已经许久没动了，他怕打开电脑屏幕，那些在年底以“年后再说”的事情会猝然张牙舞爪地扑面而来。

是的，他有睡懒觉的习惯，还信奉“回笼觉”“白日觉”等等。人生得意须尽欢，过了今日得上班。他的朋友圈刚刚打出这一行字，突然被另一条昨晚收到的信息所惊醒。

她离开前收拾了自己的全部行李，但不知为何又向他的住处寄回来了一件物品，交代说是希望让他有所感悟，或说，她离开他的答案就在这件物品里，并表示这个代表着无数为什么分手的答案已经在昨晚悄然抵达小区物业。

所以，他就穿着棉拖鞋与睡衣直奔楼下。

春节的清晨，小区已经有大批租户入住返工，在小区门口下车的行人也络绎不绝，热闹的景象与年底租户返乡后的冷清形成强烈的对比。

人们提着行李在小区内前行的样子就像上了发条的机器，各自按照设定的轨道行进，人与人之间保持着互不干扰的默契。在小易看来，这些背井离乡的人，就像是散落在地上的蒲公英种子，因为一阵风聚在一起，又因为一阵风疲于奔命。

当然，他也是一颗被现实的风吹过来的种子，也是一个租户。这个小区就在工业园区里，大多数业主只是包租婆，但他总觉得自己跟其他人不同，比如别人都回老家过年了，而他却有种“没有女朋友带回家就无颜面对家乡父老的羞愧”，所以，用泡面加网线的生活方式度过了这个春节。

“不好意思，麻烦你们再帮我找找好吗？我明明收到已经签收的短信了，为何在这里找不到快寄呢？”小易第一次着急地用如此软声细语跟物业的工作人员交流。

“因为小区里帮忙收快递的超市春节期间放假了，所以快件一到达我们就马上通知收件人下楼来取件，我们这里也只是临时寄放一下，原则上不超过一天的。”物业的工作人员一再解释。

“可是，我昨晚没来得及取件，对对，好像是打过电话，但我以为是骚扰电话就没理会，可问题是，现在我的快递不见了，哦，对了，你们这里有监控的，刚我与快递小哥联系过，他说昨晚八点左右到我们小区的，有可能是别人拿错了呢！”

“行吧，那我让另一个同事带你去保安室的监控处看看吧！”

接待他的保安特别不修边幅，一头乱蓬蓬的黑头发又粗又硬，仿佛是无法梳理的乱钢丝。

他问小易需要查看监控的哪个时间段？

小易表示让他输入“昨晚八点到今日清晨八点”。对，此时，他的手机显示的是八点二十分。

画面显示，昨晚八点三分左右，一辆印有快递公司标志的三轮车停在了小区东门口，只见快递小哥把物品一件件拿出来放在门口角落处，然后拿着手机一通通在拨打。

与这个小区一墙之隔的公园大街，是东城市最繁华的街道。公园路是东城市腹地，东西贯穿，中间与阳光路交汇，并在此形成东山市规模最大的商业区。公园路主干街汇聚各种名装名品、潮牌店铺，橱窗里摆放的精致商品绚丽夺目，引人驻足，而阳光路南北街则聚集各地方特色小吃、主题餐馆，是年轻人最爱聚集的场所。东城市历史最悠久的百货大楼也坐落于公园西街，百货大楼一共有五层，一楼西侧的高档鞋服区，是小易女朋友工作的地方。

而眼前监控画面里的冷清完全没有了昔日的热闹，只余匆忙赶回的身影。

似乎有人慢慢取走了快递，这个时候监控上显示已经近九点了，原来快递小哥并不是直接把物品放在地面就走的，而是还在不断打电话通知收快递的人，当然，电话挂断的瞬间他会来回摩擦冻僵的双手。

“把画面开倍速吧，这样看也不知要看到何时？”小易有点着急了，示意保安大哥把画面加速播放。

这么冷的夜晚，又赶上过年，小区门口本来就没有什么人，所以只要出现人的画面就直接喊停放大就行。

“停停，这里有个人似乎拿走了什么？”小易及时收住目光，画面里早已经没有了快递小哥的身影，只见一位高个子男人弯腰看了看物品，拿在手上端详了一番才取走。

“我认识他，是刘医生，他经常要加班到半夜，住5栋。”保安解释道。

小易听了他的话后，又细看了一眼，画面中的刘医生还披着风雨衣，迎风叉腿而立，那威风凛凛的高大身影，活像井架一样。

接着他继续死盯画面。这个时候，画面中出现了一辆车子，之后又有两个人一起上了车。

“这么晚了，还出去浪呀？”小易不以为然地讽刺了一句。

“不是，这是1栋的一位户主得了急性肠胃炎，痛得厉害，他在我们小区里发了求救信息后，就有2楼的一个开出租车的业主说送他去医院，同时，还有楼下的邻居陪着一起去看的。”保安又开始解说起来。

“你怎么全知道呀？”小易开始观察身边这位不起眼的保安大哥了。他的面庞滚圆肥大，一脸疮斑皱纹，重重叠叠，像只晒得干硬的柚子壳，不过，很可爱！

“哈哈，我昨晚值夜班呀，同时，物业的工作人员在群里也及时发了消息说有业主需要帮忙。”

小易这才注意到，在监控画面里，就是小区的另一侧，画面中有两位保安一直在做疫情的防护工作，虽然进入的人很少，但他们一直坚守着小区入口，扫码、量体温、做登记，其中一个就是身边的保安大哥。

“不好意思，你值夜班的，现在这个点是不是休息时间了？”小易有点过意不去地问。

“没事，我还不困，主要是这个时间段我最熟悉，所以陪你来看监控可能更快些，何况现在大过年的人手也不足，我们值班的时间就加长了。”

保安大哥笑了笑，陪着小易继续看监控画面。

这个时候，有中年模样的一男一女出现在画面中。

“我们小区后面的早餐店，就是他们经营的。”保安大哥指着画面说。

“哦，难怪看着有点眼熟，他们的生意可好了，我一直想着也开这样一家店得了，很挣钱呢，早上过去还要排队买呢。”

保安没接话。

小易看了看画面上的时间，是凌晨三点。

凌晨三点？就要开始出活了？开早餐店确实也太辛苦了。

回想起来，这个大妈的脸被风吹得很粗糙，像没有上釉的陶器，嘴唇干得都爆起了皮，但手里麻利地来回包装给他们递去馒头。

她家也卖烤红薯的，那个中年男人烤的红薯是金黄色的，捧在手里是软绵绵的，吃起来又香又甜。

小易突然觉得他们好亲切，许是肚子饿了吧！

画面中很快又出现了几个人影。这次不用保安说，小易也能认得出来，那是卖肉大婶，之前他老觉得她长得像个肉墩子似的，身上的肉多得没处放。还有一个看着年轻一点的女子，是卖烧饼的，他女朋友特别喜欢吃她做的烧饼，小易也曾在背后嘲讽那烧饼上的芝麻粒就像她脸上的雀斑一样，密密麻麻。

不过，此时，看到有她们的画面，他觉得只有心酸与难过。

“你是不是很熟悉这些人呀？”小易看到画面中不断出现的是物业保洁人员的身影，此时如果不是仔细看的话，画面里的天色还是暗的，时间停留在五点十五分。

“她们是钟点工，别看她们胖，做事情还是很卖力的。”

小易想起来了，去年年底大扫除的时候，他就雇用过那个钟点工，那胖大妈手上的皮肤一条条龟裂，裂口处贴满横一条，竖一条的橡皮膏。之前还嫌弃她的形象不够清爽，现在才明白那是她努力工作的痕迹。

“除了这些人，好多人都早就开工了。我们保安有交接班的，跟保洁工人一样，你看小区外面的工人也已经开工了，这座城市的清洁就靠她们了，而小区里的保洁也差不多在这个时间开始工作。”

清洁大婶们身材格外高大壮硕，每次她们出现时，那轰隆隆、手舞足蹈的动作，总是先于她的躯体闪露在门前走廊上，来宣布她们的到来。小易平时最烦这些人了，而此时，在高清的监控画面中，他竟然看到了有个大婶的耳朵下还垂着一对晃晃悠悠的青玉坠子，像是一串星星在闪光，特别动人。

“你平时起得比较晚吧？”保安问他。

小易的嘴角不再微笑，只好尴尬地说：“嗯，平时起得有点晚，所以还真不知道这座城市里有如此奔波晚归与早起的人。”

“是呀，你们年轻人八九点上班都叫累，可是好多操劳的人都没时间叫累呢！”似乎是触到保安大哥的某种心结，他又感慨了几句，“别说这些工作者，普通的百姓也累呢，有接送孩子上学的，有给子女买菜的，当然，也有坚持上班前去晨跑的，大家不都是为了生活在努力嘛！”

小易一阵脸红。

别人还能在工作前去晨跑，自己呢，整日与碳水炸弹和搞笑小视频为伍，想必脂肪也如下山猛虎般趁机抢占了不少原本留给肌肉的地盘。待到工位上坐下时，恐怕会发觉桌椅都比之前局促了不少。

他的女朋友一直劝说他要坚持健身与学习，可是，他以前觉得躺平在床上做个安静的男子不是更香吗？

就在这时，小易几乎可以听到那张堪比出土文物一样嫌命长的健身卡与阅书卡，在某个暗无天日的角落里发出阵阵冷笑，提醒自己在过去的一年里对它们是何等的薄情寡义，明明当初耗费千金将它们迎娶进门，却从此弃之冷宫，从不摆驾临幸。

“这个快件对你很重要吧？”保安大哥问了一句。

小易点点头陷入了沉思。

只听他的手机突然又响了起来，他的神色才恢复了正常。就是昨晚那通他以为的骚扰电话，他第一时间接通了。

保安大哥已经主动重复播放监控画面了，此时，那个时间是昨晚的九点左右。

天空似乎下起了细雨，因为画面中的快递小哥又忙着把物品重新一件件放回车上，应该是怕快件淋湿吧！而通过刚才的电话得知，小易的物品已经被他重新放回车里了，今日会再送一次，他说最近都会在每个小区门前等上两个小时左右，如果实在没过来取才送下一站。

小易一阵鼻酸，不知是天气还是心情闹的。

他回想起少年时期，父母也是如此早出晚归出去工作，而他也曾有过三更灯火五更鸡正是男儿读书时的时候。可毕业之后，父母怕他太辛苦，总是劝他找份普通工作就行，平时的生活费都是父母寄过来的。原来自己的岁月静好，都是父母与别人替他负重前行的结果。一周前，老家的亲戚无意中透露了父亲似乎摔坏了腿，可他打电话过去时，父亲却说不要紧已经恢复正常。世界最遥远的距离，莫过于父母摔倒在地，而自己却只躺在他们的手机通讯录里。

眼高手低的他一直在埋怨自己的怀才不遇，却懒得到达伸手去接一个泡面的距离。

年终时，他一边emo一边复盘自己年初的flag，原来订的新年计划都成了今年的笑话。天天躺平的人还嘲笑女朋友的内卷。

“谢谢你，大哥。新年快乐！”

保安大哥憨厚地笑了笑，说：“都过了十五了还新年，不，新年快乐，快乐。唉，小伙子，你怎么走了，快递不是没找到吗？”

“已经找到了！”

是的，小易已经找到自己想要的了。

笑问客人何处来

十一月的天气微微凉了，陈奶奶披着一件儿媳刚买的新外衫站在阳台上久久向外看去，希望能从眼前全是钢筋水泥的高楼里瞧出什么盼头来。视线之外的世界依旧繁华，但这一切都与她无关，她仿佛被隔绝在了另一个空间里，无法与外界建立联系。等夕阳的余晖从陈奶奶的脸上一路洒到空荡荡的屋子里，将每个角落都染上了淡淡的金黄色时，她才回到了屋里。

草莓、车厘子、苹果新上市，红着脸儿躺在各自的香气里，陈奶奶黑着脸躺在儿子给她量身定制的老藤椅里，随手将一叠被翻新的旧相册轻轻放回了旁边的茶几上，又开始眼神空洞地望着墙壁上的时钟，看着它一摆一摆地摇晃不停。她的眼角时不时滑过一滴泪珠，不知是对过去的怀念，还是对未来的恐惧，椅子下方的布偶猫一直看着她，不知为何，猫就蹲在一旁无辜地望着陈奶奶，它不明白为何老主人不喜欢逗它抱它玩了。

儿子请来的保姆刚去买了一条鲈鱼，配两根红梗小葱，还给她细细挑了刺端到她眼前请她品尝，面前的食物热气腾腾，她的筷子在各种菜肴上徘徊，却始终无法夹起一口，不是她的手，也不是她的味蕾，说不上哪里出了毛病，那个曾经品味过人生酸甜苦辣的舌头，现在却好像失去了往日的敏锐，甚至连最基础的咸淡都不想尝试。保姆把假牙递了过去，陈奶奶顺从戴好，这些曾经让她垂涎欲滴的美味佳肴，如今在她的口中只是一团模糊的味道，仿佛失去了色彩的世界，只剩下灰白的轮廓。然而，她并没有放弃，仍然坚持每天坐在餐桌前，试图通过那份坚持来找回失去的味道。她知道，孩子们孝顺，在餐桌的左上方，有一个监控器，那是孩子们在关心她一日三餐的表现，她愿意为了成全这份孝心去努力，陈奶奶抬头看了看监控器的方向，象征性地吃了几口菜，接着又悄悄返回厨房的一角，拿出家乡寄过来的咸菜拌起了饭。

“老太太，你是享清福的哟，你孩子孝顺，看你最近胃口不好，让我变着花样给你做家乡的菜呢！你得多吃几口。”热情的保姆又开始了新一轮的劝解。之后，又给她戴上助听器，其实，陈奶奶的听力还行，只是她听不懂普通话，连保姆都是女儿千挑万选从陈奶奶老家挑过来的，能说家乡话，这个助听器是小孙子孝敬她的礼物而已。

“你女儿来电话，问你呢，是不是接你过去住几天，你要不要回个电话给她呀？”

陈奶奶摆了摆手，没过三秒，又说，回个电话吧，免得孩子牵挂。

“你是真有福气呀，儿子呢就住对面，每天过来看望，又怕打扰你清静又担心远了照顾不到你，如此贴心；女儿呢，一周过来好几次，又经常带你出去旅行，周末一家子接你出去聚餐。”保姆嘴里一直念叨的话都是事实，陈奶奶微笑地听着。她不明白自己到底为何不满足，心里一直空落落的。

自从住进城里后，陈奶奶就很少下楼了，她的步伐变得越来越缓慢，每天的活动范围几乎就限定在这个小小的阳台与屋里，她不再像以前那样热衷于和保姆聊天。周末大剧院里经常会有戏曲演出，她女儿知道陈奶奶是个戏迷，经常会带她过去看戏，只是陈奶奶一直笑着陪同，仿佛是为了满足女儿的孝心而已。

她的孩子们开始复盘陈奶奶是何时开始变化的：应该是从四月份。清明前一周，陈奶奶的儿子像往年一样准备回老家扫墓，早些时候，陈奶奶要在城里照顾孙子孙女，不会随同孩子们回老家，何况她也晕车晕机，这些年呢儿子担心她年老过于奔波也没叫上她。可今年不同，陈奶奶提出要回老家看看，她说了一句："我也有爹娘，我也想看看我的爹娘。"

"对，确实是从老家回来后，按理呢，外公外婆的墓她也看过了，可她还是满腹心事般，吃什么没味，听什么无趣，似乎回了老家也没找回她想要的。"

"吃好，住好，睡得也好，可为何她一直开心不起来呢？"

小孙子回来逗陈奶奶的时候，她才开口多说了几句，那也是因为孙子从小是她带大的，也学会了一些家乡话。

家里的保姆看到这一老一小的画面，倒猜出几分来："你看老太太听不懂普通话，她只会说家乡方言，你们天天带她去听现代戏，但她听不懂呀！"

"那，家乡的戏，我知道了。永嘉昆曲。"

永嘉昆曲是我国古老剧种之一，传承于"南戏"，是研究"南戏"的活化石，是历史长河沉淀下来独具韵味的珍宝。它从明朝万历年间传入永嘉后，和本地戏曲互相融合，逐渐形成地方剧种，由于它产生在永嘉县，所以叫永嘉昆曲，简称"永昆"。

"我打听过了，之前由于历史原因，咱永嘉昆曲几经波折，一度绝迹舞台。到了1999年，政府部门认识到永嘉昆剧的存在价值，重新组建永嘉昆曲传习所。次年，永昆传习所特邀张烈编剧，将南戏古典剧目《张协状元》改编成昆剧，参加首届中国昆剧艺术节，一炮打响，艺惊四座。越来越多的人开始认识到永嘉昆曲的特殊魅力。这才重现了南宋人拍案，清代人叫绝的演出。"

"马上安排！现在永昆可唱的是方言，电子显示屏有普通话字幕。"

不用回到家乡，也可以听到乡音，陈奶奶的儿子与女儿给她弄来了互联网上播放的永昆曲中的地方方言版本的各种剧目。

陈奶奶听保姆说这事之时，依旧站在阳台上，半晌之后，对着保姆指了指玻璃上蒙着的一层薄薄的灰，还有白色的地毯上她掉下来的一根又一根白头发，以及晾衣架上的衣服没有挂正的肩袖。

“哟，老太太，精神啦！这都开始监督指导我工作啦！”

陈奶奶笑出一脸的褶子，把身上特意换的半新的衣衫再拉拉平，对着玄关门口一整面的落地镜子拨了拨头发，扶了扶老花眼镜，又捋了捋助听器旁边碎发。

一曲典雅婉约的《张协状元》播放完毕，另一曲《红拂记》荡气回肠地接上了，客厅里的电视画面中出现黑色的厚底靴、洁白的靴底；青色的褶子、粉红色的帔，陈奶奶的眼角都绽放出光芒，老花镜被布偶猫拿去玩了，助听器也搁置在茶几上。她的孩子们可能欣赏到了永嘉昆曲在表演上的庄重与诙谐，还能得出唱腔字多腔少、节奏明快的艺术特色，但陈奶奶不管这些，她找回了当初这种扎根于自己少年的日常回忆。

在陈奶奶的老家永嘉古朴的小村里，一直保留着听永昆的爱好和习俗。一座木戏台，台下一排排长凳，外围用油布一围，就是一个简易的剧场。台上锣鼓声声，曲调高昂，台下座无虚席，吆喝声四起。时而村里的人也会轻声和唱，台上台下，其乐融融。

“五鸡山下，更没人知我行藏。衣裳剥去，露痕伤。雪儿又下，朱户闭。来古庙试开取，投宿又何妨。”这是《张协状元》里的曲子，想不到陈奶奶还能跟着哼。

“要是能亲眼再去戏台下听上那么一回，该有多好！”

带伤疤的星星

清晨四点半的西城，已经躁动起来了。这里是一处规模庞大的城中村，间隔狭窄的握手楼里塞满来西城生活的外地人，这里也是很多来西城准备找工作的人的聚集之地，包子、油条、豆腐脑、韭菜合子、手抓饼，随处可见的小三轮早餐摊，能够慰藉所有来自四方人的肚皮。而盛若星一早醒来，永远是做手工活持家的母亲亲自下厨房烧好了叫他过来吃饭，这个时候的他也刚好早读结束，推开窗户就会看到满满当当的公交车停在站头边，成群结队的保洁与保安排起队准备上大巴，打工人行色匆匆地穿过楼间小道，开始一天的工作。所以，他在屋内学习经常受到外界的声音干扰，但他还是很专注，很满足。母亲性格温和，知道周围的邻居都是务工者，母亲知道双职工的不容易，所以经常会主动热情地帮忙照看邻居家的小娃娃们。盛若星就成了很多娃娃的大哥哥，他的家境不好，但很幸福。每天这个时候一家三口很享受地围坐在小桌边吃下一碗汤面。“记得带水杯，还有热牛奶别忘了拿。”母亲总是再三叮嘱，虽然她自己一口没喝过，但在她眼里牛奶就是一种奢侈的营养品，她尽自己的努力给孩子最好的，之后，父亲会开着摩托车去他学校同一个方向的工厂打工。但今天不同，今天他起了一个大早，因为要去镇上的学校报到，父亲用十五年的新西城人的积分让他转到镇上读一年。

“你是不是属陀螺的呀，欠打是吧？不打不动，我上班快迟到了，你能不能快点？真是一个拖油瓶。”父亲张德已经没有任何耐心等待儿子张春江穿好校服就直接摔门开着自己的二手小轿车走了。张春江从小就很懂事，因为他深知自己的母亲因为他难产而死后，父亲肩负双重身份把他抚养长大，从小学开始，他就能主动料理家务帮着父亲干活。学习上虽然没有任何的课外辅导，但成绩一直在学校数一数二，这么一个优秀的“别人家的好孩子”在张德的眼中却是一文不值。日常交流全是靠动手则打，动口则骂，但春江却觉得打是亲骂是爱，父亲是因为严格要求自己所以才会如此，何况父亲一直没有给他找后妈就是铁证，足以安慰自己受伤的人了。今天他要穿上校服，是因为要转学校，要转到户籍所在地的镇上读书，毕竟今年要参加中考了。父亲希望他早点读高中寄宿，自己可以眼不见心不烦，但张春江倒想走读，那样还可以照看经常喝醉酒的父亲。就在对着镜子翻了翻新校服的立领后，他就被父亲扔下了，不过，他可以扫共享单车再转公交车前往学校，独立生活能力特别强的他早就私底下找好了上学最佳路线。

阳光透过厚重的落地窗照射进来，明晃晃地洒在唐月月的脸上，母亲已经悄悄站在身边，帮着她梳理头发，她又不自觉地眯起了眼睛，顺手活动了下肩颈，继续把刚刚在梦中突然涌起的美好场面来一个想象的大结局。

“妈妈，你以后不要突然出现在我的房间里，好吗？我已经十六岁了，要尊重我的个人隐私了。”她开始向母亲苏敏撒娇。

“好好好，宝贝长大了，开始嫌弃老母亲咯！”苏敏轻轻把梳子放在手上，她特别宠爱这个女儿，特别是女儿这一头乌黑的长发，跟她年轻时一模一样。

“你呀，老想多了，月月说得也对，她都是大姑娘了，下半年就高中了，是有自己的隐私了。你看看，你还每天像她在幼儿园似的天天过来给她梳头扎辫子的。”这个时候门外的唐父接过话，当然，他的语气里并没有任何对苏敏的责备而是怜惜，甚至眼神中有着内疚感。

他自己几天连轴转地加班，眼下一片乌青，整个人恹恹地提不起精神，像霜打的茄子，但他还是会坚持一早给妻女买好早餐。

“月月中考后，我带你们去旅行吧，你就趁这个时间想想去哪里玩比较好。”唐明伟再次跟苏敏说道。

“爸爸，明明是为了奖励我中考后的旅行，你怎么每次都问妈妈意见呢？我就说嘛，你爱妈妈甚过爱我。”月月边吃面包边开父亲的玩笑。她已经习惯了父亲对母亲的偏爱，都说女儿是父母贴心的小棉袄，可父亲一向都小心翼翼伺候着母亲，对她这个女儿却不像别人家的爸爸那样把女儿宠成掌上明珠。

“快上学了，要迟到了，你这漏风的小棉袄。”

“不会的，我们家离学校这么近。”

母亲每次会送她到门口，然后打开车门，嘱咐一句后再让唐明伟启动车子。

车子离开苏敏的视线后，她裹紧了衣裳走在人行道上，脚下踏着的是已腐的、半腐的树叶，发出一声声干脆的响声。阵阵寒风吹来，她看着路两旁的路灯和远处、近处的五彩霓虹，感觉和这个绚烂的世界隔着一层通明的薄膜。不，是口袋里隔着一张白色的家长签字书。这记性，明明早上要交给月月带去学校的，又给忘记了。

苏敏急忙拦下一辆出租车，本来是想说跟上前面那辆车，可最后还是让司机直接把她到西城中学。

拐了几个路口、等了三四个红绿灯才到校门口，可能急着寻找月月，苏敏没注意开门的时候一辆摩托车刚好也驶过，差点就把她撞了。

“对不起，对不起，阿姨，您没事吧！”开摩托车的是盛父，但道歉的却是盛若星。

苏敏没理会，而是傻傻地看着一米之外的孩子。那是张春江刚下公交车系了鞋带后抬头的一瞬间。“你也是刚转过来的新同学吧？”这明显的校服还是让人很容易分辨出来。

听到这熟悉的声音莫名看去，张春江穿着崭新的校服，理着学生头，背着书包，穿着球鞋，没入学生群中完全没有个性，他不明白这个阿姨为何一直盯着他看却又不说话。

“是呀，我叫张春江，十二班，初三，你呢？”他向主动跟他示好的盛若星伸出友谊之手。

“我也是呀，这么巧。我叫盛若星。”尽管只有一瞬，他还是注意到了男孩紧绷的表情稍微放松了一些，他身体在不自觉中往前倾，长长的睫毛轻轻向下垂，仿佛可以盖住整只眼睛，他看得出来，身边的这个阿姨也对刚才这段对话内容很感兴趣。

“不好意思，人没事就好，小星，快进去吧！”倒是盛父着急插话了。

“阿姨再见，爸爸再见。”张春江阳光般挥手，让苏敏一下子眩晕起来，这孩子误把苏敏当成新同学的母亲了。

这孩子，声音、五官，太像自己的丈夫唐伟明了，关键是，他挥手的时候手臂上有一道疤痕，那是唐瑞霖，她的小瑞瑞，她与他的宝贝儿子呀！

苏敏想冲进学校，但被保安这么一挡清醒了一下子，她要去派出所报警，她找到她家的儿子了。

十三年前，也是平常下班的时间，派出所里人却不少。大家都在对着电脑埋头材料，不发一语，办公室里只剩下吧嗒吧嗒的键盘敲击声，气氛显得有些沉闷。因为在这里刚刚发生了命案，所管社区居民唐伟明三岁的儿子唐瑞霖掉进江里了，打捞了三天三夜，依旧没有任何线索，而那时各路口也没有安装监控之类的条件，唯一能确认的是孩子消失之前或说溺水之前正在江边玩耍。瑞瑞是苏敏的心头肉，夫妻结婚四年后才怀上的孩子，算命的说怕瑞瑞不好养，所以从小就让留着辫子，免得被上天收走，可苏敏明明已经给瑞瑞梳长发了，为何还是这样的命运？她要死要活地在江边哭了几天后被送进了医院住了一段时间，唐伟明接她回家后总是发现她精神涣散，时好时坏，也没办法劝说她再生育一个孩子，直到第二年有次参加福利院的公益活动时，她看到同样留着一头长发的月月，就准备收养了。派出所很清楚他们家的情况，领养的流程很快批了下来。

派出所的工作人员在接案之后并没有马上出警，他们需要核对很多信息，何况这已经不是苏敏第一次来这里说找到与她儿子相似的孩子了。她觉得这次不会再错了，苏敏又跑到唐伟明的公司，说明来意之后，她就要拉着他一起去学校找儿子。

唐伟明自然也是紧张她的，起身安抚好她的情绪之后，说也想陪她一起去学校找儿子，但目前他刚好有个很重要的会议。

"什么会议比儿子重要？你根本就不想找回儿子是不是？"苏敏本来已经被哄好的情绪一下子又重新爆发了出来。

"你听我冷静分析呀，我们就这样直接冲进学校，你让月月怎么办？她也在学校，前几天也一直说有新学生转过来，如果是同班同学怎么办？还有，后天晚上不是有家长会吗？你刚签了字说要参加的那张单子，对吧？到时你可以过去探探情况，不要这么冲动，如果瑞瑞还活着，你也不要急着把他吓跑对不对？"

"瑞瑞活着的，一直活着的，我每年都让月月留着长头，就是让老天看到我的诚意，他会让瑞瑞回来的。"

寻了十三年的瑞瑞，她一见他就知道是不是了。那伤疤，是瑞瑞两岁半的时候因为辫子过长被门夹到后用手去抓门把锁时深深划伤的口子。

边上的人沉默不语，随后抬头望向天空，顺着他目光的方向看去，蓝天白云在天上飘动。

周一的早上学校是最热闹的，月月背着淡米色的双肩包，手指扣在包带上摇晃，扎起的高马尾把一整张脸露出来，细嫩脖颈里晕出一层汗，白色褶裙下的腿修长笔直，她是配得上班花这个称号的。

但她今天得到隔壁班去，带着探究的亮晶晶眼神仿佛在找谁，直到目光锁定在倒数第二排低着头的男生身上，她弯唇笑了。对，她感觉新来的这个转校生有点脸熟，似乎在哪里遇到过。

她偏头望着，但这个转校生对自己的到来视若无睹，还在慢条斯理地列公式，计算试卷上的数学题。

他脸庞还算稚嫩，但表情却显成熟。因为隔壁班花的到来让这个班级的其他男生开始起哄，这倒让月月一下子有了一种偷窥被抓包的感觉。她又重新跑回了自己的班级，不过，最近发生的几件事让她不得不重新怀疑起自己的身世。

张春江与盛若星因为都是转校生的原因，马上就有了共同的语言，这周他们相约一起打球顺便熟悉一下学校环境。走出班级，穿过一条长廊的转角之后，盛若星手中拿着的练习本却被突然飞跑而来的同学碰到地上，张春江帮忙捡起，又笑他为何打球还要带练习题，真是争分夺秒。盛若星尴尬地红了红脸。“我就怕过去时，可能操场上已经有同学打球了，到时我们又得等，在等的时候我可以刷几个题。”

走过一排大树，再往里走就是操场了。操场的南边和靠北端的东西两边各有一座教学楼，他们边走边越过操场北边的主席台。

“操场是学校的中心。放心，这个时候人不多，随时可以打球。对了，你的体育报考是练篮球还是排球？”

“我是两个都练习了，但排球打得相对好些，之前很多同学报名参加篮球训练，我，我没报。不过排球在家里练得还行。”盛若星一直想给家里节约花销，所以从小到大几乎不报任何课外班，他连有“疯狂星期四”活动的肯德基都不会去，倒是父母经常带他去高仿的肯德其享受一下美食。

“我家里有几个篮球，我还下载了很多视频，我家社区有个篮球场，我认识了不少高手，到时我们可以一起约着练篮球。”张春江一向是自律又独立的。

操场是红绿相间的，红色的是长长的跑道，绿色的呢，是绿草如茵的足球场。红绿互相衬托，好像一朵碧叶红瓣的花。进入操场，踏在柔软的草地上，盛若星就觉得有一种说不出的紧张，但张春江却觉得特别放松，两个人在红色的跑道上先准备热个身。

苏敏是跟着唐月月一起到的操场，月月并不知母亲此行的目的，只以为是母亲关心她的学习情况要来找班主任而已。她报的是游泳，这是班里为数不多的体育选项，因为也只有她家里有游泳池，而且还请了教练单独教她，这是因为苏敏从小就特别重视培养她的运动技能。苏敏去教务处打听了张春江的班级，说是上次匆忙在学校门口遇到他之后想过来要一个他父母的电话，并说与其父母是多年断了联系的同乡好友。老师们并不起疑，给了电话号码，还热心告诉她此时孩子们正去操场上练球。

“妈妈，你让我带你去操场做什么呀？”月月好奇地问。

“让我看看你们的操场设施呀，你爸爸上次不是说要捐什么器械给学校嘛。”苏敏回答得天衣无缝，月月就挽着她往操场的方向走。

苏敏脑海中已经开始练习见到孩子时应该要怎么问，可惜天公不作美，天降雷雨不得不中途被月月拉了回来，但她的目光一直落在篮球场上，一二十个脱了校服的少年在篮球场的两边热火朝天地打着球，不时有两三个女生从球场中间惊恐地穿过去，既害怕左右两边的篮球砸到自己，又禁不住左顾右盼。

张春江投进最后一个三分球，空中滑过一个完美的抛物线，篮球顺利进筐，落在地上弹了几下被盛若星捡起抱进怀里。

直到这一场大雨打散了上一秒还在球场上大汗淋漓的少年们的兴致，他们才无可奈何地停下动作散了场。

当时的盛若星与张春江都没有注意到，球场上的另外两个人也匆匆离开了。

在离开学校的时候，苏敏已经知道了那个孩子的班级以及座位，她朝着窗口看了几眼，心下已经有了全新的“认亲”计划。

她将车停回车库，再走进地面通道回到家中时，拿着车钥匙的手不听话地颤抖起来，头脑一片空白，远远望见穿着西服的男人就站在庭院里。

苏敏心里一阵怒意升起。

“你为什么不紧张瑞瑞？难道你一点都不想认回孩子吗？”眼里满是阴鸷的苏敏不断责备着唐伟明在打听孩子的事情上并不像她这般积极。

唐伟明的犹豫是有原因的，就像这么多年为何愧对苏敏，是因为瑞瑞的死亡跟他有直接的关系。但此时，他不宜解释。

耳畔呜咽的风，如同怨灵般，撕咬着腐朽的记忆。

此时窗外天色暗沉，已经过了晚饭时间。年轻的女警摁亮吸顶灯开关，跟苏敏坐在一起，跟她再三解释眼前的那些证件，她只相信自己的直觉，说不定有人调包了或是精心安排的，她得用自己的方式去调查真相。

苏敏开始了跟踪模式，她知道了张春江的家庭地址，也让派出所去查了张父与张春江的家庭户籍档案以及出生时的证明，但所有证件显示张春江就是张父的儿子，张父与张母恋爱多年，修成正果后，一直在这套房子里生活，所有小区邻居以及亲戚们都是看着他们结婚，然后张母难产而死，是张父一手把春江抚养长大的。

傍晚下公交车的时候，张春江就觉得今天有点说不上来的奇怪，喝了几口水之后，他加快了脚步，可也不知为何全身总是一阵阵发冷，头皮发麻，仿佛前后左右有无数双眼睛在看着他一样。在经过一辆汽车时，他从后视镜特意瞧了几眼，确实有个戴着帽子与口罩的人在他身后十来米的距离跟着他，张春江是有警惕性的，他急急地走着，捂紧书包，虽说他是个一米七五的大个子，但毕竟他还是一个未成年的学生，此时他手心已充满汗水，黏腻而潮湿，他听新闻里说过最近片区里有抢劫犯出没。他用余光向后一瞥，总感觉那个人还在紧紧地跟着他，他背后莫名地出生一股寒意，加快速度，向家里方向跑去。家门开着，扑面而来的是浓重的酒气，张春江已经习惯了，估计父亲又喝醉了没关好门。这个门在他看来，也是一道安全门，因为小时候有次父亲出去很久没回来，幸好大门开着，被邻居发现小春江一个人在家里才逃过一劫难。

“你急着投胎呀！”张德看到突然跑进来的春江，没好气骂道，“早点投胎也好。”

“爸，那个，你最近有没有在单位得罪什么人？我感觉有人在，在跟踪着我或你。”张春江忙上前扶住正往厕所方向走的父亲。

“老子常年待在监狱里的，每天都在得罪人，你不要得罪我就行。”张德并不着急更不理会儿子的话意。

可是这些日常的责骂被窗外的苏敏听到却是非常心疼。上次在垃圾桶里捡到了他的头发，已经做过检测了，事实证明这个孩子跟自己并不存在血缘关系。可是，苏敏并没有放弃，她总觉得是哪个环节出了问题，或是那几根头发弄错了而已。

“你看，所里的警察同志都已经帮你了解清楚了，事实证明，他并不是我们家的瑞瑞。”唐伟明只能一边跟苏敏解释，一边跟派出所的熟人道歉。

“这不可能，一定是哪里出了问题，你看看，这些照片，哪里像父子，长得不像就算了，而且哪有父亲这样经常责骂孩子的，本来没有了母亲已经很可怜了，却还如此虐待儿子！”苏敏始终不信，坚持自己的想法。

“听说张先生很爱他去世的妻子，就是因为如此，看到孩子的出生就联想到妻子的去世，才难过才变得如此排斥孩子吧！”民警解释道，“难得这孩子是来报恩的，替他母亲好好陪着张先生。”

“你还别说，这孩子，仔细一看还真跟你有点像呢！”民警朋友拍拍唐伟明的肩膀示意他看看照片。

这一看不打紧，密密麻麻的战栗爬上了他的皮肤，让唐伟明有一种奇怪的预感，这件事百转千回，最终会联系到和他有关的那些旧人旧事上。

苏敏被强制送回了家中，唐伟明试图用月月来唤回她的理智。“月月，你陪妈妈去看看电影吧，或是去商场逛逛买几件衣服之类的。”

月月挽着苏敏，她显然知道母亲最近很不对劲，她也隐约听外公外婆聊到已经死去的哥哥，这几天也经常听到母亲跟父亲聊起认错人的事情。“妈妈，你知道吗？有些人就是长着大众脸，就比如我吧，你都说我长得独一无二了，可偏偏上周开家长会时，有个叔叔过来竟然拉着我，应该是叫错了他女儿的名字吧。”

苏敏并没有回应月月的话，径直往前走着，她脑海里就想着如何接近张春江找回她的瑞瑞。

“妈妈，我跟你说哦，那个叔叔还拿出了一张照片，你还别说，跟我长得很相似，但他后来马上被隔壁班一个男同学拉走了。我猜想，是不是这个男同学之前也有一个姐姐走失了？”

苏敏想着仅凭照片没用，但如果有亲子鉴定的话就百分之百能找到答案了。

“妈妈，前天去食堂吃饭的时候，那个男同学过来跟我解释了，说他们家确实有个被人贩子拐走的姐姐，但是没有那次家长会的错认，男同学说他也从来不知道有这么一回事。后来回家再三问母亲才得知的，有好多小时候的照片，从出生到三岁的，后来都被父母收起来了，所以，那个同学都怀疑自己是不是捡来的，哈哈，妈妈，是不是每个小朋友从小都会被说自己是捡来的呀？”

苏敏只听到了三岁，她的小瑞瑞也是三岁时不见的。

月月感叹了一声，继续说，“他的眼睛好像爸爸哦，真的，本来吧，是他拿着照片来跟我解释，说我长得跟照片上的人很像，后来吧，我看着他，越看越觉得有亲切感，原来他长得像爸爸呀！”

苏敏接话了：“是的，长得特别像你爸爸。”

“妈妈，你也见过他了？那个怪叔叔找过你了？你说的是盛若星吗？他笑起来眼睛就像天上的星星一样，特别明亮。”

“没有。好了，别说了，我们回家吧，我累了。”苏敏听不进任何月月的话，但看女儿愣在那里，只好又说了一句，“月月，不管怎样，我与爸爸都很爱你。”

“我知道呀，哪怕我是捡来的吗？”月月的一句玩笑话突然让苏敏紧张起来，“小时候，我经常听到爷爷奶奶这样说我呀，每个小孩子不听话的时候不都是被这样骗着长大的吗！”

苏敏这才放下心来，她重新挽起月月的手，捋了捋月月的长发，她相信瑞瑞回来之后，也不会影响月月的存在。

夏天本就燥热，暖风裹挟着热气，多添了几分烦闷，吹得人晕乎乎的。

母女出门之时，唐伟明并未去公司上班，他一个人在书房里坐了许久。

书房的挂画背后有几个小抽屉，那里珍藏着他以前的回忆。

他先出神地盯着这些苏敏偷拍过来的照片，看到这个孩子的五官简直跟自己小时候一个模子刻出来的。时间的缝隙里都藏着爱恨情仇，七情六欲滋养出往事。

十六年前，唐伟明认识了职场上的竞争对手柳柳，因为参加过几次投标，他们熟悉起来了，彼此欣赏又彼此敌对。随着“猜测彼此”“交谈心事”“触碰到肋骨”等，两人间似乎产生了某种情愫。特别是参加一次年度行业大会，那是一个刚开发的景点，其实就是一个偏僻的山顶酒店，但这个酒店会所投资巨大，柳柳在去往酒店的路上碰巧搭上唐伟明租的车，后来车子出了故障，大概是环境的原因——干燥的荒野、封闭的车内、恶劣的天气、看不到尽头的夜路，两个受伤的灵魂需要一个短暂的依靠。雨鞭笞着万物……手机还是没有信号。车里的音乐又开始变成渲染的情歌，他们相互看了对方一眼，都听见牙齿在打战，是她的，也是他的。特殊氛围下，脸和脸碰撞在一起，舌头找着舌头，仿佛对方的舌头像泉水般能解渴。出轨是会上瘾的，柳柳知三当三的半年，刚好是苏敏怀上瑞瑞的时候。他们这段关系直到瑞瑞出生才结束。

听同行的人说柳柳之后也嫁给了一个一直追求她的男人，应该是过上了幸福的生活。

但唐伟明却在瑞瑞三岁的时候，再次出轨自己的女秘书。那一天，他本来是带着瑞瑞在江边玩的，后来女秘书说看到他了，就到江边找他，他嘱咐瑞瑞不要乱跑之后，准备劝说女秘书回去，也就离开瑞瑞大概十来分钟，之后就出事了。他对儿子的死亡有愧，对苏敏的伤害有愧，之后才收了心，加倍工作，给予母女俩更好的生活条件来救赎自己的罪过。

唐伟明是相信科学的，可面对这几组照片，确实让他心生疑虑，实在是太像了，难怪思子心切的苏敏会认错。

阳光从南窗投射进来，唐伟明的头发看起来更黄了。他站在电梯前的反光镜前打量着自己，脸颊没有明显下陷，但面色却像白纸一样，不仅颜色像，质感也像。

进了电梯之后，看着电梯的数字缓慢变化，几乎每一层都有人上下，不是穿着白大褂的医生就是戴着白帽子的护士，白色的身影在他眼前晃来晃去。他眨了眨眼睛，注意起电梯右侧的楼层指示图，十一层就是专门负责亲子鉴定的遗传咨询科。他握紧了手中那袋材料坚定地走了进去。

次日下午，他就见到了朋友介绍的那位穿着制服的人。

他决定再找苏敏好好聊上一回，但回到家中，两个人单独相处的时候，都觉得应该再说点什么，可是又都陷入了长久的沉默。

“我陪你去吧！”唐伟明终于开了口。

天色暗了下来，乌云压得极低，沉闷的雷声一阵接着一阵，昭示着又一场暴雨的来临。

一只受惊的麻雀叽叽喳喳地飞至屋檐下，抖搂着羽毛上的雨水。一只手伸出钩住了窗子，“啪”的一声阻挡了被风裹挟着吹进来的雨水。张春江将收回的衣服整理好，带着些潮气的衣物被他挂在房间内，遮住几分光线，屋内便显得愈发沉暗。突然门铃响了，他记得此时父亲还在屋内，门外会是谁呢？

门外站着几个人。

“春江同学，你好！”

张春江虽说从小就特别自立，但又最缺自信，所以还有一个毛病，就是每隔两三秒，就会用力地眨两次眼睛，他分不清这是有意还是无意，总之通常会避免直视别人对着他的眼睛。

“你，你好，请问你们是？”春江眨着眼睛问。

“你父亲，张德在吗？”唐伟明见到张春江的时候，声音也是有些颤抖的。苏敏更是上前两步，直接拉着他的手。

“什么人呀？”张德应该是从卧室听到了外面的响动，边穿衣服边走了出来。

张春江立在一旁不敢说话，张德看到唐伟明时，似乎一下子从酒醉中清醒了过来。

他是在监狱里工作，可能因为这种工作性质，老是让朋友们打趣他回监狱了。他与春江的母亲是同班同学，他从学生时代就一直暗恋她，毕业之后一直追求她，她长相出众，工作也很优秀，身后追求者众多，所以张德顶多算是备胎之一吧！也可能是上天最后被张德打动了，她在一次伤心的分手之后，是他第一时间陪伴左右，甚至为了她，离开了原来的单位，然后理所当然恋爱成家。在怀上张春江的时候，张德把妻子当宝贝一样宠着，每天三餐送到嘴边，白天陪着产检，晚上陪着散步，还跟朋友们说自己以后就当个奶爸，让春江的母亲去做自由的职场白领好了。真没想到，妻子因难产去世会让张德的一切希望变得破碎不堪。

“那你应该好好对待儿子，不能把他母亲的去世怪到孩子身上，应该把她的另一份爱也加倍给儿子才是。”

“儿子？加倍的爱？哈哈哈，真是笑话，天大的笑话。”

张德发疯似的大笑起来，指着张春江:“你们看看，看看，他哪里像我，哪一点像我，他害死了我的妻子，还让我养了他十六年，十六年，我每天面对他这样一个人，我都活得生不如死，知道吗？”

这话他终于吐出来了。苏敏不明白他到底在说什么，只是想安慰春江，保护她的瑞瑞:“你，乱说，你疯了，瑞瑞是十六岁了，但你只养了他十三年，只有十三年多一个月。”

“疯了，你才是个疯女人。你到现在都不明白吗？为何这个孩子长得像你老公，你不问问我妻子叫什么吗？她叫柳柳，柳柳你听过吗？”张德再次打开一瓶酒猛灌了下去，不过这次张春江并没有阻止，只是傻傻地立着，立成一尊雕像似的。

这个时候的唐伟明彻底明白过来了，当年与柳柳分手时她已经怀上张春江了，所以张春江比自家的瑞瑞只是小了两个月，但都是十六岁，柳柳是怀着他的孩子嫁给张德。

“你以为我不知道柳柳为什么会突然接受我的追求吗？她是为了孩子，我是因为爱她，所以接受她的一切，前提是她还在，她被这个孩子害死了，凭什么我还要天天面对他。”

苏敏晕过去的时候并不知道后来发生的事情。她满头大汗，耳后几缕白发牢牢被汗水贴在颈部，好像现在她呼吸困难，眉头紧锁下，俨然是在一个梦境之中。

“车窗外下雪了，瑞瑞，你快看看。”

“其实是我们的车子在洗车呢，车窗外面有泡沫呢。”那是她与小瑞瑞的对话。

“妈妈，月月的辫子越来越长了，能不能剪短一些呀？”

“不行，绝对不行，留着，留着。不许剪，不许！”她一下子惊醒了，弹坐起来，身体忍不住地颤抖，心跳加速，才看到病床边上，站着一脸惊慌又期待的月月。床头柜上放着一份亲子鉴定，张春江确实是丈夫的儿子，但却不是她的儿子瑞瑞。

“妈妈，你终于醒了，妈妈，你别吓我，你，不要离开我，你不能扔下我。”月月一下子情绪爆发了出来，哭着拉着母亲的手。

苏敏哽咽着，擦擦眼角，借着纸巾的掩饰偷偷打量眼前的月月，她似乎长大了，自己确实不能因为寻找儿子而放弃了这个一直承欢的女儿。

想着前些年月月还在上幼儿园时，每天早上在家门口，总是依依不舍地和她挥手告别。

“妈妈再见，记得早点来接我！”月月总是一步三回头。

小小的人儿，被校服裹成一个小圆球，都走进楼里了，还在回头看。

苏敏以前看着她，总想着自己的瑞瑞是不是也会如此依赖她，小月月卖力地挥着手，脸上挂着期待，等苏敏的身影彻底看不见了，小月月这才把手放下来。

“妈妈，我给你折的心愿星星，它真的实现了，我们会永远在一起的。”月月把展开的星星重新折好，放在苏敏的手上。苏敏清楚月月从小就有折纸星星的习惯，特别是她有了自己的小心事之后，总是会一个人默默躲进房间里去折星星。许是这个孩子也敏感地感受到了什么，苏敏用力握紧了月月的手。

此时护士进来把针头插入滞留管，调整好输液速度。苏敏发誓一定要让一切回到正轨。

张德以为春江会跟着唐伟明回去，享受他唐家公子的生活，可事实不是，在张德如此发疯的语言攻击之下，张春江却包容了养父所有的情绪发泄。如果是母亲对不起他，那么他愿意替母亲偿还这份恩情，这种被换取的人生，是治愈还是“致郁”都不是张春江所希望的，他说自己与父亲算是双向救赎后互相取暖吧！

门锁转动，盛父吓得直接把烟丢到洗菜池里，用手使劲挥了几下难散的烟气，只听若星的脚步声已经趋近。

“回来啦！马上可以吃饭咯！”脸上依旧挂着笑，他又重新提起菜刀“哆哆哆”，将大葱切成漂亮的碎末轻轻放到一碗汤面上。

若星知道父亲最近行为很反常，人前赔着笑，私底下却经常一个人默默抽烟，距离上次吸烟已经过去十来年了。早上出门时，手机上弹出日历的提示消息时，盛父才意识到今天是个特殊的日子，是他儿子的生日，或者说是抱养之日。陶瓷锅上斜搁着锅盖，里面冒出阵阵白烟，那是若星母亲精心准备的大餐。若星看着母亲走路越发不利索，额头上的白发在白炽灯下格外耀眼，这也刺痛了他的心他鼻子有些发酸，愈发觉得自己的选择是正确的。

盛若星其实是知道自己身世的，特别是父亲见到唐月月之后发生的变化。父母当年只有一个女儿，可是父亲经常在厂里加班，母亲做临时工不在家，才三岁的女儿经常一个人在出租屋里活动，女儿就被人贩子盯上了。有次他们回家晚了，打开门时，女儿已经不见了。在公安人员经过排查，端了几个人贩子的窝点，可排查来排查去，孩子几经易手，就是找不到自家女儿的踪迹，听说是中途自己逃走了，也有可能被好心人家收养了。盛若星知道那个姐姐不可能是亲姐姐，哪里来的同岁的亲姐姐呢？他从母亲一直喜欢照顾小朋友的习惯中，知道了一些往事，也明白了自己应该也是被领养的孩子。“希望丫头也能被好心人家收养。”母亲总是悄悄哭着打电话给老家的外婆，但这话若星听了，就产生了替父母寻找女儿的念头。

他故意接近唐月月，还无意中看到了她的档案，知道了她的血型。

“你不想寻找自己的父母吗？”

“不想，我觉得世上最好的父母就是你们了。”盛若星这话是真心的，特别是看到父母知道月月有可能是他们的亲生女儿后却又放弃了相认。

“那你不想知道我们是怎么遇到你的吗？’母亲终于开口了，父亲想阻止的眼神却在一声叹息后变得坚强无比。

“还是我来说吧，当年丫头被人拐走后，我才买了摩托车，方便到处寻找她。有一次，我经过江边想停下来抽支烟时，发现有个小孩掉进水里，我就跳下去救了你。可你醒来后，并不记得什么，可能是在水中久了脑子受到了损伤，反正医生说你已经忘记谁是你的爸爸妈妈了。我觉得那就是天意，我就将错就错当作上天还回来一个儿子。”

“怪你，怪你，你明明知道当初丢失孩子的父母可能也像我们那样着急，可偏偏鬼迷心窍，说是赔回来一个儿子。”

盛若星清楚，父亲一向重男轻女，估计当初生个女儿时没少责骂母亲。

“那个江，本来就离得远，我们为了防止有人认出，就故意远离了这座城市，读书也一直是读外地民工学校。直到前几年，考虑到你的中考以及为了受更好的教育，我们才敢搬到西城来，但还是在郊区活动着，真没想到，唉。”

“爸，妈，你们给了我最好的爱、全部的爱，你们就是我的亲生父母。”

盛若星伸出双手抱了抱母亲，父亲则低着头感觉欠了若星很多，若星回到洗手间，任冷水冲刷着身体，摘下了手环，他的手臂上露出了一道伤疤。

寻找创作对象

闹钟没响吴能就已经醒了，对着镜子里的绝世美颜惊呼今天又是美好的一天。

主编大人提出，要有创新，不要天天讲真善美的剧本，可以通过邪恶与黑暗来唤醒良知与光明。吴能心领神会，那就写讽刺小说嘛。手头刷了N次的呐喊小说终于呼之欲出了。

“你烦不烦呀，到底会不会写？这种烂东西也叫稿子？”

因为你不重要，所以他情商不高。

之后的话，吴能没听进去，他也不想听主编讲道理，给他钱就行，主编大人说啥都对。

吐出来说我矫情，吞下去辣嗓子。到了一定岁数就没必要掏心掏肺了，直接掏钱就行。吴能觉得与主编是心连心，他却和自己玩脑筋。

总是悄无声息地崩溃，又悄无声息地自愈。

“结局和大家想的不一样才叫生活，和我们想的一样那叫童话。你这题材不对，都如此圆满人生了，还有什么看头，要有意想不到的东西。”

讽刺的风格有了，那么到底以哪种人物或是哪种职业为对象呢？吴能首先想到的就是主编。每天早上催稿，中午比稿，晚上让大家推倒重写，一周之后，选中第一稿，接着以没有合格的作品为由扣大家的绩效，但不能写他，写了肯定审稿的第一关就过不了。

那写公司老板，以霸道总裁为原型，吴能刚露的灵光一闪就被打破了，主编过了审，提上去也会受总裁批斗，感觉有影射老板之嫌疑，也不能写。

写同事吧，或是写自己这种职场小人物吧，这个最拿手，简直不用费尽心思去讽刺，按日记或纪录片就能写成一部生动的职场现形记，甚至不用写了，发在屏蔽组里的朋友圈每天吐槽的方案就是现成的了，但不行，要是被HR看到了，估计就是找我做自动离职前的谈话理由了。

“四眼先生，你挪挪脚呀，我得拖地了。”这个时候清洁工过来了，对，就以清洁工为描写对象，上头领导得罪不起，写写无权无势的临时工可以了吧！

吴刚坐在公交车上，感觉驾驶员倒可以写写，不行，如果下次再坐他的车，尴尬，何况他辛苦工作也没什么不妥之处。

回到家，写自个儿的父母，——农民总行吧，不对，更不行，这个会被网友人身攻击死，还有可能上升到家国情怀上来。

老弱病残估计更不行，弱势群体都值得关怀。

孩子跑过来说，“老师让家长签字”。对写老师，不行，儿子会被欺负。

写儿子吧，儿童纯真也没什么好讽刺的，何况祖国的小花朵、小太阳可不能写坏了。

人类是得罪不起了，那写动物，描写猫如何？可是吴刚又犹豫了，动物保护协会的爱猫爱狗人士会联合起来说自己没爱心。

要不，就写植物吧，植物成精成妖都行，那就成神话了吧！还是写寓言故事吧！

主编大人一看，说用假名说真话，用真名说假话就行了嘛。

不愧是主编，吴能由衷佩服。

驯兽师

"警报，警报，时空异常……"

通往灵魂之门的路上已然排成长龙似的队伍，来的小朋友都是无喜无悲的表情，让一旁恭候的两只机器猫面面相觑摸不着头脑。

随着刺眼的红光闪起，时空之门突然打开，机器猫推着三个人从外面走进来。

"这是第9999组羁押来的灵魂，还请您审阅！"它汇报给灵魂之主。

第一个是位大约三十五岁的短发女人，这一点从她和善的表情和暖色系的春装上就能看出来。

她手里抱着一大摞资料，隔着老远就向他发来一个职业而友善的微笑。

第二位是个十岁出头的男孩子，脖颈上戴着一个红毛巾的项圈，穿着运动T恤和脏兮兮的运动鞋，还有一脸看不清的表情。不，看清了，只是表情冰冷，眼神游离。

第三位是个约莫四十岁的中年男人，消瘦，戴着帽子，丧着脸。

机器猫一边将薯饼放进嘴里，一边分辨他们的身份：第一个是位妈妈，当中是学生，第三位是爸爸，但他们却不像一家三口。

"说说吧，怎么回事？"

“刚经过九九八十一层扫描，我已经对他们验明正身了！第一个进来的人显示只是个陪孩子学习的抑郁妈妈，最后一个进来的是中年失业的焦虑爸爸，当然，事实证明能进我们这个空间里的那个孩子只能会是一个孤儿。”

“怎么会有越来越多的孤儿呢？”

“他们不是他的父母吗？”

“明明是有法律上与医学上的亲子关系呀！”

“不，在我们的灵魂时空里，他们没有任何亲子关系！”

“速速查明真相，否则送进我们灵魂世界里的孤儿越来越多，内存空间已经严重超负荷了。”

“年轻人，你知道你的身体留在时空之门的外面是怎样过来的吗？”灵魂之主看着面前十分努力维持着和煦笑容的妈妈问。

那位妈妈扯了扯嘴角：“我都到了您这里了，还问什么呢？重要吗？”

灵魂之主似乎没料到她如此的不配合，脸色一僵，随即语气一换：“灵魂簿上记载，你和这孩子的父亲依照第三时空律法，在红尘中能修成十世善人，功德圆满之时就可位列仙班！”

语毕，机器猫笑眯眯地向他们拱了拱手：“恭喜恭喜。再晋级就可以功德圆满了。”

“圆满？怎么可能圆满呢？”

而一旁担任父亲角色的男子感觉自己提前进入了中年危机，干什么都提不起劲儿，能刺激他神经的事物就是香烟和酒精了。

他经常怀疑自己得了焦虑症，去医院检查后知道沾枕头就着的人是不会得这病的，这才放下心来继续萎靡不振。

“你们要相信灵魂之主会帮你们度此劫难，然后你们就会得到解脱了。”

“我才不相信你们所说的什么之主，但我相信有超越人类力量的某种存在。我不想失去对超越人类力量的某种存在的敬畏之心。”他在心里嘀咕着。

“请看时空显示镜！”

意念一动，就召唤出时空记录镜来，那是一个像行车记录仪一样的东西。

上学前的这名学生娃是太子娃，上学后就褪去了婴儿肥，母亲褪去了慈母光环，娃也开始慢慢消失在各种各样的培训班中。

父母逐年“黑化”，娃正慢慢失宠，导致一大批儿童从正常世界慢慢消失……

“怎么回事呢？”灵魂之主的灵魂拷问让机器猫大惊失色，想想当初它自己也是天线宝宝般可爱的。

“您继续看画面对比。”

此娃一岁，突然放了一个响屁，老母亲满心欢喜，听着像春雷降临大地。娃两岁，玩起了手机上的游戏，老母亲像发现了新大陆，急忙发朋友圈记录：无师自通就会玩游戏了，小宝宝真聪明！

接下着，诡异的画面出现了！

此娃八岁时，刚打开电脑，就被眼尖嘴厉的老母亲一顿训斥：干啥啥不行，玩游戏第一名！还不赶紧去写作业！

埋头写作业后，刚想起身，此母亲又责问：干吗去？

娃小心翼翼地回答：上厕所。

“怎么一写作业就喜欢上厕所，给我坐着继续写完再去。”

你看这世界上不光有渣男，还有“渣妈”：以前叫孩子为小甜心，现在却喊熊孩子；以前看娃哪儿都是优点，现在看娃，全身思想急需教化。

别说能从慈母手中接过线，能不挨打就算“皇恩浩荡”了。

把娃送去各种辅导班已经是一种生活理念与学习方式，而全然不觉这是一种家长式的心理疾病。

书房里的各种资料包一并展开，时间表上从周一到周末，从周末的早上八点到晚上八点，无缝衔接，时间完美地展现出挤牙膏的功能，从绘画到语数英各学科，从线上网课到线下一对一，临睡前还得复习听一次贝多芬弹出来的悲伤与繁忙。

压缩孩子的休息时间，拼命让孩子刷题、上课、多做作业。

从天使妈妈到白雪公主的“刻薄后母”，只需要娃上个小学。作业，更是成了母子间赶也赶不走的“小三”。

“这个培训费可是我三个月的工资呀，我给你打工了。”

“没办法呀，大家都送孩子去学，你不学的话，就会落后其他同学的，知道吗？”

在这些苦口婆心之下，孩子们如果不努力学习简直变成了罪恶之极。

以前，下班回家，孩子扑过来，妈妈笑脸相对：宝贝，今天想妈妈没有？现在推门进屋，孩子蹦出来，老母亲脸色一沉：作业写完了吗就想玩？

而父亲的角色也已经从被叫“爸爸”转变到了一个“爸”字。

以前下班的晚上，跟孩子玩玩具，做亲子手工，你侬我侬，现在，陪读时跟孩子拍桌怒吼，吵吵咧咧，父子俩像仇人相见，分外眼红，从语重心长的说服教育直接升为法西斯暴力解决！

一到开学时，作业本、预习本、复习本，本本像催命符，统统堆积到娃的头部。

“抓紧练琴，你看隔壁的小红都已经过了八级了。”

“一定要考满分。”

“一定要考重点班。”

“考上大学后就可以好好玩了。”

他们终于成了作业堆里的孤儿！

“娃又不是泥做的，任由家长恣意妄为地往自己喜爱的方向捏来揉去。”灵魂之主终于爆发了，及时掐断了时空转换器的回忆画面。

“我感觉自己生来就是满足家长们的欲望以及期望的载体。”那学生抬起头来控诉着，“他们只爱满分的我，只看得见第一名的我。”

“小孩子有自己的生命，他们属于自己，不是家长或任何人的所有物，牺牲了童年的快乐，他们有可能在成年开始叛逆。”

“唉，儿童期拼命学习，到了大学后却开始玩，这都是什么世道？”机器猫补充之后又拿出一个有力的证据来。

“这些家长已经陷入了一个欲望的旋涡，无法认同自己孩子的平凡，自然会被一股无形的教育浪潮裹挟着，然后不得不遵循各种约定俗成的‘潜规则’而到处贩卖焦虑。”

“然而，问题在于，以前的良好教育理念早就被摧毁，新的又尚未建立起来，这些家长似乎都身不由己。”

“人生而自由，却又置身于无所不在的枷锁之中，我们要寻找到病根，然后从自身做起，不盲从就是一种胜利。多鼓励自己的孩子做一个幸福的普通人。”

“病根？主上，你看，这都要怨这些投胎主的职业分配不对呀。”

“怎么个不对？谁都是第一次当父母，为何不能像第一次当孩子般相互成长呢？”

“这个职业有点特殊，他们早已习惯把自己像囚徒一样，困在想象的角斗场中，随时准备着战斗，他们出不来，也不想出来。长此以往，怎么可能不焦虑、不压抑，不来我们这里报到呢！”

“你是说最近几年的灵魂孤儿都是因为家长的特殊职业造成的？”

“是的。被学区房裹挟，被名次和成绩驱使，他们都已经魔怔了。”

“对了，这些家长们都是什么职业？”

“驯兽师！”

“这个职业非常需要天赋，尤其是对这种高危动物的训练，稍不留神就会被伤到。”

灵魂之主刚想继续问审时，手上的水晶手表传来了声音：“您家的神兽已经出笼。”

灵魂之主脸色突变，马上遁之无形。

机器猫连忙解释："不好意思，不好意思，今日审问结束，灵魂之主有急事要办。"

"莫非灵魂空间里也发生了大事？"大家不约而同地发问。

"不不不，灵魂之主家的孩子叫神兽，瞧瞧都这个点了，孩子放学了，要接孩子去培训班做作业了。唉，工作太忙，主上正常下班的话根本无法接孩子的。"

姻缘签

“告诉春天，桃花不用再开了，我已经决定出家了。”郑克发完这句朋友圈文字后，就有了自己的决定。

这个时候初夏已至，粘潮的梅雨季刚过，阳光暖却不燥人，本应该是一年中不多的完美时光，郑克打定主意递交了离职申请，来一个不走审批流程的裸辞。

“我记得你家里是没矿的，冰冰，别太伤心，没法走医保，咱就是忍一时风平浪静，哪个职场不委屈呀！”铁友在电话那头温馨提示他。

“忍一世，全靠命硬呀！以前也有乱花钱的毛病，现在已经被工资调理好了。只要我不沉迷车贷、房贷和传宗接代，3000元的工资根本就花不完，小爷根本不存在这点怕的，我就想活得自在些。否则我以后要把闹钟设成唢呐，醒了就上班，没醒就上路了。”

“有钱的劳斯莱斯，没钱的劳死累死。我也想无欲无求，身心自由呀！”

“快别提这个自由了，我家已经下达最后的指示了，如果今年夏天再没找到另一半，就要把我赶出家门了，世俗之家已经容不得我了，我决定出家了。”

“祝你好运！我也想看看你这种夏天吃火锅，冬天吃冰激凌，春天去泡温泉，冬天学游泳的人怎么个出家法。”

这些时日，因为工作的忙碌，郑克像一个鼓风机，拼命朝他生活里吹着搅扰视线和思绪的一地鸡毛。现如今，鸡毛拔掉，刻意被工作忽视的相亲日程又将重新出现。既然逃不掉，不如解决掉。

清晨的庙宇有一种让人自觉噤声的威慑感。郑克以前很喜欢爬山，自然也习惯找山中之寺歇脚。只是这次不一样，他是带着出家前的考察任务来的。

放眼过去，古树参天，不用开美颜，此刻拍出的照片都有美好的形状。他喜欢这种环境，守规矩就成方圆，不守规矩的话，倒可以择此成树下一贤。

黄色的围墙在日光下格外耀眼，几间古色古香的房间甚是神秘般关闭，黑色纹雕木窗上的纹路承载了岁月的侵袭，不知刻录下多少人念不完的心愿！对，后面有一池，几片莲叶飘着就成了许愿池，香火盛不盛是不知道的，现在香油箱就像存钱罐，看不出里面有多少，只是在箱子上面增加了支付宝与微信的付款码，不管是扔进纸币还是扫码投钱都会听到三句电子音发出来的菩萨祝福、恭喜发财之类的话。除此之外，许愿池底下的硬币应该是第二大收入了。

郑克看别人是人手三支香，在大雄宝殿前上香礼佛，求财求事业；又去药师殿边听闻梵，保健康长寿，看来今天是个好日子。

学佛三日，佛在眼前；学佛三年，佛在西天。其实郑克来之前的三年里经常学习佛理，他没有别的想法，无非是想图一个心净而已。冥冥黑夜中，三宝为灯烛；滔滔苦海内，三宝为舟航；焰焰火宅中，三宝为雨泽。

“天王殿保吉祥平安，观音殿有求必应，华严殿求事业顺遂。”郑克之前打听过，当然也不确定自己能否理解到位，只瞧着香客们都很认真虔诚。

智、悲、行、愿是大乘佛教四大菩萨之表征，文殊表智慧、观音表慈悲、普贤表行践、地藏表愿力，不过，他最关心的是一知半解的那个关于伙食招待问题，所以返身又往天王殿那里走去。天王殿也称弥勒殿，是佛教寺院内的第一重殿，殿内正中供奉着弥勒塑像，左右供奉着四大天王塑像，背面供奉韦陀天塑像。这韦驮不得了，职务是看守大雄宝殿，但也看管郑克的食宿。他之前做过功课，若韦驮菩萨的金刚杵扛在肩上，则表示这是个大寺庙，云游到此的和尚们，可以在此接受三天免费招待。若韦驮菩萨的金刚杵平端在手上，则表示这个寺庙的规模中等，可以免费招待云游和尚们一天。若韦驮菩萨的金刚杵拄地而立，则代表这是一座小寺庙，无法为云游的和尚们提供免费食宿。

这位身穿甲胄的雄装武将，手持金刚杵，杵拄地，糟糕，而且他还不是和尚，看来接济他这个香客也成问题，不过，就地出家是不是可以解决温饱了？

郑克每到一殿，都会双手合十，跪在佛像前认真许愿。姿势是从抖音里面现学的，并不算标准，心里念叨愿望的同时不忘补充身份证号码。同名同姓的人那么多，以免菩萨混淆。

“该死，这人身份证号多少来着？”他起身朝殿外走，小声嘀咕，“算了，和菩萨说过是我好朋友了。”郑克觉得这年头，女人嘛，没给他爱情还都是过来分他面包的大可不要，但好朋友是必不可少的。

“求姻缘很灵哦！”

一听这话，郑克心下莫名狂喜，这，也能求？看来自己还没放下红尘世俗呀，他往声音的主人看去。

阳光下的苏依面颊绯红，五官笑到挤在一起，她是个工作狂，今日一改往日装成熟的职业打扮，扎了个高高的丸子头，白色调polo衫配一条阔腿牛仔裤加上帆布鞋，衬得人格外白皙。

但在举手投足间，浑身细胞仿若都在呐喊，我就是来寻如意郎君的。

“你怎么在这儿？”郑克与苏依是大学同学，毕业之后天南地北的就没联系过，只是这副面孔依旧是熟悉的，“怎么，不记得我这个后排同学了？”

“我记得你，郑克大画家吗？你怎么来这里了？”苏依只是意外怎么会在这寺庙之中遇到，这里也不算旅行打卡点呀！

“画家？你们当年是这么称呼我的？”郑克只听进去对自己的赞誉，全然不想回答后半句尴尬的问话，虽说自己是设计专业的，手绘画也不错，只是没想到自己如此出名。

“哈哈，是呀，你专门画饼呀！”苏依可是出了名的女怼王。

“那你真是人型ETC，自动抬杠！”

“今天我想骂人，可不想骂你。”

“哟，这狗嘴。”

苏依一听马上拉下脸来，“真想推你到拼多多那里让大家多砍你几刀。”

“看吧，你还是只准你怼别人，受不了我们半句玩笑话，这脸拉得可影响你的美貌了。”

“我心情不好自然是挂在脸上的，难道挂在墙上？我又不是蒙娜丽莎。”

“你看吧，我们两个一见面就吵，不知道的以为我们是来这里找菩萨理论的呢！”

“你不是过来求子的吧？”苏依也有点不好意思，只是她最近烦心事多，说她脸色不好是中了她的雷区，不过呢，郑克与她在大学时期也算欢喜冤家。只是毕业后听几个女同学八卦，得知他当年应该是暗恋着自己的，所以，这刚想过来求姻缘的一下子就应验了不成？男同学的倾慕是良药，此时急缺男人的倾慕是良药中的良药。

“是呀！”郑克点了点头。

寥寥两个字，圈出了明显的界限范围，也足以浇灭苏依这几分钟的所有悸动和幻想。脑子里的粉红泡泡在同一刻噼里啪啦爆炸，尖锐且直接地提醒她一切都是不切实际的幻觉；她难掩刹那的失落，忙撇过脸望向别处。

“我是过来求女子的。”郑克及时收回了苏依的眼神。

“有缘千里来相见，这下菩萨是真显灵了。”郑克边说边上前几步，邀请这个老同学进香。

“我自己能努力的，从来不求菩萨。”苏依说完就觉得自己说快了，一下子脸红起来，“走吧，一起逛逛。”此时，她脸上的烦躁、愤懑已经全部一扫而空。

正午的阳光劲头不输盛夏，加上苏依空腹爬了这么长的山路，就在她即将迈过寺庙门的刹那，眼前一黑，两腿疲软。

边上的香客一片哗然，郑克二话不说，将她强势抱起，颇有偶像剧男主出场的意味。可现实总是掺杂狗血，郑克只知不管不顾朝前跑，却忘了顾及怀中抱着的人。寺庙门框狭窄，“哐当”一声，苏依的头狠狠砸在门框上，这比低血糖更让她眩晕。

幸好，郑克找了早上咨询出家流程的和尚说明来意，马上要来了米粥投喂苏依。

“你怎么跟这和尚好像认识？”有了力气之后苏依觉得郑克来此寺庙目的不简单。

“有心求姻缘呀，自然是要找他们问问。”

“他们？和尚？那你真问对人了。”

“不是，不是这个意思，我是说去哪里求菩萨，怎么求而已。”

两个人此时协商着准备找间闲置的屋子让她能休息一会儿。

“前几年有个居士住过，我带你们去看看，只是一直没收拾。”和尚是助人为乐的。

老旧发黄的单匹空调有气无力地吹着凉风，开了半天，依然驱散不了屋里的热气。按理，这天气，屋里不应该热的，可能是两个人共同的呼吸有点热度。

说是卧室，其实也兼做储藏室。

“想不到这里还能有空调，真是与时俱进呀！”

“那可不，前面的大殿里都可以扫码收香油钱了。”

里面的家具不成套，柜子见缝插针摆放着，柜门关不牢，露出里面乱七八糟的日用品，柜子上的装饰条开了胶，蜷曲起来。

“那你先在这里休息，我去对面屋子，我已经跟这里的师父说好了。”

郑克绅士般轻轻关上门嘱咐一句“有事叫我”才离开。

一股暖流直抵苏依心田，她靠着木椅休息，脑海中开始回忆当年的青春校园。不知过了多久，屋外似乎有响动，她微微睁开眼，头顶窸窸窣窣发出些声音，屋子墙角发了霉，几块白石灰正从墙皮裂开处簌簌掉落，地面上已经积起了一小摊石灰渣渣。破旧就破旧，最让她受不了的是，屋里唯一的窗户朝向西边，阳光恶狠狠地照进来，热度和光亮让她避无可避，恼人极了。

苏依正准备收回目光，一个身影背朝着屋子的窗户，向对门的屋子走过去。郑克已经脱去了外套，只穿一件衫衣，满身不知道是水滴还是汗珠，反射着阳光，随着他走路的动作颗颗滚落。行走时，他的后背挤压出了好看而清晰的肌肉线条，配上明显的三角肌，显得头小肩宽，在腰部又收拢出强劲的曲线。

苏依想起来了，对，当年的篮球场上也见过这般意气风发的郑克。

想着想着，她感觉自己的身体里似乎藏着一头野性十足的小兽，随时会肆意地奔腾而出。

并不是天气灼热，阳晕却已经在他脸上、身上，反射出年轻的、生命力蓬勃的沁爽光泽。

然后，落在苏依的眼睛里。

“看什么呢？喝茶去呀！”

好像是被郑克看出了自己的心思般，苏依的额头更加发紧，接着空气在睫毛的缝隙中扭曲起来，汗水从她的面颊滑落，她听到自己厚重的呼吸声，和“噗通噗通”的心跳声。

“想不到这里别有一番天地，这个地方收拾一下就真的成了一方茶室。”

“你是过来求财的吧？”

“我过来求健康呢，最近总觉得哪哪都不舒服，这种情况应该是缺少维生素RMB了。所以我是在求菩萨怎么把我脑子里的钱转到我的银行卡上。”

“得了吧，求女子求财求健康，你太贪心了，菩萨忙不过来的。别求这么多了，享受当下——大自然、阳光，空气多好呀！”

“那是，要不是空气免费，我根本活不到现在。”

几杯茶水下肚，郑克感觉自己的神经渐渐松弛下来。茶多酚、幽默的话、暧昧的眼神交织在一起，双亲的逼婚、职场的苦难、人生的质疑，逐渐被稀释，越来越淡。

苏依许是喝热茶急了点，开始出汗，头发湿漉漉地贴着额头，郑克神差鬼使地伸出手去。他不清楚自己在想什么，只是不想让她的眼睛被头发遮住。

“在上天的指引下，我们，我们结婚吧！”

月光下的向日葵

林夏站在画室的落地窗前，望着窗外那片金灿灿的向日葵花田。夕阳的余晖洒在花瓣上，像是给它们镀上了一层金边。她下意识地摸了摸左手腕上那道淡粉色的疤痕，那里又开始隐隐作痛。

这是她开画室的第四年。四年前的那场意外之后，她辞去了美术馆的工作，在城郊开了这间“月光向日葵”画室。每个月的十八号，她都会在这里举办一场小型画展，展出抑郁症患者的画作。

门铃突然响了。

林夏转过身，看见一位穿着黑色风衣的女士站在门口。她戴着墨镜，手里捧着一幅用牛皮纸包裹的画框。

“请问是林夏老师吗？”女士的声音有些沙哑，“我听说您这里收画。”

“是的。”林夏点点头，“请进。”

女士走进画室，将画框放在工作台上。林夏注意到她的手在微微发抖。

“这是我丈夫生前的最后一幅画。”女士摘下墨镜，露出一双红肿的眼睛，“我想，也许您会感兴趣。”

林夏小心翼翼地拆开包装。当画作完全展露在眼前时，她的呼吸突然停滞了。

这是一幅向日葵的油画。但与普通的向日葵不同，这些花朵全部低垂着头，花瓣呈现出一种诡异的深紫色。更令人不安的是，在画作的右下角，有一道暗红色的痕迹，像是干涸的血迹。

“这幅画……”林夏感觉太阳穴突突直跳，“是什么时候画的？”

“就在他……离开的前一晚。”女士的声音哽咽了，“他说要画一幅不一样的向日葵，画了一整夜。第二天早上，我就在画室里发现了他……”

林夏的视线无法从画作上移开。那些低垂的向日葵仿佛在向她诉说着什么，让她想起四年前的那个雨夜。当时她也是这样，在画室里画了一整夜的向日葵，直到黎明时分，她拿起美工刀，在手腕上划下了第一道伤口。

“林老师？”女士的声音将她拉回现实，“您还好吗？”

“我没事。”林夏深吸一口气，“这幅画……很特别。您愿意把它留在这里展出吗？”

女士点点头，留下联系方式后就离开了。林夏重新将目光投向画作，突然注意到一个细节：在画作的左下角，有一串几乎看不见的数字，像是用极细的笔写上去的。

她的心跳突然加快。这串数字……为什么这么眼熟？

就在这时，画室的灯突然闪烁了一下。林夏猛地抬头，仿佛看见一个黑影从窗外掠过。她快步走到窗前，外面只有摇曳的向日葵花田，在暮色中显得格外阴森。

林夏关上窗户，拉上窗帘。她决定今晚就住在画室里，好好研究这幅画。直觉告诉她，这幅画背后隐藏着不为人知的秘密，而这个秘密，很可能与四年前的那场意外有关。

她打开台灯，从抽屉里取出放大镜，开始仔细研究那串数字。随着研究的深入，她的脸色越来越苍白。这串数字……竟然是一个日期，而且正好是四年前她出事的那一天。

更令她震惊的是，当她用紫外线灯照射画作时，在那些深紫色的花瓣下，隐约显现出一行小字：

“救救我……”

林夏的手指微微发抖，她将紫外线灯对准画作的右下角。在紫光的照射下，那串数字显得格外清晰：20190915。这个日期像一把钥匙，瞬间打开了她尘封的记忆。四年前的这一天，她在美术馆值夜班时遭遇了一场意外。当时她正在整理一批新到的画作，突然听到仓库传来异响。等她赶到时，只看见一个黑影从后门逃走，而地上散落着几幅被割破的油画。第二天，她就因为抑郁症发作住进了医院。林夏深吸一口气，将紫外线灯移向画作的其他部分。突然，她的瞳孔猛地收缩——在那些深紫色的花瓣下，隐约显现出一行小字：“救救我……他们来了……”她的后背瞬间被冷汗浸透。这绝对不是普通的画作，而是一封求救信！就在这时，画室的门铃再次响起。林夏慌忙关掉紫外线灯，将画作翻转过来。她的心几乎要跳出胸腔，手心全是冷汗。

“有人在吗？”一个低沉的男声传来。林夏强迫自己镇定下来，走到门前。透过猫眼，她看见一个穿着灰色西装的男人站在门外，约莫四十岁左右，面容清瘦，戴着一副金丝眼镜。

“请问您是？”

她隔着门问道。“我是李明，苏亮的朋友。”男人露出一个温和的笑容，“听说他最后一幅画在您这里？”林夏的心猛地揪紧了。苏亮，正是这幅画的作者。

“是的，不过……”她犹豫了一下，“您能证明自己的身份吗”？男人从口袋里掏出一张照片，举到猫眼前。照片上，他和一个年轻男人站在画架前，两人都穿着沾满颜料的工作服。

“这是三年前拍的。”他说，“苏亮经常提起您，说您是他最欣赏的画评人。”

林夏打开门，让男人进来。她的直觉告诉她，这个男人不简单。他的眼神太过锐利，笑容也显得刻意。“能让我看看那幅画吗？”李明问道。

林夏带他走到工作台前，将画作翻转过来。李明的表情瞬间凝固了，他的手指轻轻抚过画布，像是在抚摸一件珍宝。

“果然……”他喃喃自语，“他最后还是画出来了。”

“什么意思？”林夏警觉地问。

李明没有回答，而是从西装内袋掏出一个放大镜，仔细查看画作的每一个细节。突然，他的动作顿住了。

“这里……”他用手指着画作左下角的一处阴影，“你看出来了吗？”

林夏凑近一看，在放大镜下，那片阴影竟然是由无数细小的数字组成的。这些数字排列成一个特殊的图案，像是一个坐标。

“这是……”她刚要开口，突然听见画室后窗传来一声轻响。李明的脸色瞬间变了：“快关灯！”林夏下意识地按下开关，画室陷入一片黑暗。透过窗帘的缝隙，她看见一个黑影正贴在窗外，手里似乎拿着什么仪器。李明一把拉住她的手腕，将她拽到墙角。他的手掌冰凉，却异常有力。

“听我说，”他压低声音，“这幅画里藏着很重要的东西。他们一直在找它，现在他们找到这里来了。”

“他们是谁？”林夏感觉自己的声音在发抖。

“四年前在美术馆……”李明的话还没说完，画室的门突然被撞开了。

林夏蜷缩在画室储藏间的货架后方，耳边回荡着李明急促的呼吸声。闯入者的脚步声在画布堆间游走，手电光扫过他们头顶的石膏像，在墙壁投下扭曲的阴影。

“北纬32° 04'28，东经118° 46'43。”李明突然在她耳边低语，温热的气息带着薄荷糖的味道，“这是画作阴影区解码后的坐标。”

林夏浑身一震——这正是四年前她工作的金陵美术馆的坐标。

“看这里。”李明用手机调出美术馆平面图，指尖划过某个闪烁的红点，“坐标精确对应地下二层D区储藏室，那里存放着当年未展出的争议画作。”

玻璃碎裂声突然炸响，闯入者踢翻了角落的颜料架。林夏死死咬住下唇，在手机备忘录里快速输入：

【四年前9月15日值班日志】

【23:17收到匿名举报电话称馆藏画作遭破坏】

【23:45于D区发现三幅被毁油画，编号分别为……】

记忆如利刃劈开迷雾。那三幅被割裂的油画，此刻在记忆中突然变得清晰——其中一幅被毁的《血色麦田》，右下角同样留有暗红色印记。

“那不是意外。”李明突然抓住她颤抖的手腕，“苏亮临死前给我寄过一封信，信纸浸着向日葵香精，这是他的求救习惯。”

他调出手机相册里泛黄的信笺照片，林夏看到用金粉勾勒的暗语：

【当月光亲吻第七朵向日葵，真相会在镜中显形】

画室外突然传来引擎轰鸣声，闯入者咒骂着冲向门口。李明趁机拉着林夏从后门逃离，她最后回望时，看见那个黑影正用棉签蘸取画作上的暗红痕迹。

次日夜，金陵美术馆地下二层。

林夏握着手电筒的手在防护服里渗出冷汗，李明正在破解D区储藏室的电子锁。四年前那个雨夜的记忆不断闪回：被割裂的画布切口异常整齐，像是用特制刀具所为；散落在地的亚克力碎片中，有半枚带纹路的鞋印。

“滴——”电子锁应声而开。

李明突然僵在原地。在紫外线手电照射下，储藏室地面浮现出大片荧光脚印，这些脚印组成诡异的向日葵图案，最终指向墙角的老式试衣镜。

“第七朵。”林夏数着镜框上镶嵌的铜制向日葵雕花，在第七朵花瓣处摸到细微的凸起。当她按下花瓣的瞬间，镜面突然呈45度角翻转，露出背后隐藏的夹层。

五幅微型画作整齐排列，每幅都画着不同角度的月光向日葵。李明用颤抖的手指抚过画框：“这是苏亮的‘镜面系列’，他失踪前正在创作的……”

林夏突然夺过手电筒照向第三幅画。在放大镜下，向日葵花盘里藏着微缩的城市街景，某个亮着红灯的窗口处，隐约可见两个人影——一人手持注射器，另一人瘫坐在轮椅上的轮廓，与四年前去世的老馆长惊人相似。

“法医报告显示老馆长死于急性肾衰竭。”李明的声音像浸在冰水里，“但雨生临终前告诉我，他在老馆长指甲缝里检测到蓖麻毒素残留。”

画作突然开始震动，某种机械运转声从镜框内部传来。李明猛地推开林夏，一支淬毒的钢针擦着她耳际飞过，深深钉进身后的画框。

“他们启动了自毁程序！”李明拽着林夏向外狂奔。在坍塌的密室深处，最后那幅画的花蕊突然裂开，露出半枚带血的袖扣——和林夏三年前在案发现场捡到的那枚正好配成一对。

金陵大学化学分析中心，凌晨三点。

林夏盯着气相色谱仪上跳动的波形，防护面罩下的呼吸变得急促。李明从冷冻箱取出那一管从画作刮下的紫色颜料，在紫外线下泛出诡异的荧光。

“四甲基色胺衍生物。”戴着护目镜的化学系教授周岚敲击键盘，“这种致幻剂经过分子修饰，能通过皮肤接触渗透进神经系统。”

显示屏突然弹出结构式模拟图，林夏看到那个苯环上嫁接的陌生基团：“这个侧链是……”

“某种选择性血清素再摄取抑制剂的结构。”陈岚放大分子模型，“当它与人体内的抗抑郁药物结合，会生成剧毒物质。”她突然转身盯着林夏，“你最近是否在服用帕罗西汀？”

林夏感觉后颈发凉。她今早才吃过那粒淡蓝色药片，而现在她的外套口袋里，正装着从画室带来的抗抑郁药瓶。

“立即停药。”陈岚抽走药瓶，“我怀疑你的药片已经被调包成化合物载体”。她将两粒药片溶入试剂，溶液瞬间变成血红色，“看，这就是遇到致幻剂后的反应。”

李明突然将手机举到众人面前。屏幕上是暗网论坛的截图，某个匿名帖子正在悬赏征集‘艺术疗愈志愿者’，配图正是那些低垂的向日葵画作。

“他们不是在制造抑郁症。”李明的手指几乎要捏碎手机，“是在筛选能够承受药物反应的‘完美容器’。”

市立精神卫生中心档案室，晨雾弥漫。

林夏用李明伪造的证件通过安检，档案管理员推来整整三车尘封的病历。当第十七个牛皮纸袋被拆开时，她的指尖突然触到某种光滑的物体。

“这是死者家属提供的遗物。”管理员指着透明密封袋里的金属片，“说是从患者指甲里发现的。”

林夏对着灯光转动金属片，呼吸骤然停滞——这是微型射频识别芯片，表面蚀刻着与画作上相同的医药公司的LOGO。芯片在紫外线照射下显现出编码：D17-09-18。

李明突然按住她的肩膀：“看死亡日期。”

病历显示，这位23岁的女性抑郁症患者于去年9月18日跳楼自杀，死亡当天刚参加过美术馆的“心灵疗愈画展”。林夏快速翻阅其他档案，发现每个月的18号都有患者非正常死亡，而他们全都接触过特定编号的展品。

“他们在用艺术展做投放实验。”陈明调出医药公司的神经学研究论文，“这些芯片是皮下注射型纳米传感器，用于监测脑脊液中的药物浓度。”

林夏的太阳穴突突直跳。她想起自己腕上的疤痕，四年前那个雨夜，当她用美工刀划开皮肤时，似乎有银光在血肉间一闪而过。

林夏躺在手术台上，无影灯刺得她睁不开眼。陈明握着等离子切割刀的手悬停在她腕间疤痕上方，全息投影显示皮下0.3毫米处嵌着微型胶囊芯片。

“四年前他们给你植入的是初代芯片。”李明的呼吸面罩蒙着白雾，“它能收集你每次发病时的神经递质数据。”刀尖突然刺破皮肤，“但现在我们要取的是二代芯片——它正在把你的大脑变成生化武器。”

林夏咬住止血带，听见机械臂剥离组织的细微声响。当啷一声，沾着血丝的银色芯片落入托盘，表面镌刻的编号让她瞳孔收缩：D17-09-15-01。

“你是第一个存活超过三年的实验体。”李明扯下面罩，露出脖颈处同样的疤痕，“所以他们给你专属编号，01代表原始样本。”

剧痛让记忆如潮水涌来。林夏突然看清四年前那个雨夜的全部真相：根本不是自杀，而是芯片被远程激活的清除程序。她挣扎着摸到手术台下的油画刮刀，在陈明惊愕的目光中，狠狠刺向自己的枕骨后方。

第二枚芯片带着血珠滚落在地。

医药公司地下实验室，电磁脉冲器正在倒计时。

林夏拖着流血的身体爬过走廊，防护服口袋里两枚芯片不断碰撞。监控屏幕里闪过无数熟悉的面孔——那些在画展上驻足过的抑郁症患者，此刻正戴着脑机接口头盔沉睡，他们的绝望情绪被转化为深紫色的能量流，注入中央培养舱的巨型向日葵里。

“认知病毒培养完成。”广播里响起机械音，“倒计时三分钟启动群体意识改写程序。”

林夏用刮刀撬开配电箱，将两枚芯片插入高压电路。当芯片编号组成的密码通过验证时，她终于明白老馆长留下的最后线索——那枚带血袖扣里藏着的，是使整个系统瘫痪的终止符。

“检测到原始样本密钥。”培养舱的玻璃突然爬满裂纹，“自毁程序启动。”

李明的声音突然从身后传来：“你知道为什么选择向日葵吗？”

他举着枪的手在颤抖，“因为无论怎么低头，它的根系永远朝着光的方向生长。”

电磁脉冲波席卷整个实验室的刹那，林夏扑向总控台按下传输键。所有被窃取的痛苦记忆化作数据洪流，顺着暗网通道涌向全球三十家主流媒体。

次日清晨，幸存者们聚集在“月光向日葵”画室前。林夏腕间缠着新绷带，将最后一幅画作挂上墙壁。那是用实验室病毒培养液绘制的向日葵，在阳光下渐渐褪去深紫色，绽放出纯粹的金黄。

当记者问她如何对抗笼罩世界的阴影时，她轻轻抚摸着画框上老馆长留下的密码：“永远记得我们疼痛的证据，就是刺破黑暗的棱镜。”

后 记

两年后，金陵江心岛。

林夏站在青铜雕塑投下的菱形阴影里，看着夕阳在棱镜结构中折射出七种紫金色光芒。这座由2174枚芯片残片熔铸的纪念碑，此刻正将光影投射在江面，形成一片跳动的金色向日葵花海。

“每当日落时分，芯片里的铂金导体就会与太阳风产生反应。”工程师小柯转动着轮椅上前，他的机械义肢发出轻微的电流声，“就像您说的，让疼痛成为光源。”

林夏注意到他后颈皮肤下的蓝色脉络——那是未完全清除的纳米机器人残留。三周前医疗小组的警告在耳边回响：“部分实验体的神经改造不可逆，要警惕群体性芯片共鸣现象。”

欢呼声突然从码头传来。新一批幸存者正从轮渡走下，他们手腕系着嵌有芯片碎片的紫丝带。人群中有个穿杏色风衣的女人让林夏瞳孔微缩，那人的无名指戴着双蛇缠绕的戒指——医药公司高级研究员的标准配饰。

“林女士，北美分部的幸存者托我带给您这个。”女人递上檀木盒，里面躺着半片染血的实验室晶圆，“在底特律新开的‘阳光疗愈中心’，他们发现了第三代改良型芯片。”

江风突然变得阴冷。林夏触碰晶圆的瞬间，纪念碑的光影突然扭曲成诡异的漩涡状。对岸商业大厦的LED屏正在播放新闻快讯：“明日集团宣布收购‘月光向日葵’品牌，总裁陆明轩表示将推动艺术疗愈全球化……”

午夜，林夏独自站在画室暗房。紫外线灯下，新收到的晶圆显现出分子结构图，某个甲基基团的位置与老馆长指甲里的蓖麻毒素完全吻合。当她将晶圆放入纪念碑拓片模具时，暗门突然传来三长两短的叩击声——这是李明失踪前约定的危险信号。

玻璃窗上的冰霜悄然凝结成向日葵轮廓，林夏在结霜处呵出白雾，看见自己呼出的水汽里悬浮着纳米级金属颗粒。这些纪念碑蒸发的芯片物质，正在夜空中组成只有抑郁症患者能看见的坐标：指向太平洋上新出现的“记忆净化岛”。

她轻轻抚摸腕间发烫的疤痕，那里有新生组织在月光下泛着珍珠光泽。书桌上的抗抑郁药瓶反射出虹彩，在墙面投下一行不断增殖的二进制代码——这正是两年前瘫痪系统的终止指令，此刻却像病毒般自我进化。

江面传来渡轮启航的汽笛声，林夏将晶圆嵌入画框背面。在最新完成的《月光向日葵》系列第18号作品里，那些低垂的花盘中心，都藏着一粒用芯片残骸打磨的种子。

精神牢笼往往以“治疗”为名构筑创伤记忆，可以成为反抗暴政的武器，真正的治愈不是消除痛苦，而是让伤口发出光芒。